KB263693

해방기 문학의 재인식

해방기 문학의 재인식

필자 소개(논문순)

양문규(梁文奎, Yang Mun Kyu) 강릉원주대학교 국어국문학과 교수

김재용(金在湧, Kim Jae Yong) 원광대학교 국어국문학과 교수

유성호(柳成浩, Yoo Sung Ho) 한양대학교 국어국문학과 교수

이경수(李京洙, Lee Kyung Soo) 중앙대학교 국어국문학과 교수

최현식(崔賢植, Choi Hyun Sik) 인하대학교 국어교육과 교수

이현식(李賢植, Yi Hyun Sik) 인천문화재단 한국근대문학관 관장

전지니(全지니, Jun Jee Nee) 한국항공대학교 인문자연학부 교육중점 조교수

문혜윤(文惠允, Moon Hye Yoon) 고려대학교 문화창의학부 부교수

해방기 문학의 재인식

초판인쇄 2018년 10월 8일 **초판발행** 2018년 10월 22일
지은이 문학과사상연구회 **펴낸이** 박성모 **펴낸곳** 소명출판 **출판등록** 제13-522호
주소 서울시 서초구 서초중앙로6길 15, 1층
전화 02-585-7840 **팩스** 02-585-7848 **전자우편** somyungbooks@daum.net **홈페이지** www.somyong.co.kr

값 22,000원 ⓒ 문학과사상연구회, 2018
ISBN 979-11-5905-302-3 93810

해방기 문학의 재인식

Revisiting The Post-Independence Korean Literature From 1945 to 1950

문학과사상연구회

소명출판

책머리에

이 책은 1996년에 발족한 문학과사상연구회가 지난 20여 년 동안 꾸준히 기획하고 발간해왔던 '재인식' 시리즈의 열한 번째 결과물이다. 1998년 2월 출간된 『염상섭 문학의 재인식』(2016.5 재출간)으로 시작된 문학과사상연구회의 공동 연구는 채만식, 한설야, 임화, 이태준, 이광수, 이효석, 이상李箱 등 한국 근대문학작가들, 그리고 근대계몽기, 신경향파 등 특정 시기와 문학적 경향에 대한 집중 탐구의 형식으로 진행되어 지금까지 모두 열 권의 저작물을 출간했다.

열한 번째 공동 연구의 주제는 연구회 회원들의 토론을 거쳐 '해방기 문학'으로 결정되었다. 주지하다시피 '해방기'라고 부르는 시기는 대체로 1945년 8월부터 1948년까지의 기간을 지칭하나, 48년 이후 한국전쟁 이전까지의 기간을 여기에 포함하기도 한다. '해방기 문학'은 신경향파와 카프문학이 집중적인 연구 대상으로 떠오르던 시기에 그 연속선상에서 활발하게 연구되었고, 이후 접근 가능한 해방기 신문·잡지 자료의 폭이 확대되면서 최근 연구 대상과 관점 면에서 다양한 연구가 진행되고 있다. 문학과사상연구회에서도 지난 1년간 '해방기'라는 공통의 대상을 두고 한두 달에 한 번씩 모여 진지하고 날카로운 토론을 계속해왔다. 여기에 그 결과로 모두 8편의 글을 싣는다.

　　1부에 실린 글들은 해방기 소설과 시를 대상으로 한 연구들이다. 「『대하』와 『동맥』의 비교를 통해 본 해방 후 김남천의 문학적 행방」에서 양문규 선생은 일제강점기에 발표된 가족사소설 『대하』와 해방기의 『동맥』을 비교하면서 두 작품의 차이와 연속성을 고찰한다. 『대하』가 민족 부르조아로서의 기독교 계층에 초점을 맞춘 데 반해, 『동맥』은 천도교 계층에 주목한 작품이다. 김남천이 한국근대사에서 민족·민중적 경향으로서의 천도교의 길에 관심을 두고 있었음을 확인시키는 부분이다. 또한 저자는 두 편의 소설에서 반복적으로 나타나는 '하층민 여인과의 애욕의 서사'를 통해서 민중적 건강성과 실존적 인간의 모습에 대한 형상화라는 김남천 문학의 특징을 밝혀내고 있다.

　　김재용 선생은 「해방 직후 남북의 새로운 민주주의 시인과 그 식민지 기원」에서 해방 직후 문학을 일제 말 문학과의 연계 속에서 검토한다. 저자는 1946년 남한에서 출간된 『전위시인집』과 1947년 북한에서 출간된 『전초』를 비교하고, 남북의 진보적 신진 시인들을 배출한 가교로서 일제 말의 시 잡지 『낭만』의 역할을 주요 요인으로 제시한다. 카프와 해방 후 민주주의 신진 시인들을 잇는 교량의 역할로서 『낭만』의 중요성에 주목하는 저자의 관점은 한반도 전체로 대상을 확대했다는 점에서 의미 깊은 것이라 할 수 있다.

　　'해방기'라는 문학사적 시공간이 다양한 연관 속에서 작동하고 있음을 밝히는 연구자들의 관점은 이 책에 실린 여러 편의 글에서 이어진다. 유성호 선생의 「해방기 시의 세대론」도 그 가운데 하나에 해당된다. 이 글은 해방 이후 한국 시의 '순수 서정', '리얼리즘', '모더니즘' 지향이 식민지 시대와 어떻게 연속성 혹은 불연속성을 형성하면서 삼각 경로를 띠게 되는지를 검토한다. 구체적으로 사화집 『청록집』, 『전위시인집』, 『신시론』을 중심으로, 이 사화집 발간을 전후로 나타난 각 진영의 생멸 과정을 고찰함으로써, 전쟁과 분단 이후 이들의 문학사적 위치가 사후적으로 부여되는 과정을 해명하였다.

이경수 선생의 「해방기 시의 건설 담론과 수사적 특징」은 해방기에 출간된 『해방기념시집』, 『해방기념시집 횃불』, 『삼일기념시집』, 『전위시인집』 등 네 권의 공동 시집을 대상으로 해방기 시에 지배적으로 형성된 건설의 담론과 그것이 형성된 수사적 맥락을 분석한 글이다. 이 글에서 저자는 해방기 시의 대표적 주제라고 할 수 있는 '새 나라 건설'의 담론이 마음 은유, 감정어의 사용, 범람의 상상력과 결합됨으로써 해방기 시 특유의 파토스의 분출에 이르는 과정을 상세히 밝히고 있다.

최현식 선생의 「'다풍지대多風地帶'의 사상과 노래―해방기 김상훈 시의 문화정치학」은 해방기 '전위 시인'의 한 사람으로 알려진 김상훈의 시를 '자아 서사'의 실현을 위한 자기이해의 방법으로 의미화하여 분석한 글이다. 이 글에서 저자는 김상훈의 '자아 서사'가 시인 자신의 미래 기획이면서 또한 조선 하위주체들의 말과 권력을 되찾기 위한 타자성 지향의 투기로 파악한다. 이 글은 특히 김상훈 시에 표상된 '연애', '가족', '지역어' 등 '친밀성'의 굴곡진 서사를 꼼꼼히 분석함으로써, 김상훈을 해방기 혁명 시학의 미적 기율의 구축에 집중한 시인으로 평가하고 있다.

2부에서는 해방기의 매체를 집중적으로 분석한 글을 수록했다. 이현식 선생의 「해방 직후에 발간된 잡지, 『상아탑』을 읽다―한국문학에 대한 에세이 2」는 1945년 12월부터 1946년 6월까지, 평론가 김동석이 주재한 잡지 『상아탑』을 집중적으로 조명한 글이다. 이 글에서 저자는 『상아탑』의 서지사항과 편집 체재, 주요 필진과 수록 작품, 그리고 편집자 김동석의 편집 방향 등을 상세히 검토하면서, 문화의 자율성을 옹호하려 했던 『상아탑』의 시도와 방향이 해방 직후의 혼란된 정국에서 실질적으로 어떤 위치에서 어떤 담론적 효과를 빚어내는가를 밝히고 있다.

전지니 선생의 「해방기 종합지 『민성民聲』 연구―창간~1947년 중반까지의 발행본을 중심으로」도 이현식 선생의 글에 이어 해방기 잡지를 검토한 글이다. 이 글은 『민성』이 '인민'을 어떤 방식으로 구성·호명하는지에 주목하여, 화보 선택과 배치, 표지 구성, 기획 특집 등을 통해 인민의 정치와 문화를 어떻게 구성하려 했는지를 구체적으로 분석한다. 이 글에서 저자는 특히 『민성』이 중도 좌파의 입장에서 여론정치에 대한 구상을 보여주었다는 점에서 해방기 다른 잡지와 변별되는 특수한 위치에 대해 주목하고 있다.

마지막으로 문혜윤 선생의 「해방기 국어 교재를 통해 본 국어와 정전의 형성」은 해방기 국정 국어 교과서와 민간 독본의 비교를 통해, '문학', '글쓰기', '작문', '교육' 등의 측면에서 독본이 수행한 역할과 위상을 검토한 글이다. 이 글에서 저자는 해방기 국어 교재와 일제강점기 독본의 연관성, 해방 이후 문장론과 정전 형성의 방향에 대해 고찰한다.

한국 근대문학 연구에서 '해방기'는 단절적인 시기로 인식되어 온 경향이 있다. 앞서 말했듯, 해방기가 주로 카프문학의 연속선상에서 연구되어 왔던 것도 이러한 '단절성'을 보여주는 사례일 것이다. 이 같은 사정은 앞선 시기인 일제 말 문학이 소위 '암흑기'의 산물로 간주되면서 오랫동안 객관적인 분석의 대상의 되지 못했던 상황과 무관하지 않을 것이다. 하지만 2000년대 이후 일제 말 문학 연구가 다양한 시각에서 깊이 있게 이루어지면서, 카프 시기와 카프 해체 이후 일제 말에서 해방기에 이르는 시기를 좀 더 포괄적으로 다양한 연관 속에서 이해할 수 있게 되었다. 그러한 흐름 속에서 나온 이 책이 해방기 문학 연구의 새로운 방향을 제시하는 작은 성과가 되기를 기대한다. 아울러 지난 1년 동안 진행된 연구 모임에서 발표하고 토론했으나, 이 책에 함께 싣지 못한 몇 편의 글도 이후 다른 지면에서 완결된 논문으로 학계에 보고할 수 있기를 바란다. 문학과사상연구회는 이미 다음 작업으로 '3·1운동과 한국문학의 재인식'을 시작하였고, 1년간 이 주제로 논문 발표와 토론을 진행할 것이다. 다음 연구 결과물도 많은 연구자들에게 관심과 토론의 대상이 되기를 기대한다.

이번에도 소명출판의 따뜻한 후의를 입어 '재인식' 시리즈를 계속 출간할 수 있게 되었다. 어려운 사정에도 흔쾌히 출간을 허락해 준 박성모 사장님께 고마움을 전한다. 완연한 자연의 기운이 소명출판에 오래 머물기를 바란다.

2018년 가을
문학과사상연구회 적음

차례

책머리에   3

제1부 해방기 소설과 시 해석의 지평

『대하』와 『동맥』의 비교를 통해 본 해방 후 김남천의 문학적 행방 양문규
1. 머리말   13
2. 몇 가지 서지의 문제   16
3. 기독교와 천도교   20
4. 애욕과 이념   28
5. 맺음말   37

해방 직후 남북의 새로운 민주주의 시인과 그 식민지 기원 김재용
1. 해방 직후 문학의 재인식–일제 말 문학과의 연계성   39
2. 해방 직후 남한의 새로운 시인과 『전위시인집』(1946)   41
3. 해방 직후 북한의 새로운 시인과 『전초』(1947)   44
4. 식민지적 기원과 『낭만』(1936)의 문제성   50
5. 냉전의 폭압성과 다양한 진보시의 쇠락   51

해방기 시의 세대론 유성호
1. 해방기 시의 삼각 경로   53
2. 『청록집』의 경우   56
3. 『전위시인집』의 경우   62

    4. 『신시론』의 경우　71

    5. 권력으로서의 기억과 증언　78

해방기 시의 건설 담론과 수사적 특징─────────── 이경수

    1. 서론　80

    2. 새 나라 건설의 열망과 시적 표상의 대립　84

    3. 해방의 감회와 마음 은유　104

    4. 감정어의 사용과 탈경계의 상상력　120

    5. 결론　137

'다풍지대多風地帶**'의 사상과 노래**
   해방기 김상훈 시의 문화정치학 ─────────── 최현식

    1. '식민' 청년과 '해방' 청년의 초상　140

    2. 자아 고백과 시대 비판의 조건과 원리　144

    3. 친밀성의 균열과 재편─가족·연애·혁명　160

    4. 친밀성에의 귀환과 공동 감각의 확충─지역어의 발화　171

    5. 해방기 김상훈 시학의 의미와 가치　178

제2부　해방기 매체 연구

해방 직후에 발간된 잡지, 『상아탑』을 읽다
   한국문학에 대한 에세이 2 ─────────── 이현식

    1. 과거를 읽는다는 것　183

2. '해방'은 무엇이었을까   186

3. 『상아탑』 훑어보기   188

4. 안이한 순수성—『상아탑』의 시론時論   196

5. 『상아탑』의 한계   206

해방기 종합지 『민성民聲』 연구
창간~1947년 중반까지의 발행본을 중심으로 ——————— 전지니

1. 해방기, 출판의 전성시대 속 『민성』의 등장   208

2. 전반기 『민성』의 편집진과 매체의 지향점   214

3. 해방 후 '인민'의 호명과 형상화 방식   220

4. 인민의 정치·문화 구상의 가능성과 한계   242

5. 결론을 대신하여—폐간 위기와 매체 전략의 변화   248

해방기 국어 교재를 통해 본 국어와 정전의 형성 —————— 문혜윤

1. 서론   252

2. 조선어학회와 정음사 부독본총서   257

3. 국어, 문학, 정전의 시대성   264

4. 정전 형성의 방향   271

5. 결론   277

간행사   278

제1부
해방기 소설과 시 해석의 지평

『대하』와 『동맥』의 비교를 통해 본 해방 후 김남천의 문학적 행방 | **양문규**

해방 직후 남북의 새로운 민주주의 시인과 그 식민지 기원 | **김재용**

해방기 시의 세대론 | **유성호**

해방기 시의 건설 담론과 수사적 특징 | **이경수**

'다풍지대多風地帶'의 사상과 노래 | **최현식**
해방기 김상훈 시의 문화정치학

『대하』와 『동맥』의 비교를 통해 본 해방 후 김남천의 문학적 행방

양문규

1. 머리말

김남천은 식민지 말기인 1939년 『대하大河』를 출간하고, 해방 후 그 이부작에 해당하는 『동맥動脈』을 발표했다. 『대하』는 미완의 작품이지만, 『동맥』 역시 연재 중 중단됐고 작품 길이가 『대하』와 비교가 되지 않을 정도로 짧아서, 『동맥』은 독자적으로 검토되기보다는 늘 『대하』와의 관련성 속에서 논의되어 왔다. 즉 기존의 연구들은, 『동맥』을 『대하』의 가족사 소설 또는 리얼리즘소설로서의 성과 또는 그 한계를 논하면서 이러한 논의를 보충해 주는 것으로 다뤄져 왔다.

가령 김남천은 1930년대 파시즘의 폭압에 대항하는 자신의 창작방법론인 로만개조론을 창작적으로 실현하기 위하여 가족사 연대기소설

『대하』를 쓴다. 그러나 『대하』의 주인공 격인 박성권과 형걸 부자는 가족의 운명을 통해 사회의 본질을 파악하고자 하려는 가족사 연대기소설의 목적을 충족시키지 못한다. 후속작 『동맥』에서는 『대하』의 주인공 격인 박성권 부자가 그나마 작품 전면에서 물러나고 홍영구라는 박성권 가계 바깥의 인물을 중심으로 이야기가 전개돼 나가기 때문에 가족사소설로서의 명맥을 이어나가지 못한다고 판단한다.[1]

『동맥』에 대한 서지적 고찰과 함께, 역시 이를 『대하』와 함께 살펴본 연구가 있다. 『동맥』은 『대하』와 달리 인물들의 장황한 연설이 나타나는 등 '관념소설'로서의 성격을 보여주고 있기 때문에, 『대하』가 이뤄낸 가족사소설로서의 문학적 성과에서 후퇴하고 있다.[2] 그리고 『동맥』을 실제로는 해방 이후가 아닌 식민지 말기에 창작된 작품으로 판단하며, 『동맥』에서의 이러한 후퇴는 『대하』 이후 일제 말 점차적으로 심화돼 가는 김남천의 사상적 위기와 혼란을 반영하는 것으로 봤다.

이러한 논의들을 종합하면서 김남천의 로만개조론이 작품의 리얼리즘적 완성도를 지향한 것일진대, 『대하』와 『동맥』이 전체적으로 그러한 리얼리즘의 성취를 이루지 못했음을 지적한다.[3] 『대하』는 그것의 사회적 배경인 봉건 사회에서 근대 사회로 전환하는 '전형적 정황의 묘사'를 이뤄내지 못한다. 신흥 부르주아지 박성권은 부르주아지의 적극성보다는 '가부장적 모습'을 통해, 박형걸은 반反봉건성에 도달하는 계기를 '서자'라는 비전형적 차원에서 그린다. 이어 『동맥』에서는 새로운 인물 홍

---

1 김외곤, 「『대하』와 『동맥』에 나타난 개화사상과 개화풍경」, 『한국현대문학연구』 1, 한국현대문학회, 1992.
2 이선옥, 「김남천의 『대하』, 『동맥』 연구」, 『원우논총』 1, 숙명여대 대학원 원우회, 1993.
3 위의 글.

영구를 통해 개화사상의 2대 축으로 기독교와 천도교를 맞세우지만 그 내용은 '기독교=근대화', '천도교=민족주의'라는 도식에 그친다.

『동맥』에서는『대하』의 핵심인물이었던 형걸이 무대에서 사라지고 소문으로만 등장하게 되면서 작가가 지향하는 근대의 세계가 막연해진 상태로 남는다. 덧붙여 형걸 때문에 고향에서 축출된 종-두칠 내외도 『동맥』에서는 귀향하여 주인인 박성권 집안의 일을 돌보게 되는 등 그들의 계급적 상황의 비극성도 완화된다.『동맥』의 이러한 형상화는 더 이상 계급적 관점에서 현실을 형상화해내기 어려운 구舊 카프 작가들의 현실 인식의 결과다.

이러한 기존의 논의들에 동의하지 않는 것은 아니지만, 이들 논의에 다소 회의를 갖게 되는 것은, 『대하』가 미완의 작품이라는 점, 더욱이 『동맥』은 아주 짧게 연재된 작품이라는 점에서 궁극적으로 이들에 대한 온전한 평가를 내리는 것에 의미를 찾기 어렵다는 점 때문이다. 이 글은 이들 작품의 문학적 의의나 성과를 따져보려고 하지는 않는다. 단 이 글은, 이 작품들이 발표된 시기가 김남천이 일제 말과 해방 이후를 거쳐 월북하기 직전의 시기에 등장한 작품이라는 점에 착안을 해보고자 한다.

『대하』는 민족 부르주아로서의 기독교 계층에 초점을 맞추는데 비해,『동맥』은 이를 포함해 새롭게 천도교 계층에 초점을 맞춘다는 점에서 흥미로운 비교거리가 된다. 그리고 두 작품은 기독교든 천도교든 부르주아 계층의 남성 지식인과 비천한 하층계급 여성의 성적·애정문제를 반복적으로 그린다. 이 글은 전자의 문제를 통해서 해방 전후로 한 김남천의 사상적 행방을 살피고자 하며, 후자의 문제를 통해서는 시대의 전환점에서 늘 정치적 전위를 자처한 입장과는 달리 그의 문학이 지속적으로 관심을 두었던 문제는 무엇인지를 살피고자 한다.

2. 몇 가지 서지의 문제

기존의 연구들은,『대하』의 후속작인『동맥』이 발표된 것은 해방 후지만 실제로는 이미 식민지시기에 창작된 것임을 밝히고 있다.『동맥』은『신문예』 1946년 7월호(1회), 10월호(2회)에 연재되고, 이후『신조선』(잡지 이름을『신문예』에서 개제)의 1947년 2월(3회), 3월(4회), 5월(5회), 6월(6회)에 연재됐다. 그런데 이 작품이 이미 식민지시기에 창작되었다는 사실은, 연재분 중 4회와 5회에 해당하는 부분이 「개화풍경」이라는 제목으로『조광』 1941년 5월호에 게재되었기 때문이다. 「개화풍경」 말미에는 "작자 왈, 이것은『대하』 제2부『동맥』 중의 일절이다"라고 되어 있다.

작가가 4회와 5회분을 미리 써놓고 그 앞과 뒤를 해방 후에 새로 썼을 가능성은 없다. 단 식민지시기 써놓은 부분을 해방 후 개작하거나 보완했을 가능성을 생각해 볼 수는 있다. 아닌 게 아니라『조광』에 게재됐던 「개화풍경」은 해방 후『신조선』에서 대부분 그대로 전재되나 평안도 성천의 어느 교회당 낙성식에서 이뤄지는 기독교 신자와 천도교 신자의 연설 중 기독교 신자가 천도교를 비난하는 아래와 같은 연설 내용이 의도적인 것인지 실수인지『신조선』에서 통째로 빠져 있다.

"그러나 우상을 섬긴다는 것은 재물을 기우려 소와 도야지를 잡고 장고를 울리며 제금소리에 맞추어 춤을 추고 지랄을 버리는 것만큼 이름하는 것이 아니라 비록 한 접시의 소금이나 한 방울의 맹물일지라도 그 정신과 생각에 있어서 조금도 다름이 없겠읍니다"

하고 이태석은 소리를 높이는 것이다. 청년들이 앉은 좌석에서 박수소리가 나니까 아무 의미도 몰으고 쫓아가는 군중이 또한 이에 따라 장내에는 소낙비 같은 박장성이 진동하였다. 홍영구는 귀가 쭈볏하였다 갑자기 가슴은 설레대었다. 그러나 홍영구의 심중을 헤아려 보고선지 못 보고선지 이태석은 박장소리가 끝이기를 기대래서,

"이러한 잘못된 생각은 입으로 개화문명을 부르짖는 사람들의 거동에서도 혼히 볼 수 있는 것으로 수많은 도중을 이끌고 민중생활의 향상과 단결을 도모한다는 종교도 앉어 아직도 그러한 미성(未醒)한 태도를 취하고 있음을 목도케 되는 것은 진실로 진실로 일대 유감사라 아니할 수 없음네. 우리는 이러한 분네들의 동착된 행위에 대해서도 그들의 잠을 일깨우고 반성을 촉하기 위하여 높이 종소래를 울리지 않어서는 안 되리라고 생각함네."[4]

물론 이 기독교 신자의 연설의 내용을 듣고 분해하는 천도교 신자 홍영구의 심리 상태가 설명되고 있어 위의 내용을 삭제해도 줄거리를 파악하는 데 지장을 주지는 않는다. 그러나 천도교를 비난하는 기독교 신자의 연설이 노골적이고 직설적이라서 작가가 그 부분을 삭제했을 가능성도 있다. 물론 이것으로 해방 전과 후 작가의 생각이 달라졌다고 볼 수는 없다.

---

4 「개화풍경」,『조광』, 1941.5, 365면.

단 『대하』와 달리 『동맥』에 새롭게 등장하는 천도교 신자 홍영구라는 인물을 그리면서 혹시 홍영구에 관한 내용의 일부들을 해방 이후에 쓴 것이 아닐까 하는 추측을 해본다. 『동맥』은 전체 6회에 걸쳐 연재됐는데 그 중 1회, 3회, 6회는 『대하』의 박성권 집안의 이야기다. 그리고 4회와 5회는 성천마을의 교회 낙성식 장면이다. 그리고 2회는 홍영구의 이야기로만 되어 있는데 이 회는 전체에서 빠져도 이야기의 흐름에 큰 지장을 주지는 않는다.

바로 이 '2회'가 추가된 것이 아닐까 싶은 것이, 그것이 다른 회의 흐름과 다소 다르다는 인상을 주기 때문이다. 『대하』의 무대가 고을 인근인 것과 달리 이 2회의 무대는 좀 더 농촌마을인 '갱고지'로 들어와 있어 향토적 분위기가 강해지고 이와 어우러진 민중적 풍경이 다소 인상 깊게 펼쳐진다. 2회에 삽입된 〈파랑새 노래〉와 전봉준 이야기 역시 해방 후 첨가된 부분이 아닐까 추측을 해본다. 우리가 익히 알고 있는 〈파랑새 노래〉의 가사 말고도 관서지방에서 불러졌을 듯싶은 아래와 같은 가사도 실려 있고, '파랑새'와 '녹두'의 유래를 밝힌다든지 하고 있기 때문이다.

새야 새야 녹두새야

녹두밭에 앉지 마라

평양감사 지내가다

활루 쏘면 죽으리라

너 죽을 줄 왜 몰으니

(…중략…)

어렸을 때에 멋 몰으고 부르면서 놀든 이 노래가 동학란東學亂을 두고 불려진 것이오 녹두綠豆는 전봉준全琫準이 애명 「파랑새」는 「팔왕새」(八王)의 와전된 것 「팔왕」은 전全자의 파자인 것을 들은 뒤엔 그는 이 단조로운 동요를 천덕송보다도 즐겨서 노래하였고 녹두를 심은 밤새ㅅ길을 걸을 때엔 언제나 입속으로 이것을 흥얼거려 보게 되는 것이었다.[5]

그러나 이 글은 『동맥』이 해방 전에 이미 탈고된 것인지 아니면 부분적으로 해방 이후 창작된 것인지에 주요한 관심이 있지 않다. 『동맥』 3회분에서 편집자가 『동맥』이 "끝끝내 왜정倭政 하下에서 발표되지 못하고 해방 후에야 비로소 햇빛을"[6] 보게 되는 것이라고 얘기한 바, 어쨌든 『동맥』은 식민지시기에 창작됐을지라도 해방 이후의 공간에서 발표되었다. 이 글은 이러한 사정을 감안하여 『대하』와 『동맥』의 연속성과 차이점을 대비적으로 살펴봄으로써 해방을 즈음으로 한 김남천 문학의 실체와 행방을 알아보고자 하는 데 주요한 관심을 둔다.

---

5 「동맥 2회」, 『신문예』, 1946.10, 84면.
6 편집자, 「전회까지의 대강」, 『신조선』, 1947.2, 125면.

3. 기독교와 천도교

앞서 말했듯이 『동맥』에서는 박성권 집안과 함께 천도교 신자 홍영구가 새로운 인물로 등장한다. 김남천의 천도교에 대한 새로운 관심은 해방 직후 1946년 삼일운동 기념일에 맞춰 조선연극동맹과 서울신문사가 공동 주최한 삼일 기념연극제 공연을 위해 집필한 「삼일운동三一運運」에서도 나타난다. 김남천이 「삼일운동」에서 삼일운동을 그리면서 초점을 맞추거나 강조한 부분은, 삼일운동을 주도했던 기독교와 천도교 청년들인데 비록 운동 초반에는 서로 갈등을 드러내나 점차 이를 극복하여 단일한 민족운동의 길로 나가게 된다는 점이다.

「삼일운동」은, 등장인물들 즉 기독교와 천도교의 지도자들이 신비화 내지 영웅화되어 있고, 반목하던 천도교와 기독교 청년신도들이 갈등을 극복하고 단결해 나가는 과정이 억지스러운 방식으로 꾸며져 성공한 작품이라 말하기는 어렵다. 이는 삼일운동을 몇몇의 종교적 지도자, 청년 중심으로 그리려 했고 또 작가가 삼일운동을 통해 궁극적으로 얘기하려고 한 바가 "단합하면 이기고 흩어지면 진다"는 식의 "대동단결"이었다는 점에서 삼일운동에 대한 나름의 의미가 있는 역사적 시각을 드러내지는 못하기 때문이다. 「삼일운동」에서 기독교와 천도교 양 진영의 청년들이 충돌하는 장면은 『동맥』에서도 천도교 신자인 홍영구가 "여심汝心과 오심吾心"의 제목으로 예수교당에서 연설하여 교회 청년들과 충돌하는 데서 반복된다.

그럼에도 『동맥』이나 「삼일운동」이 흥미로운 것은 민족운동의 한 세력으로 천도교인들을 새롭게 주목한다는 점 때문이다. 이는 해방 직후 혁명론의 차원에서 남로당의 민족을 아우르는 부르주아 민주주의 혁명의 단계를 거친 사회주의 혁명이라는 당면한 전술을 문학적으로 반영한 것이라는 해석도 가능하다. 그런데 김남천의 동학, 천도교에 대한 관심은 이미 해방 전부터 있어 왔다. 앞서 지적했듯이 『동맥』은 1941년 시점에 구상된 작품이다. 비슷한 시기 부르주아 리얼리즘 작가 채만식이 동학을 소재로 『조광』에 연재한 『어머니』(1943)가 통속적 계모형 소설로 추락한 데 비하면, 김남천의 동학에 대한 관심은 자못 진지했던 셈이다.

『대하』의 시간적 배경은 갑오농민전쟁 직후인데, 『동맥』은 "동학이 진보회니 일진회니 하는 명칭을 떨어치우고 천도교라는 이름을 세상에 광포한"[7] 다음 해인 1906년이다. 우리 소설사에서 천도교인들이 드물기는 하지만 몇몇 작품들에서 등장해 왔다. 대표적으로 이광수의 『무정』에 등장하는 주요한 인물 중의 하나인 영채의 아버지 '박 진사'는 동학과 관련된 자다. 박 진사는 서북지방 안주읍 사람으로 청국지방으로 유람을 갔다가 서양의 사정과 일본의 형편을 짐작하고 조선도 이대로 가지 못할 줄 알고 새로운 문명운동을 시작한다. 그는 그러한 문명운동의 일환으로 동학의 진보회進步會 운동과 관련을 맺는다.

1902년 일본으로 망명한 동학의 3대 교주 손병희는 러일전쟁이 발발한 1904년 동학의 간부들을 비밀리에 일본으로 불러 국내에 민회民會를 조직할 것을 지시한다. 민회는 처음에는 대동회大同會라 했다가 권동진, 오세창 등과 진보회로 개칭한다. 손병희는 이용구를 국내로 보내 진

7　「동맥」, 『신문예』 2, 1946.7, 84면.

보회를 주관케 하는데, 단발에 검은 옷을 입고 활보하는 진보회의 무리는 당시 이색적이었다. 처음에는 관리들도 이들을 함부로 대하지 못했고 그러다보니 각종 불상사도 따랐다. 그러나 이를 방치했던 정부가 진보회의 세력이 확대되자 탄압하기 시작했다. 이용구는 이후 손병희를 배신하고 송병준의 하수인이 돼 진보회를 일진회로 예속시킨다.[8]

『무정』의 박 진사는 비록 정치운동은 아니지만 교육운동을 펼쳐 리형식 같은 고아를 거둔다. 그러나 같은 동학도의 모함으로 잡혀가 옥살이를 하던 중 자신의 옥바라지를 위해 기생이 된 딸 때문에 엉뚱하게 자살하는 인물로 그려진다. 집을 나온 영채가 강간의 위기에 처하는 것도 동학의 불한당 때문이다. 『개척자』(1918)의 과학자 주인공의 친구인 '전경'은 '일진회'의 회원인데, 그는 "지사志士랍시고" 떠돌아다니다가 합방 이후에는 무력감 속에서 옥살이 끝에 광인이 된 인물이다. 이광수 소설에서 천도교와 관련된 인물은 모두 부정적이거나 희화화되어 그려진다.

그런데 이러한 동학의 박 진사 등과는 다르게, 『무정』에서 기독교인인 선형의 아버지 김 장로는 흥미로운 대조를 보인다. 김 장로는 아버지가 평양감사며 그 자신도 감사를 지낸 양반으로, 그 후 예수교로 개종한 장로요 자산가다. 김 장로는 전통적 봉건지배층 출신의 자산가 즉 시민화한 양반이다. 김 장로는 이광수가 역사의 진보라 생각한 부르주아 계몽주의자 리형식을 후원하는 인물이다. 박 진사와 김 장로는 개화기와 식민지 시대 초기의 핵심적 갈등을 대표하는 인물인 셈이다.[9] 이광수는 서구의 기독교가 근대의 승리의 노선을 밟아갔다고 보고 이에 반해 동

---

8   김삼웅, 『의암 손병희 평전』, 채륜, 2017.
9   최원식, 「식민지 시대의 소설과 동학」, 『민족문학의 논리』, 창작과비평사, 1982, 106면.

학 또는 천도교는 역사적으로 패배한 것으로 보는 것이다.

　김남천 역시 『대하』에서는 근대의 전개 과정 속에서 서구 기독교의 역할을 그린다. 『대하』의 무대인 서북지방은 이미 선교사 사회에서 '동양의 예루살렘'이라는 명성을 얻었던 곳이다.[10] 즉 『대하』는 봉건 조선사회가 서구문명으로 대변되는 기독교와 만나면서 겪는 변화의 과정이 주요한 관심사다. 그런데 김남천은 『동맥』에서는 동학과 천도교를 근대와 민족주의 노선에서 또 하나의 중요한 축으로 주목한다. 동학은 1894년의 한 사건으로 끝난 것이 아니고 그것이 계속 이어져 1919년 삼일운동을 견인하는 데서 중요한 역할을 담당했다는 점을 『동맥』과 『삼일운동』 등을 통해 그린다.

　그럼에도 식민지시기에는 좌파 진영의 소설가 이기영조차 「박승호」(1933)에서 모처럼 동학을 다루지만 역시 이를 부정적으로 바라보았다. 시골서 교원 일을 하는 사회주의 지식인 '박승호'는 마을 노인으로부터 옛날에 일어났던 '동학난리'를 전해 듣는다. 이기영은 이를 통해 아래 인용문에서와 같이 '동학난리'를 농민들이 동학이라는 종교에 혹세무민당해 일어난 난리로 보며, 이를 3·1운동과 함께 묶어 역사적으로 패배한 사건으로 본다.

"참 동학난리란 무서웟지요…… 그 째도 마치 연전 만×(세─3·1운동)통 가티 조선 천지가 박작 고앗지요. (…중략…) 그 째도 동학을 하면 새 세상으로 잘 살 수 잇다는 바람에 왼 조선의 농군들이 각처에서 벌째가티 이

10　테사 모리스 스즈키, 서미석 역, 『길 위에서 만난 북한 근현대사』, 현실문화, 2015.

러낫답니다. (…중략…) 동학난리가 이러나자 사방에서 그 무섭든 양반들의 목을 뎅겅뎅겅 베게 되고 그들이 숨적을 못하게 되엿스니 그 째 시절에 백성들이 웨 동학을 하지 안켓습닛가? (…중략…) 그러나 지금 생각하면 그것도 역시 연전 만×통과 가티 무지한 백성들은 턱업시 남의 힘만 밋고 살냐는데 모다 실패하고 마럿지요!"

(…중략…)

"지금도 동학이란 것이 그저 잇다는데 그들은 무엇을 하고 있는가요?"

"역시 다른 교회나 마찬가지로 혹세무민을 하고 잇지요. 예수쟁이가 후세에 천당이란 것을 이 세상에다 세운다고 백주에 헛소리를 하고 잇지요."[11]

그러나 김남천의 『동맥』에서는 동학의 민족·민중적 성격이 부각된다. 천도교 신자인 홍영구가 천도교의 찬송가인 '천덕송' 대신 전봉준의 〈파랑새 노래〉를 흥겹게 부르고 가다가 소몰이를 하는 과부와 마주치는 활기찬 장면은 인상적이다. 적극적인 모습의 과부는, 과부 재가 허용을 적극 주창한 동학을 의식한 설정인 듯도 싶다. 물론 『동맥』에는 기독교 청년들이 비웃듯이 천도교의 주술적 또는 미신적 성격을 봉건적인 것으로 간주하여 비판적으로 바라보는 시선이 없는 것은 아니다. 박성권의 부인인 최 씨가 손녀의 병을 고치고자 천도교도인 친정 오라비로부터 천도교 부적인 영부靈符를 얻어 그에 의존하려는 것을 안타깝게 바라보는 시선도 있다. 그러나 최 씨는 천도교의 부적에 대해서 다음과 같은 생각을 한다.

---

11 이기영, 「박승호」, 『신계단』, 1933.1, 143면.

그(최 씨)는 산신을 믿었고 선왕신을 믿어왔다. (…중략…) 그러나 동학이니 천도교의 청수봉전이나 주문송주는 그런 것과는 다르지 않는가 생각되었다. 그러한 여러 가지 귀신의 한 가지가 천도교라고는 믿어지지 않았던 것이다. 그러므로 그는 영부를 받아들고, 정성을 쓰고 도를 진심으로 믿어야 효험이 난다고 말할 때에 귀신보다도 오히려 기독교를 연상하였다.[12]

천도교의 부적은 박성권의 사돈 '정주사' 같은 기독교인들이 "교회당 짓는 데 거액의 금전을 연보하는" 것과 비슷한 기복행위의 하나일 뿐이다. 오히려 『동맥』에는 교회당 낙성식에 참석하러 평양서 나귀를 타고 온 "얼굴이 빨갛고 귀하고 콧등만 유난스레 커다랗게 보이는" 서양인 선교사 '마균' 목사를 등장시켜 기독교가 외래의 것임을 은근히 내비친다. 급기야는 천도교 청년 홍영구의 입을 빌려 기독교의 비민족적 한계를 다음과 같이 비판한다. 이는 『대하』에서 기독교에 대해 많은 얘기들이 나왔지만 전혀 발견되지 않는 내용이다.

구미歐米 서양의 강국들이 야소교를 가지고 도정道政의 기본을 삼을 뿐 아니라 멀리 우리 동양을 엿봄에도 이 주교主敎(국교)의 세력을 이용함이 많음은 친히 목도하여 명백한 일이온데 이것은 또한 사리에 합당한 정법이라 않이 할 수 없겠읍네다. (…중략…) 서학은 활발하고 매력이 있는 종교임에 틀림이 없읍네다. 그러나 그것은 민정이 다르고 풍속이 판이한 서양의 종교올세다. 서양문명의 찬란한 결정을 받아드리는데 인색하여서는 아니 되겠아

오나 서양인이 가지고 온 종교가 서양 사람의 것이라는 것도 잊어서는 않이 되겠읍네다. (…중략…) 외국의 풍속과 종교 종지를 추종하고 본다면 그 결과로 무엇이 생겨날까는 이 또한 명약관화한 일이 아닐 수 없겠습니다. 지긋지긋한 사대사상 자기폄하自己貶下와 경박한 추수사상 부박스러운 사치정신 체면도 자존심도 없는 양인숭배열 이리하여 우리는 민심을 앓기우고 만국선각민의 경모의 대상이 되지 앟을 수 없겠읍네다.[13]

김남천이 이렇게 동학과 천도교에 주목하는 것은 그가 서북 출신이라는 점도 한 몫 거들었다고 판단된다. 식민지시기 서북지역에는 천도교 입교자가 많았다. 평안도지방에 동학이 포교된 것은 1900년을 전후한 시기다. 이는 이 지역에서 농민전쟁 시기에 희생자가 적었던 것도 한 이유가 된다. 농민전쟁으로 쇠약해진 동학은 동학의 불모지인 평안·함경도에 포교해 새 힘을 얻는다. 이광수가 입도한 1903년 겨울은 평안도의 동학이 크게 번진 시기다. 이 때문에 식민지 시대의 동학의 주도적 근거지는 이북지방이 된다.[14]

해방 직후 『조선신문학사조사』(1948)를 출간한 백철은 근대의 기점으로 임화의 갑오개혁설을 계승하면서도, 임화와 달리 갑오경장과 함께 '동학란'을 주목한다. 그는 동학란이 "근대적인 민중운동을 대표"한다고 보며, 동학 당시의 격문 내용을 살펴 동학의 "혁명운동"이 그 뒤로 온 갑오경장과 서로 유기적으로 결부되지 못해 식민지로 전락했음을 안타깝게 기술한다.[15] 백철의 형 백세명白世明(1898~1960)은 평안도 의주 출신

---

13 「동맥」, 『신조선』, 1947.5, 104~105면.
14 최원식, 「식민지 시대의 소설과 동학」, 『민족문학의 논리』, 창작과비평사, 1982, 102면.

으로 1907년 천도교에 입교하고 3·1운동 당시 의주군 만세운동에 참여한, 천도교의 유수한 이론가의 하나였다.[16] 그는 해방 후 북한의 천도교 조직에서 중요한 역할을 했으나 한국전쟁 후 월남한다. 해방 직후 북한에서 천도교의 세가 성했던 것으로 듣고 있는데 사회주의 정권과 이의 관계는 어떠했는지 궁금하다.

역시 이 점에서 아쉬운 것은 김남천이 『대하』에 이어 『동맥』의 창작을 지속적으로 해 나갔다면, 식민지시기 기독교와 천도교의 민족 부르주아들이 어떻게 발전되어 나가며 사회주의 세력과는 어떠한 관계를 맺게 되는 지를 보여줌으로써 근대에 대한 또 다른 전망을 형상화해 낼 수 있지 않았을까 하는 점이다. 두루 알다시피 천도교의 기관지인 『개벽』은 프로문학 발생의 온상이었고 초기의 다양한 사회주의 운동들이 천도교의 수운회관 등을 빌려 이뤄지지 않았던가? 여기서 민족 부르주아지의 전망이란, 종교 진영의 민족 부르주아들이 역사 변화의 주체가 되는지 아닌지의 문제가 아니다. 이들의 역사적 향방을 제대로 그림으로써 이로부터 후대의 민중운동을 위한 또 다른 모색점을 암시받을 수 있지 않았을까 하는 것이다.

김남천은 일반적인 좌익 작가들과는 달리 이미 해방 이전부터 기독교나 천도교 등 종교계의 민족 부르주아의 행방에 진지한 관심을 기울였고, 해방 이후에는 이러한 관심을 좀 더 본격화했다고 판단된다. 이리하여 그는 『대하』에 이어 『동맥』에서 기독교와 천도교의 민족 부르주아의 초기 형성 과정을 형상화해 보고자 했다. 김남천은 끝내 이러한 작

---

15 백철, 『조선신문학사조사』, 수선사, 1948, 18~20면.
16 최원식, 「민족문학의 근대적 전환」, 『민족문학사 강좌』 하, 창작과비평사, 1995, 19면.

업을 지속적으로 해 나가지 못하고 북면으로 가서는 버림을 받는 한국 근대문학사의 또 하나의 비극적 장면을 연출한다. 김남천은 적어도 문학적으로는 임화 등에 씌워 진 "미제의 스파이" 등과는 거리가 멀었던 자이고 오히려 해방 후 『동맥』에서는 '근대화(문명개화)＝미국화＝기독교화'만이 아닌 천도교를 통해 그것의 민족·민중적 성향을 주목하고자 했다.

4. 애욕과 이념

『대하』의 주요한 서사적 줄거리 중의 하나로 주인공 박형걸이 겪게 되는 애욕의 문제가 있다. 형걸은 서자 출신이었기에, 자신이 연모했던 여인을 이복 아우에게로 빼앗기게 되자 분해하면서 실의에 빠진다. 그는 자포자기적 분노 속에서 대신 자기 집안 '막서리'(평안도에서 종을 일컫는 말)의 처 '쌍네'와의 정욕에 휘말린다. 그런데 쌍네는 이미 형걸의 이복형에게도 성적 노리개의 대상이었다. 형걸은 이후 또 기생 신분의 '부용芙蓉'과 만나서는 신식의 '연애'와 같은 사랑에 빠지게 된다.

『동맥』도 역시 이와 유사한 모티프를 반복한다. 천도교 청년인 홍영구는 유부남으로 '동명학교'를 다니는 학생 신분의 인물이다. 그는 아내가 출산을 하러 친정을 간 사이 과부인 남생이 처와 불륜을 저지른다. 남생이 처는 나이가 서른인 아직도 한창인 젊은 과수로, 작인이었던 남편이 병으로 죽자 혼자 농사를 지으며 살아간다. 그녀는 주위에서 재가를 권해도 맘이나 편안하자며 홀몸으로 산다. 그러나 농사만으로 살아갈 턱이 없으니 틈틈이 밭주인 네 진일을 차려주고 밥을 얻어다 먹기도 하고 여덟 살 난 딸아이는 지주네 아이보개로 덜어 보냈다.

형결과 영구 둘 다 자신들보다 신분이 낮은 비천한 여종, 또는 소작인 신분의 여자와 불륜의 관계를 갖는다는 점에서 『대하』와 『동맥』 두 작품의 사건 설정이 대칭적이다. 형결의 아버지 박성권은 아전의 후손으로 청일전쟁 와중에 군인을 상대로 장사를 해 축재를 하여 상당한 토지를 소유하고 '참봉'으로 양반 행세를 하는 이다. 홍영구의 조부는 영중군(營中軍) 벼슬을 다니기도 했으나, 그의 아버지는 '사기점'을 경영했다. 영구의 아버지는 큰 장사를 했던 것은 아니나 '보름지기' 정도의 농막과 밭을 가졌으며 영구를 남기고는 일찍 죽었다. 그럼에도 영구네는 자신의 동네에서 천도교 교구장을 하는 최관술 집안과 더불어 양반 행세를 하는 집안이다. 영구는 최관술로부터는 개명사상과 천도교를 받아들인다.

『대하』와 『동맥』에서 부르주아 지식인 청년과 비천한 하층계급 여성의 성적·애정문제가 반복적으로 그려지고 있는 것은 무엇을 의미하는 것일까? 1950년대 북한문학계는 김남천 문학에 그려진 바로 이러한 애욕의 문제를 강하게 비판한다. 그의 장편 『낭비』, 『사랑의 수족관』, 단편 「경영」, 「오디」 등을 퇴폐적이며 색정적인 자연주의 작품이라고 비판한다.[17] 심지어 『대하』에서 쌍녜나 그의 남편 같은 "근로인민을 천

---

17 윤시철, 「인민을 비방한 반동문학의 독소―김남천의 8·15 해방 후 작품을 중심으로」, 『문예전선에 있어서의 반동적 부르죠아 사상을 반대하여―자료집』 2, 조선작가동맹 출판사, 1956.9.10, 248면.

치로, 순진한 짐승으로 묘사함으로써 그들을 열등하고 무능력한 이들로 간주한다"고 본다. 쌍네는 "상전 집 며느리들과 이목구비는 같이 생겼을망정 기실 단순한 고기와 비계 덩어리로 '수욕獸慾'의 대상 외에는 아무 것도 될 수 없는 그러한 인간으로 묘사되어"[18] 있다는 것이다.

대개 이광수 등의 계몽주의문학이나 프로문학 등은, 애욕과 이념의 문제를 그릴 때 애욕은 이념의 부수적인 것 또는 이념을 위해 희생해야 하는 부질없고 열등한 것으로 그리기 일쑤다. 이와 반대로 부르주아 리얼리즘 또는 자연주의문학은, 애욕은 인간에게 근본적이고 원초적이어서 이것을 무시하는 이념은 자주 인간 삶의 현실을 왜곡 또는 억압하는 것으로 그린다. 그러나 김남천은 애욕과 이념의 양자를 위계적으로 놓지 않고 각각의 한계성을 제시하면서 이들의 길항관계를 객관적으로 보여주고자 한다.

『대하』에서 형걸이 주저해 하던 단발을 스스로 감행하는 것은 문명개화의 이념적 명분을 좇기보다는 이복동생의 혼사가 진행되는 과정을 지켜보면서 억눌렸던 울분을 터뜨리는 데서 빚어진다. 그가 기생 부용을 만나게 되는 계기 역시 흥미롭게도 기독교 교사의 영향으로 교회 전도를 하러 나가서이다. 이러한 점에서 『대하』는 개화기 당시의 문학적 서사에서는 쉽게 발견할 수 없는 육체와 욕망의 코드를 여과 없이 묘사한다.[19] 『대하』에서 개인의 애욕은 이념을 정서화시킴으로써 작품이 생경한 문명개화의 선전장이 아니라 정서의 구조로 탈바꿈되는 데 중

---

18 한효, 「부르죠아 문학 조류들을 반대하는 투쟁에 있어서의 조선 현대문학」, 위의 책, 21면.
19 정여울, 「'풍속'의 재발견을 통한 '계몽'의 재인식」, 『한국현대문학연구』 14, 한국현대문학학회, 2005, 316면.

요한 몫을 담당한다.

또한 『대하』와 『동맥』은 이러한 애욕의 문제를 통해 부르주아 지식인의 세계관적 동요와 갈등을 드러낸다. 박성권 집안 남자들로부터 농락당한 쌍네는 결국 그의 남편과 함께 고향으로부터 축출당한다. 형걸역시 상층계급들과 마찬가지로 쌍네와 치정의 욕망에 휘둘린다. 그러나 형걸은 그들과 달리 쌍네와 같은 하층계급에 대한 연민 등의 복잡한속내를 드러낸다. 몸이 뜨거워진 청년 형걸이 여종 쌍네를 탐하면서도그녀에게 어색한 '존대의 말'을 쓰는 장면은 과도기에 처한 청년 학생의 순수한 내면을 보여준다.

"어데 갔더랬소." 모든 감정을 억눌르고 겨우 이 한마디를 하노라구 형걸이는 부득부득 애를 썼다. 그러나 이 한마디 말이 지금의 형걸이의 마음을표시하기에는 너무도 동떠러지고 또한 싱겁기 짝이 없었다.

그러나 이 한마디 말이 두 사람에게 동시에 이상한 어울리지 않는 어감語感으로 느껴진 것은 그것이 형걸이로서는 뜻하지 아니하였든 존대의 말이었기 때문이다. 쌍네로서는 난생 처음 이러한 조심스런 말을 들어보았다. 한편 형걸이는 제 입으로 금방 나온 말이 어떻게 된 영문인지 도무지 제 말 같지가 않었다.[20]

형걸은 부용 같은 기생들을 성적 노리개의 대상으로·삼는 양반, 상층계급들과는 달리, 부용을 상대로 새로운 신식의─부르주아식의 연애를

20　김남천, 『대하』, 백양당, 1947, 122~123면.

해 나가려 하고 그 와중에 청년의 혈기로 불량배들과 싸움판을 벌이기도 한다. 형결이 기생 부용에게 교회 전도를 나가서 그녀와 대화를 나누는 장면은 그 자신 기독교 신앙을 확신한다기보다는 차라리 이를 매개로 기생 등의 계급에 대한 부르주아 지식인의 연민 내지는 연대감을 보여준다.

> "저(기생 부용)같은 사람을 그처럼 생각들 해주시니 고맙긴 하외다만, 가령 제가 예수를 믿는다면, 어데 회당에라두 제법 갈 수 있는 몸인가요?" 하고 약간 나무램 섞인 한숨 쪼로 나온다.
> "웨요? 어데 예수교에서 사람 차별 두는 줄 알우?" 대봉이가 대서기는 했으나, 형결이는 역시 부용이의 하는 말이 근경에 가깝다고 속으로 생각하였다.
> "제가 괜히 예배당에만 가 보서요. 그날부터 점잖은 집 부인네는 하나도 오들 않을 겝니다."
> "그래두 할 수 없지요. 예수라는 이는 사람에게다 이네 귀천을 가리거나 그렇진 않었았으니까요." (…중략…) 형결이는 이런데 와서 전도고 뭐이고 하는 게 역시 탈선처럼 생각되었다.[21]

반면 『동맥』에서 남생이 처는, 『대하』의 쌍네가 상전에게 종속적인 것과는 대조적으로 지식인 청년 영구와의 애정문제에서 당당히 대등한 관계를 갖는다. 영구는 남생이 처와의 관계가 동네에서 소문나자 어머니로부터 단단히 훈계를 받고 이후 천도교에 입도하면서 그녀와의 관

---

21 위의 책, 266면.

계를 끊는다. 그러나 그는 그 후에도 소를 끌고 가던 그녀와 우연히 마주치게 되자 그녀로부터 유혹에 흔들리는데 그 장면에서 남생이 처는 능동적이며 매력적인 여인으로 그려진다.

"끼 이놈의 소! 끼라끼랴."

소는 멈춫하였다가 그대로 귀를 쭈볏 쭈볏하며 비껴준 길을 더듬어서 영구의 앞을 내갔으나 길다랗게 곱비를 느려 쥐고 그 뒤에 남생이 처가 맨발에 집신짝을 끌면서 따라 서 있었다. (…중략…) 무릅박에 밖엔 안 오는 치마의 한끝은 치켜서 허리괴춤에 꽂고 굴찍한 무명적삼은 앞이 버러지게 있었다. 수건도 쓰지 않은 머리깔과 해에 꺼슬른 목덜미에서 여자의 체취가 풍겨온다. (…중략…) 시푸르등등한 젊은 안악네의 입술의 한껏이 약간 경련에 떠는 듯 하드니 갈구랭이 같은 손이 덥석 영구의 곱비 쥔 손을 싸도 덮었다. (…중략…) 이슬이 묻어서 허이옇게 때가 벗은 발뒷꿈치가 사나이의 눈 속에 들어온다. (…중략…) 남생이 처의 팔목을 주르르 이끌고 와서 털석 이슬에 젖은 풀숲 속에 앉히여 놓았다. 커다란 궁둥이에 눌리어서 이슬 묻은 으악새와 속새가 비스듬히 자빠진다.[22]

『대하』의 쌍네가 막서리 신분으로 주인집 자식들의 일방적인 농락의 대상이 되는 것과 달리, 『동맥』에서 남생이 처가 영구와 대등한 관계를 갖는 것은, 남생이 처가 갖는 민중적 적극성을 강조하는 데서 생긴 결과가 아닐까 싶다. 영구의 남생이 처에 대한 욕망이 조심스럽고 기회주의적인

---

22 「동맥」, 『신문예』 3, 1946.10, 85~88면.

데 반해 남생이 처는 거리낌이 없고 호방해 보이기조차 하기 때문이다.

외도를 벌인 자신의 여자 앞에서 주저하는 개화 청년 홍영구와 달리 적극적인 모습의 남생이 처를 통해 작가는 무의식적으로 부르주아 지식인과 대비되는 민중적 건강성과 당당함을 보여준 것은 아닐까? 이는 영구가 한때 밀회의 대상인 남생이 처와의 관계를 일시의 과오로 후회하며 오히려 이를 자신이 천도교인으로 각성해 나가는 과정에서 하나의 계기로 생각하는 데서도 잘 보인다. 영구는 읍내에 새롭게 지워진 교회당에서 천도교 대표로 연설하게 될 자신의 '고귀한' 임무를 생각하며 남생이 처와의 과거를 "충동에 몸을 맡겨 성욕의 노예"가 된 것으로 부끄럽게 생각하게 되는 것이다.

김남천의 인간의 개인적 욕망에 대한 관심은 이념 지향의 카프 작가치고는 이미 오래전부터 있어 왔다. '경험주의적'이기는 하지만 당시 프로소설의 일반적 소재와는 완연히 다른, 감옥 안에서 물과 갈증 때문에 고통받는 인물들을 그린 「물!」(1933)과 같은 작품을 창작한 전력이 있는 것이다. 이후 그는 애욕의 형상화에 상대적으로 관심을 둔 부르주아 리얼리즘 작가 특히 구인회 작가들과의 친연성을 자주 보여준다. 김남천은 카프 작가들 중 유일하게 이효석의 문학세계에 관심을 보인다. 그는 이효석 문학의 본질을 '성'으로 보고, 이효석은 이를 통해 '질서와 도덕 이전의 세상, 혹은 그 배후에 숨은 세상'을 그리려 했다고 본다.[23] 그는 이효석 문학이 비록 성을 통해 기성 모럴을 부정하지 못했지만, 그의 문학의 성 담론이 낯설고 신선하며 그것이 마치 기성의 사회 체제에

---

23 김남천, 「이효석 저 『화분』의 '성性' 모랄」, 『동아일보』, 1939.11.30.

반항하는 것으로 본다.

김남천은 지식인과 카페 여급의 애욕을 자주 그렸던 박태원 문학에서 나름의 암시를 받기도 한다.[24] 김남천의 『사랑의 수족관』(1939~1940)에는, 폐병으로 죽음에 이르는 허무주의자 룸펜 인텔리 '김광준'을 보살피는 '박양자'라는 카페 여급이 등장한다. 주인공 '김광호'에 비해 김광준과 박양자는 도시의 기생충 같은 자들로서 이른바 '생명의 낭비자'로 규정되나, 주위의 인물들에 의해 동정과 지지를 받는다. 이는 카페 여급과 난봉이 난 '홍수'의 폐병 구완을 위해 헌신하는 여급 '숙자'의 이야기를 따듯한 휴머니즘으로 그려낸 박태원의 「윤초시의 상경」(1939)을 곧바로 연상케 한다.

식민지 말기 김남천의 일련의 소설들, 가령 당대의 상층 부르주아계급 또는 지식인의 풍속과 애욕을 그린 『사랑의 수족관』, 『낭비』(1940) 등은, 이태준의 『청춘무성』(1941), 『별은 창마다』(1942~1943) 등과 중첩되는 부분들이 많다. 흥미롭게도 1950년대 북한문학계가 이태준 문학을 공격할 때 그 비판의 논리는 앞서 지적했듯이 김남천 문학의 경우와 동일하다. 이태준 문학의 출발 작품이라 할 수 있는 「오몽녀」(1925)는 "패덕적인 색정소설"이고, 이태준 문학은 이후로도 이러한 경향에 일관하여, 『청춘무성』(1941)은 연애를 엽기적 모험으로 삼고 퇴폐적 분위기를 드러내는 등 일련의 그의 장편들은 "동물적 색정주의"를 추구하고 있다고 비판한다.[25]

---

24 김남천의 산문들과 일련의 소설 및 비평은, 박태원의 문학적 성취에 대한 그의 숨길 수 없는 오마주를 보여준다. 손유경, 「식민지 조선에서 '전위'가 된다는 것 (1)」, 『한국현대문학연구』 51, 한국현대문학회, 2017.4, 455면.

25 윤세평, 「해방전 조선의 반혁명적 문학 집단 '구九인회'의 정체」, 『문예전선에 있어서의 반동적 부르죠아 사상을 반대하여 ─ 자료집』 1, 조선작가동맹출판사, 1956.7.1, 91면.

해방 직후인 1947년『대하』가 체코어로 번역·출간됐다. 번역자는 오스트리아로 유학을 가 비인과 프라하를 왕래하며 박물관 일을 한 한홍수라는 고고학자다. 그는 유럽에 있으면서도『비판』,『인문평론』등에 유럽 체류기를 게재하는 등 한국의 지식인들과 지속적 교류를 가졌다. 그는 해방 후『대하』뿐만 아니라 출간은 안 됐지만 독일어로 이태준의「해방전후」(1946)를 번역한다. 그는 체코에 머물면서 남로당의 박헌영과 관계있던 이들이 체코를 경유해 월북코자 하는 데 도움을 준다. 한홍수도 결국 북면을 선택했는데, 그 역시 북한 당국에 의해 남로당계 작가들이 숙청당하던 시기 종적을 감춘다.[26]

김남천을 포함한 박태원, 이태준 이들 모두는 해방 이후 냉전의 논리를 넘어서야 하는 어려운 싸움의 한가운데 놓였던 자들이다. 카프의 김남천과 구인회의 작가들 간에 존재하는 공유하는 여러 성격들이 결국 해방기에 이들이 같은 길을 걸으며, 북한을 선택하게 한 배경이 아니었을까 생각해 본다. 김남천은 해방 직후 조선문학가동맹의 제2대 서기장으로, 임화와 더불어 동맹의 공식적 창작 방법인 진보적 리얼리즘의 이론을 여러 지면을 통해 주창한다. 그는 이 시기 역시 문학을 정치의 전위로 생각하고 있었던 것은 사실이다. 그러나『대하』와『동맥』이라는 역사소설을 비교하건대, 그는 부르주아 리얼리즘의 인간의 개인적 애욕문제에 관심이 많았고 또 이를 통해 무엇보다도 부르주아 지식인의 인간적·세계관적 약점을 그려내고자 하는 데 중요한 관심을 두고 있었다.

김남천은 적어도 문학에서 궁극적으로는 근본주의자가 되기 어려웠

---

26 양문규,「체코의『대하』수용과 한국문학의 세계화」,『현대문학의 연구』59, 한국문학연구학회, 2016 참조.

다. 해방 후 발표된 단편소설 「원뢰遠雷」(1947)도 이 시기 시의성이 강한 그의 장편소설들과는 달리, 술에 만취한 기독교 신자가 인력거를 타고 가며 마태복음 구절을 중얼거리는 모습을 그리면서 해방 후의 새로운 현실에 직면하여 오히려 무력감에 빠져 동요하는 부르주아지의 내면을 그리는 데 관심을 두고 있다. 그가 북에 가서도 남긴 작품이 전쟁 시기 '종군 작가'로서 어쩌면 의무적으로 써야 했던 「꿀」(1951) 같은 작품이 유일하였다는 사실이 이를 반증한다. 그럼에도 북한문학계는 「꿀」조차 "전사들의 영웅적 전투의 흔적을 찾아 볼 수 없으며 (…중략…) 자기 일신상의 생명을 구하려는 본능적 충동만이 강조되었다"[27]고 비판한다.

5. 맺음말

『대하』가 한국근대사에서 기독교가 어떠한 모습을 보여주는지에 초점을 맞춰 그렸다면, 그 후속작인 『동맥』은 천도교에 새롭게 초점을 맞춰 이를 그린다. 김남천은 이미 해방 이전부터 기독교뿐만 아니라 동학 또는 천도교에 관심을 갖고 이를 새롭게 그리기 시작했다. 그는 한국근대사의 전개 과정에서 '근대화(문명개화)=미국화=기독교화'의 길뿐만

---

27 엄호석, 「사실주의로 변장한 부르죠아 반동문학」, 『문예전선에 있어서의 반동적 부르죠아 사상을 반대하여─자료집』 1, 조선작가동맹출판사, 1956.7.1, 155면.

아니라, 민족·민중적 경향의 천도교의 길 역시 있다고 생각했기 때문이다. 『대하』와 『동맥』에서 기독교 또는 천도교와 관련된 민족 부르주아의 형성과 행방에 관심을 두고 이를 그리려 했던 김남천의 작업은, 그가 남과 북 모두로부터 버림을 받는 탓에 결실을 맺지 못한다.

『대하』와 『동맥』에서 반복적으로 나타나는 모티프 중의 하나가, 기독교든 천도교든 부르주아 지식인과 그와는 신분이 다른 하층민 여인과의 애욕의 서사다. 김남천은 이념 지향의 프로 작가였고, 해방 직후 역사의 전환점에서도 이러한 입장이 두드러졌다. 그런데 막상 두 연작의 역사소설을 비교해 보면 그는 이념과 개인의 애욕이라는 문제를 중첩시켜 당위성 너머 실존적 인간으로서의 모습을 그리고자 했다. 그는 이념과 애욕 양자 각각의 한계성을 제시하여 이념을 정서화하고자 했고 특히 이를 통해 부르주아 지식인의 인간적·세계관적 동요나 약점을 그리고자 하는데 주요한 관심을 두었던 작가다.

해방 직후 남북의 새로운 민주주의 시인과 그 식민지 기원

김재용

1. 해방 직후 문학의 재인식 ─ 일제 말 문학과의 연계성

혼히 해방 직후의 문학을 해방이라는 갑작스러운 사건에 연이어 나온 평지돌출식의 것으로 이해해 온 것이 그동안의 연구 경향인데 이는 마땅히 재고되어야 한다. 해방 직후의 문학을 이런 식으로 바라보는 관점이 오랫동안 유지되어 왔던 것은 일제 말 문학 1939년부터 1945년 시기의 문학을 재대로 연구하지 않은 것과 밀접한 연관을 갖고 있다. 1939년 이후 시기는 암흑기라고 간주되어 그 내부를 들여다보지 않았기 때문에 이 시기의 문학을 건너뛰었다. 그러다보니 해방 직후의 문학을 연구할 때 당연히 일제 말 시기의 문학과의 연속선에 대해서는 큰 관심을 두지 않고 넘어갔다. 최근 10년 넘게 진행되어 온 일제 말 문학 연구는 이러한 연구 풍토에 의문을 던지는 계기로 작용하게 되었다. 일제 말 작가들의 행적과 지향을 자세하게 연구하게 되면 해방 직후 그들이 보여준 많은 문학적 경향을 더욱 내재적으로 이해할 수 있게 된다. 해방 직후의 그 유명한 좌담회 「문학자의 자기비판」을 제대로 이해하기 위해서는 일제 말 이들 참가 문인들의 행적을 제대로 알아야 그 발언의 진의와 맥락을 읽을 수 있는 것이다. 그렇지 않은 경우 그 좌담회를 깊이 읽고 해명하는 것은 매우 어려운 것이다. 이러한 것은 비단 이 좌담회뿐만 아니라 해방 직후의 중요한 문학가들의 행방을 읽을 때 해당된다고 할 수 있다. 그런데 이러한 점이 더욱 잘 부각되는 대목은 기성의 중견 문인들이 아니라 해방 직후 신인의 이름으로 등장한 문인들과 그들의 문학을 읽을 때이다.

해방 직후의 문학을 새롭게 연구할 때 또 하나 염두에 두어야 할 것은 남북의 문학을 함께 연구하는 시각이다. 냉전 이후 굳어진 남한 중심의 시각으로 인해 여전히 해방 직후의 문학을 이야기할 때 삼팔선 이남에 국한되어 있다. 남북의 문학을 함께 연구하는 것이 쉬운 일은 아니지만 마냥 미루고 말 일은 아닌 것이다. 특히 해방 직후의 남북의 문학은 한국전쟁 이후와 달리 일제 말 문학과 깊은 연계를 가지면서 요동칠 때이다. 그렇기 때문에 해방 직후의 문학을 연구할 때 남북을 함께 보는 시각은 더욱 긴요하다.

이러한 두 가지 시각을 감당할 수 있는 가장 적절한 것이 해방 직후 남북에서 나온 신진 시인들의 시집 『전위시인집』과 『전초』에 실린 시인들이다. 이 두 시집은 신진 시인들의 시를 묶은 것이기 때문에 일제 말과 해방의 연계를 기성의 문인들보다 훨씬 더 잘 보여줄 수 있기 때문이다. 또한 남북에서 거의 비슷한 시기에 나온 것일 뿐만 아니라 신진 시인들의 작품을 묶은 것이기 때문에 비교하기에 매우 적절하다고 할 수 있다.

2. 해방 직후 남한의 새로운 시인과 『전위시인집』(1946)

『전위시인집』에 실린 새로운 시인들을 제대로 이해하기 위해서는 이들이 청년 시절 겪었던 일제 말 역사적 맥락을 제대로 보아야 한다는 것에 대해서는 이 시집의 발문을 작성한 오장환의 통찰 어린 지적에 잘 나온다.

여기 내가 소개하는 젊은 시인들은 일본의 식민지 정책이 최고의 조건으로 우리의 문화를 말살하려 할 때 그때에 불운한 성년기를 맞은 청년들이다. 이들 앞에 찾아온 것은 조금도 따뜻하지 않은 학병이요 징용이요 추적의 가시길이었으나 그들은 이러한 조건에서도 쉬지 않고 우리의 아름다운 감정과 언어와 사고를 연마하기에 게으르지 않았다. 이것의 결실로 이번 전위시집을 내게 되는 것은 당연한 중에도 당연히 일이며 나 하나뿐의 기쁨만이 아니다. 진실로 이들은 우리 시단의 제일선을 찬연히 빛나게 하는 존재들로서 그들의 노래는 참으로 솔직하여 우리 선배들이 일본 총독의 치하에서 작품활동을 하였을 때처럼 누구의 눈치를 본다거나 같은 말을 둘러 한다거나 하는 일이 일사천리격으로 나가는 새로운 활기를 가져온 것도 기꺼운 현상의 하나일 것이다.

이 시집의 시인들은 하나같이 일제 말의 엄혹한 제국주의 억압을 몸소 겪은 이들임을 오장환은 잘 말해주고 있다. 실제로 일본제국주의는 지배 전 시기에 걸쳐 억압적이었지만 일제 말이 가장 가혹하였다. 조선어를 사용하지 못하게 하고, 창씨개명을 요구하는 것은 물론이고 전쟁의 승리를 위해 모든 역량을 동원하였던 것이 바로 일제 말의 가장 가혹한 상황이었다. 이전부터 일본제국주의의 억압을 겪었던 이들에게도 이러한 새로운 가혹한 상황은 견디기 어려운 것이었지만 이 시기에 이르러 자의식을 갖춘 청년으로 자란 이들에게는 더욱 참혹한 것이었다. 다른 어떤 미래의 가능성에 대한 상상력을 키울 수 있는 여지가 원천봉쇄된 파시즘의 가혹한 상황에서 바랄 수 있었던 것은 민주주의에 대한 최소한의 갈망이었다. 자기의 모어를 자유롭게 사용할 수 있고 자신의 정치적 지향을 이야기할 수 있는 최소한의 민주주의였다. 앞선 세대들이 가졌던 다양한 국제주의적 연대운동이나 혁명은 꿈조차 꿀 수 없었던 것이다. 이러한 세대들이 해방된 자유로운 상황에서 쓸 수 있었던 시들이 바로 이 시집에 수록된 것들이기 때문에 이러한 맥락을 이해하지 않고서는 이들의 시를 재대로 이해하기 어려울 것으로 생각된다. 이 점을 오장환은 놓치지 않은 것이다.

그런 점에서 눈여겨 볼 또 하나의 글은 이 시집의 앞에 놓인 김기림의 서문이다. 얼핏 생각하면 이 서문을 쓸 가장 적당한 인물이 김기림이 아니라 임화라고 생각할 수 있다. 흔히 해방 직후의 문단을 살필 때 가장

익숙한 틀 중의 하나가 좌파와 우파의 대립과 그 중간에 서 있는 중도파
라는 틀이다. 그런 관점에서 보게 되면 이들 신진 민주주의 시인들을 옹
호하고 지지할 수 있는 문인으로 임화를 들 수 있을 것이다. 그런데 임화
가 아니고 김기림이라는 사실은 이 시집이 어디에서 연유하고 있는가를
아주 잘 보여준다. 김기림이 이 서문에서 강조하고 있는 핵심적인 논지
는 사실 1930년대 후반 임화의 논쟁 시기에 보여준 것들이다. 김기림이
임화와 맞서서 독자적인 시론을 펼친 것은, 카프의 시가 독주하고 시문
학파가 간신히 명맥을 유지하고 있던 1930년대 전후의 한국 시단 전체
에 대한 거부를 통한 새로운 시문학의 방향을 열고자 하던 열망의 표현
이었다. 실제로 김기림의 이러한 시론은 오장환과 백석을 비롯한 1930
년대 후반의 시인들을 새롭게 설명하고 평가하는 유력한 잣대로 작용하
였고 이는 일제 말까지 일정하게 작용하였다. 그런 점에서 이 시집의 서
문을 임화가 아닌 김기림이 쓴 것은 결코 우연이 아니다. 1930년대 후
반에 김기림이 제시하고 이끌던 새로운 시적 이해의 연장에 이들 시인
들이 놓여 있음을 말해주는 것이다. 카프와 그 반대자의 적대적 공존이
란 1920년대 중반부터 1930년대 중반까지의 한국 시단의 틀과 선을 긋
는 것을 의미하는 것이기도 한 것이다.

3. 해방 직후 북한의 새로운 시인과 『전초』(1947)

해방 직후 문학을 이해함에 있어 빠뜨릴 수 없는 것이 바로 한반도 전체의 관점이다. 흔히 해방 직후의 문학을 연구한다고 했을 때 삼팔선 이남의 문학에 한정지어 이해하는 감각이 오늘날 지배적이다. 하지만 일제 말의 한반도에 거주하던 많은 문학인들 중 상당한 이들이 삼팔선 이북에서 활동했던 것을 고려하면 오늘날 이렇게 마비된 감성은 지양해야 할 태도이다. 오장환은 『전위시인집』의 발문에서 삼팔선 이남에서 이북의 사정을 알지 못하는 아쉬움을 강하게 토로하고 있다.

이들을 세상에 천거함으로 다시 섭섭함을 금치 못하는 것은 또 하나 내가 모르는 수많은 전위의 시인들이다. 지금 우리 땅은 남북으로 갈리어 북에 있는 여러 새 동무들이 얼마나 씩씩한 노래를 북조선 근로대중과 농민들에 들려주고 있는 것인지 이것을 일일이 함께 듣지 못함은 어찌 안타깝다 아니 할 것인가

오장환이 강하게 느꼈던 안타까움은 오늘날 우리는 거의 잃어버린 감각이라고 해도 과언이 아닐 것이다. 현재 우리는 여러 가지 방식을 통하여 당시의 이러한 감각을 회복해야 한다. 그런 점에서 해방 직후 북에서 나온 민주주의의 신진 시인들의 시집인 『전초』는 매우 중요하다 할 것이다.

이 시집에 대해서 본격적으로 알아보기 전에 우선 수록된 시인의 목

록을 살펴보자. 강승한, 김광섭, 김귀련, 김상오, 김북원, 김순석, 김춘
희, 이경희, 이맥, 이봉재, 이호남, 마우룡, 백인준, 서유길, 신동철, 원
진관, 윤시철, 정서촌, 정문향, 천청송, 한명천, 황민 등 22인의 새로운
시인들이다. 북한문학에 익숙하지 않은 이들에게 이 목록은 퍽 낯선 것
일 터이다. 필자처럼 북한문학에 비교적 익숙한 이에게도 몇몇은 낯설
다.『전위시인집』에 수록된 시인들은 해방 직후 나온 신진 시인들 중 일
부임을 감안할 때 삼팔선 이북의 대부분의 신진 시인들의 시를 묶은 이
시집은 단연 이채롭다. 시집『전초』를 묶은 이들이 분명히 일제 말에 가
혹한 조건에서 시를 썼거나 혹은 준비했던 이들이 해방 후에 새롭게 등
장하는 것의 시사적 혹은 문학사적 의미를 아주 분명하게 자각하고 있
었음을 알 수 있다. 그러한 역사적인 감각이 없거나 혹은 이러한 신인들
의 갖는 의미를 자각하지 못하였다면 이러한 시집은 빛을 보지 못하였
을 것이다.

　이들 신진 민주주의 시인들이 일제 말의 가혹한 상황에서 숨을 죽이
면서 문학을 했거나 준비했던 이들임을 명백하게 보여주는 예가 여성
신진 시인이었던 김귀련의 「조국어」(이 시는 1947년 8월에 발행된『문화전
선』5집에 실린 이후 단행본 시집『전초』에 실렸다)라는 시이다.

조국어
그것은 진정 조국을 가진 자의 자랑이었다.

조국의 전통을 올바로 이을 수 있었고
조국의 역사를 진실히 말할 수 있었기에

슬픈 역사기록의 한폭 한폭에
끊임없이 계속되던 불행의 기복을 더듬으며
우리들의 조상은 슬픈 비극의 주인공들이었다.

그러기에 나는
그늘 밑에서 피여본 적 없는 그늘의 딸
그러기에 나는
내 나라 말을 이제사 배우는 늦피는 조선의 딸
그러기에 나는
내 나라 글을 내 아들과 같이 배우는 새조선의 딸

케케묵은 봉건의 굴레 속에
사대의 비굴한 노예 그네 양반들은
제 나라말 천시하고
남에만 숭상하기 바빴기에
일찍이 우리들은
훈민정음 세종의 이름조차 몰랐더니라

약한 자는
강점자들의 말을 배워야 했다.
억압에 허덕이는 자는
전제자의 글을 배워야 했다
서른 여섯해의 허구한 성상을 두고

나는 날부터 우리는 허수아비가 되어야 했다.

왜말을 짖어거리고

왜글을 허우적거리는

숨어서 내 나라 글 써야했고

몰래 내 나라 말 속삭여야 했던

우리들의 조상이 피와 싸웠던 이 땅에서

어버이 없는 사생아처럼

나의 정열 솟을 곳 없는

나의 호소 닿을 곳 없는

조국 잃은

조국 없는

의지할 곳 없는 창백한 벙어리꽃이었다.

오

갔느냐 나의 슬픈 꿈

가시덤불 헤치던 만신창이의 이 몸

백화찬란한 새봄 맞은 지 이미 두 돌

가버린 시절이 애석치 않으려면

아직도 나는 젊었으니

자랑에 살련다 조국의 딸이기에

흰구름 둥실 하늘 높이 놀고

꽃바람 일어 새봄 알리니

이봄따라 온갖 희망도 나의 것
정열을 마음껏 바칠 수 있는
모든 행복이
나의 청춘을 읊조린다.

가거라 나의 모든 슬픔이여
나는 자랑을 지닌 조선의 딸
이제 인민을 억누르려는 아무런 외국어도 없으며
나에게 강요하는 아무런 외국어도 없으니
오직 세계사의 전진에 키를 겨누며

조국의 말
조국의 글

그 위에 피는 전통의 꽃 붉고
그 위에 맺는 역사의 꽃 아름다우리니
위대한 미래여
불패한 영광이여
오
조국을 가진 자의 자랑 나에게도 있구나

자의식을 갖고 언어를 사용할 무렵 조선어가 사라지고 일본어가 일반
화되었을 무렵에 성장한 이들 신진 시인들의 세대의 언어의식을 표현한

것이 바로 이 시이다. 일제 말 이전에 이미 시작詩作 활동을 하였던 이들에게는 찾아볼 수 없는 감성임에 틀림없다. 그런 점에서 이 시집에 수록된 신진 시인들이 어떤 역사적 맥락을 가졌는가를 알 수 있는 대목이며 그런 점에서 남한에서 나온『전위시인집』의 그것과 별반 다르지 않다.

　이 시집에서 흥미로운 것 중의 하나는 일제 말에 만주에서 활동하던 이들이 많다는 점이다. 김북원, 천청송, 한명천, 황민 등은『조선일보』와『동아일보』가 폐간된 이후『만선일보』에 시를 발표하였던 이들이다. 여기서 놓쳐서 안 될 것은 이들 해방 직후의 신진 시인들을 수록하는 이 시집에 구체적인 시인들을 천거한 이가 누구인가 하는 점이다. 삼팔선 이남에서 오장환이 했던 역할을 이 시집에서 누가했는가 하는 점이다. 서명이 없고 막연하게 '북조선문학동맹중앙상임위원회'라고만 되어 있기에 정확히 말할 수는 없지만 이정구가 아닌가 한다. 집단적으로 편집을 했을 북한의 풍토를 고려하면 이정구 개인만이 하지는 않았지만 그가 1930년대 후반 이후 새로운 시인에 관심이 많았던 것을 고려하면 그렇게 생각할 수 있다. 이정구는 잡지『낭만』에 오장환과 마찬가지로 시를 발표했을 뿐만 아니라 그 잡지에 가장 시를 많이 쓴 임사명이 죽었을 때 그를 추모하는 시를 발표하는 등의 일을 감안할 때 해방 직후 북한에서 이러한 새로운 시인들을 모을 때 중추적인 일을 했을 가능성이 있다. 또한 이정구는 해방 직후 한때 북조선 문학동맹의 시문학 분과를 책임지기도 하였던 인물이다. 여하튼『낭만』시잡지가 해방 이후 남북의 새로운 민주주의의 신진 시인들을 배출하는 데 있어 매우 중요한 가교 역할을 했음을 알 수 있다.

4. 식민지적 기원과 『낭만』(1936)의 문제성

『전위시인집』과 『전초』는 일제 말에 시를 쓰기 시작하였거나 혹은 시를 공부하였던 이들이 해방 직후에 발표한 것을 모은 것들이다. 그들의 시는 기본적으로 일제 말의 조선문학의 성취에 그 맥이 닿아 있다. 그런 점에서 『전위시인집』의 시인을 천거하였던 오장환과 『전초』의 일부 시인들을 천거한 것으로 보이는 이정구 등이 1930년대 후반에 어떤 위치를 점하고 있었는가를 파악하는 것은 이들 신진 시인들의 시적 맥락을 짚는 데 매우 중요한 일이 될 수 있다. 그런 점에서 오장환과 이정구가 옛 카프 출신의 시인들과 함께 만든 시잡지 『낭만』은 매우 중요하다.

시잡지 『낭만』이 기본적으로 카프 출신의 두 명의 중요한 시인이었던 박세영과 임화를 앞세운 것은 너무나 자연스럽다. 카프가 해체된 마당에 카프의 시문학을 어떻게 이어나가야 하는가 하는 문제의식이 이 시집에 가득 차 있기 때문이다. 그런데 흥미로운 것은 이들 세대와는 다른 더 젊은 이들이 이 시집의 주류를 형성하고 있다는 점이다. 오장환과 이정구는 물론이고 많은 이들이 이들과 비슷한 세대들로 카프 이후의 세대들이다. 이 시집에 가장 많은 시를 발표하고 있는 임사명의 경우 공산당 재건운동을 하다가 옥살이를 하고 난 다음 풀려나 시를 발표하기 시작하였던 이들이다. 이처럼 이 시집에 수록된 이들의 대부분은 카프 시절의 시인인 아니고 그 끝 무렵에 등장한 이들이다. 그렇기 때문에 카프의 시가 성취한 것을 그냥 그대로 되풀이할 수 없는 위치에 서 있는 이들이다. 물론 카프의 시적 경향을 어느 정도 보고 성장한 이들이었기에 이것과 무관할 수는 없지만 그렇다고 그것을 되풀이할 수도 없는 처지였다. 그러한 새로운 경향을 모색하려고 하였던 이들 중에서 가장 자기 색채가 뚜렷한 이들이 바로 오장환과 이정구이다. 이들은 카프의 전통을 이어받으면서도 이를 넘어서는 다른 시적 경향을 만들려고 몸부림쳤다. 그렇기 때문에 이들은 1930년대 후반은 물론이고 일제 말에도 꾸준히 작품을 발표하면서 자기의 세계를 만들려고 노력하였던 이들이다. 서로 다른 경로에도 불구하고 공통적인 것은 카프를 넘어선 새로운 시적 흐름을 만들어내야 한다는 자의식이었다. 그렇기에 이들은 해방 후에 새로운 신진 시인들에 특별한 관심을 두고 지켜보면서 이들의 시를 모아 시집을 만드는데 큰 역할을 하게 되었던 것으로 보인다. 그런 점에서 시잡지 『낭만』은 카프와 해방 후의 민주주의 신진 시인들을 잇는 좋은 교량 역할을 하였다고 볼 수 있다. 물론 이 시잡지 전체가 그러한 것은 아니지만 이것이 중요한 터전의 노릇을 하였음을 부정하기는 어려울 것이다.

5. 냉전의 폭압성과 다양한 진보시의 쇠락

미소의 남북 점령과 이에 기댄 남북 내부의 정권의 질주는 한반도 전체에 지울 수 없는 냉전의 억압성을 드러냈다. 일제하 카프의 시에 대한 비판에서 시작되었던 다양한 진보시의 전통과 모색은 일제 말 엄혹한 시기의 저류를 통과하여 해방 후에 비약되었지만 이러한 냉전적 억압의 폭력으로 인해 극도로 위축되었으며 마침내 쇠락하는 운명을 맞이한다. 이후 남북에서 전개된 시의 전통은 해방 직후의 다양한 흐름과 비추어 보면 너무나 앙상한 양상을 연출하였다. 남에서는 전통적인 서정시가 주류를 형성하게 되고 그 이외의 것은 극도로 위축되었으며 북에서는 사회주의 리얼리즘의 이름의 시가 횡행하게 되면서 해방 직후 보았던 다양한 진보적 시의 노력이 사라져 버렸다. 해방 직후의 문학 특히 시를 다시 불러오는 것의 한 의미는 바로 이러한 다양한 시적 탐색을 재평가하면서 냉전하 극도로 편협해진 시를 다시 보는 일이기도 하다.

해방기 시의 세대론

유성호

1. 해방기 시의 삼각 경로

해방이 되자 한국문학에 다가온 물리적 조건의 변화 가운데 가장 뜻 깊은 것은 아마도 모어mother tongue의 회복이었을 것이다. 말할 것도 없이 해방은 모어의 근원적 박탈 상태에서 식민지 시대를 살아온 문인 들에게 새로운 정체성 탐색에 필요한 결정적 에너지를 선사해 주었다. 그리고 문인들은 해방을 맞자 식민지 시대에 여러 모양으로 행해졌던 부일행위에 대한 반성을 필연적으로 요청받게 되었다. 이는 당시에 매 우 중요한 윤리적 과제로 제기되었지만 철저한 반성과 청산 대신 격화 된 이념대립과 분단의 현실화로 인해 점차 그 중요성이 희석되어 버렸 다. 이렇게 해방은 한국문학의 물줄기를 언어적, 정치적, 윤리적 근원 에서부터 일대 전기를 마련했으면서도, 이후 분단 체제가 완고하게 형성되면서 미완의 가능성에서 자기 전개를 멈추게 된다.

해방기[1]에 씌어진 시편들은 이러한 환희와 좌절, 반성과 변명, 저항과 순응, 반목과 평정의 서사를 그 안에 육화하면서 다양한 무늬를 수놓게 된다. 식민지 시대부터 활동했던 시인들은 물론 이 시기에 등단한 신인들까지 그 창작 주체의 폭은 매우 컸고, 그들에 의해 창작된 작품(집)의 너비는, 이 시기가 매우 짧았음을 상기하면 그야말로 엄청난 것이었다. 또한 이 시기에는 식민지 시대에 미간행되었던 이육사, 윤동주, 심훈 등의 시집[2]이 유고 시집 형태로 나왔고, 이들 시편이 해방 후 우리 시의 중요한 맥락을 형성하는 토대를 닦게 된다. 물론 이들은 해방 전에 유명을 달리했지만 한 권의 시집으로 그 결실이 모아져 공개되면서, 우리 시는 현실 인식과 서정성의 통합이라는 경지를 실물적으로 접하는 계기를 맞게 된 것이다. 거기에 더하여 해방기에는 여러 사화집[3]이 속속 출간되어, 이때는 그야말로 역동적인 출판 러시를 이룬 시기로 기록되기에 족하다고 할 수 있을 것이다.

그동안 해방기 시의 전개 양상을 조감해 온 틀은 선명한 좌우 양측의 대결 구도에 기대고 있었다. 조선문학가동맹을 축으로 하는 왼쪽 계열

---

1 이 용어는 물론 잠정적인 것이다. 그동안 비슷한 범주로 쓰인 이디엄으로는 '해방 공간', '해방 직후', '해방 정국' 등이 있다. 그 안에는 이 시기를 해방으로부터 단독정부수립(1948.8.15)까지로 획정하려는 시각과 해방으로부터 한국전쟁(1950.6.25) 직전까지로 보려는 시각이 혼재하고 있다. 여기서는 한국전쟁이 해방의 잠재적 가능성을 결정적으로 차단한, 그럼으로써 가장 중요하게 작동한 분단 요인으로 보고, 그 직전까지를 해방기로 칭하기로 한다.
2 『육사시집陸史詩集』(1946), 『하늘과 바람과 별과 시』(1948), 『그날이 오면』(1949) 등이 그것이다.
3 『해방기념시집解放紀念詩集』(중앙문화협회, 1945), 『3·1 기념시집紀念詩集』(조선문학가동맹시부, 1946), 『횃불』(우리문학사, 1946), 『조선시집朝鮮詩集』(아문각, 1946) 등이 그것이다.

과, 청문협을 축으로 하는 오른쪽 계열의 이념적, 정치적, 인적, 매체적 적대 구도는, 새롭게 외연을 달리한 측면이 있다 하더라도, 식민지 시대의 좌우 대결을 고스란히 연장하여 재생산한 틀이었다고 할 수 있다. 임화를 비롯한 권환, 박세영 등 카프계系와 김기림, 정지용 등 구인회 그룹(소설에서도 이태준, 박태원 등이 가담한 것과 맥을 같이 한다), 그리고 오장환, 여상현 등 시인부락 그룹, 설정식, 최석두, 상민, 『전위시인집前衛詩人集』 수록 시인 등 신예들이 전자에 두루 포괄되었다. 후자에는 월탄이나 이산, 영랑, 미당, 청마를 비롯하여 『청록집靑鹿集』 수록 시인 등이 두루 편제되었다. 물론 김동리, 조연현 등이 이들의 강력한 이념적, 조직적, 비평적 후원자가 되어 있었다. 이러한 대립적이고 심지어는 적대적이기까지 한 선명한 이분법적 틀은 마치 해방기가 하루의 여일餘日도 없이 각축과 투쟁 그리고 혼란을 거듭한 시기라는 인상을 주어 왔다. 그러한 '강대강强對强' 싸움의 격류에 소소하거나 개별적인 시적 흐름들은 아예 그 외관이 조망조차 되지 않았고, 그 결과 해방기에도 작품 활동을 꾸준히 이어갔던 신석정, 김광균, 백석 등은 아예 이러한 이분법에 포섭되기 어려웠다. 그리고 김수영을 필두로 하는 흐름은 전후戰後 모더니즘으로 단절되어 이월·귀속되어버리는 착시마저 안겨주게 된 것이다.

이제 우리는 적대적인 좌우 대결 구도를 끊임없이 재생산하는 것보다는, 그래서 좌익 쪽은 북한문학의 원류가 되고 우익 쪽은 남한문학의 원류가 되었다는 결과론적 오해를 무자각적으로 창출해내는 것보다는, '순수서정-리얼리즘-모더니즘' 지향이 식민지 시대와 어떻게 연속성 혹은 불연속성을 형성하면서 삼각 경로를 띠게 되는지를 살핌으로써 비교적 사실에 가까운 시사적 개괄이 가능하다고 생각한다. 여기서는 해방기에

의욕적으로 출간된, 각 진영을 대표하는 사화집 『청록집』(1946.8), 『전위시인집』(1946.10), 『신시론新詩論』(1948.4)을 중심으로 하여 이 사화집 발간을 전후로 나타난 각 진영의 생멸 과정을 살핌으로써, 곧바로 닥쳐온 분단과 전쟁으로 인해 나타난 기억의 과잉, 망각, 변형 과정을 살펴보려고 한다. 그것이 해방기가 식민지 시대와 분단 시대를 잇는, 혹은 그 사이의 가장 깊은 심연을 이루는 시기임을 알려주는 중요한 지표를 제공할 것이기 때문이다.

2. 『청록집』의 경우

『청록집』은 을유문화사에서 1946년 6월에 출간되었다. 우리에게 세칭 '청록파'로 기억되는 시인들이 펴낸 이 시집은, '자연'을 근대시의 주요한 대상으로 아름답게 재현해 낸 독자적 성취라고 할 수 있다. 그리고 우리말의 리듬과 이미지를 높은 예술적 형상 속에서 구현함으로써 이 시기의 가장 화려한 사화집으로 등극되었다. 박목월은 자연을 신성 단계까지 끌어올리는 상상적 미학의 시편을 썼고, 박두진은 특유의 메시아니즘과 유토피아주의를 보여주었고, 조지훈은 고전에 대한 감각과 자연에 대한 내밀한 서정을 통해 그만의 시적 격조를 보여주었다. 당시 조선문학가동맹과는 비판적 거리를 취하면서 시의 순수성과 미학적 차원에 초점을 맞추었던 이 시인들은, 정치 의식을 시의 표면에서 최대한 걷어내고 서정성을 제고했다는 점에서 긍정적으로 평가받을 만하다. 이들은 모어의 미학적 탐구를 통한 높은 예술성 개척, 보편적인 인생론적 성찰, 자연이나 일상에 대한 천착 등을 주제로 하는 시편들을 쏟아내어 우리 현대시의 자기 성숙에 깊이 기여하였다고 할 수 있다.

일제 말기에 이들을 『문장文章』으로 등단시킨 정지용은 해방기에 조선문학가동맹과 거리를 현저하게 좁히면서 활동하였다. 하지만 정지용은 식민지 시대의 화려했던 시사적 자취와는 다르게 그만의 시적 진경을 전혀 보여주지 못했다. 그럼에도 불구하고 정지용은 이들 제자 혹은 후배 시인들에게 여전히 커다란 그늘이자 발생론적 역상逆像으로 존재했다. 『청록집』 제호는 정지용 시집 『백록담白鹿潭』(1941)과 뚜렷하게 마주 보는 형국을 취한 것이기 때문이다. 정지용은 1948년에 정음사에서 나온 후배 시인 윤동주의 유고 시집 『하늘과 바람과 별과 시』 서문에서 자신이 "8·15 후에 부당하게 늙어간다"고 썼다. 해방 후 자기 시세계에서 한 발짝도 진척을 보이지 못했던 그는 후배 시인의 유고 앞에서 "무릎을 꿇고" 분향을 하며 "무시무시한 고독에서 죽었고나!"라고 외쳤지만, 그 '무시무시한 고독'은 해방기에 시로써 나아가지 못하고 산문에만 매달린 그 스스로의 것이었을 것이다. 결과적으로 정지용은 조선문학가동맹에서 활동하다가 남한 단독정부가 서자 보도연맹에 가입하는 등 굴곡 많은 고독한 세월을 보냈다. 이러한 정지용의 행보 사이로 청록파 시인들은 박용철이 20여 년 전에 펴낸 순수서정의 미학적 아이콘인 『시문학詩文學』 제호를 다시 따서 잡지를 창간하게 된다. 한국전쟁 직전의 일이다.

『시문학』은 발행인을 박목월로, 편집인을 조지훈으로 하여 1950년 1월에 창간되었다. 판권란을 보면 1949년 8월 16일에 '허가번호 제

240호'를 얻었고, 1950년 1월 27일 인쇄했다고 표기되어 있다. 인쇄일을 곧 발행일로 볼 수는 없겠지만 표지에도 1950년 1월이라 표기되어 있으니, 창간호는 1950년 1월에 나온 것이 틀림없다. 더구나 제2호가 1950년 4월 25일 발행인데 박목월이 편집후기에서 창간호 이후 석 달 만에 나왔다는 회고를 하고 있으니, 창간호는 1월 발행이 틀림없다. 창간호 체재를 보면, 먼저 '송시頌詩'란에 김영랑 시편을 싣고 있는 것이 이채롭다.『시문학』이라는 제호가 김영랑으로 대표되는 시문학파의 이념과 방법과 성취를 적극적으로 잇고자 하는 것이며 자신들이 그 시문학파의 미학적 적자嫡子임을 책 전면에 명시한 것이다. 그리고 유치환, 박두진, 조지훈, 장만영, 김춘수 등 5인의 시편이 실렸고, 조지훈 시론 「시詩의 언어적言語的 생성生成」이 실렸다. 발행인과 편집인, 필자 등이 모두 청문협을 근간으로 활동했던 사람들 중심으로 짜였다고 할 수 있다. 그리고 유치환, 서정주, 장만영, 조지훈, 박목월, 김동리가 1949년 10월 10일 참여한 「청소시담淸宵詩談」을 싣고 있는데, 시와 종교와 구도와 취미와 예술과 철학과 정신과 언어를 키워드로 하여 여섯 명의 시인 작가가 자신의 문학관을 피력하고 있다. 다음은 창간호에 즈음한 박목월의 편집후기 가운데 일절이다.

풀밭같은 자리가 所願이였다. 詩를 쩌느리즘에 맡겨버리기 싫은 것이며, 그 마음이란 雜된것에서 순결한 것을 추모하는 마음이다. 허나, 마음대로 되지 않는 것이 세상일이다 위선 原稿難이었다.

풀밭같은 자리를 좋아한다는 것과 이룩하는 作業과는또 다른 것임을 첨 깨달아야 하였다.[4]

박목월이 강조하고 있는 잡된 것을 걸러내고 순결한 것을 추구하는 마음이야말로, 분단 직후 순수서정의 주류화에 대한 강력한 의지를 드러낸 것이라고 할 수 있다. 그리고 창간호 속표지에는 '을유문고' 광고가 실려 있는데, 아직 월북 전이었을 박태원의 『성탄제聖誕祭』가 등장하고, 박태원이 역주譯註한 『이충무공행록李忠武公行錄』도 실려 있다. 아마도 『문장』 출신들이 을유문화사에 두루 포진되었던 것과 맥을 같이 하는 광고였을 것이다.

제2호는 전쟁 직전인 1950년 6월 5일에 출간되었다. 표지에서는 '조지훈 편집'임을 표나게 강조하였고 '산아방 발행山雅房 發行'임을 적시하였다. 이한직, 김상옥, 김윤성, 이원섭, 조병화, 김홍섭 등의 시편이 실렸다. '현대시現代詩의 제문제諸問題'라는 이름으로 1950년 4월 25일, 그러니까 전쟁 두 달 전 좌담회를 가져 서정주, 조지훈, 이한직, 이인수, 박목월이 참여하였다. 거기서는 『청록집』과 『화사집花蛇集』에 대한 이야기, 시의 절망과 구원에 관한 이야기가 오갔고, 미당이 그때까지는 임화, 오장환, 이용악 같은 이들을 언급하고 있다는 점이 눈에 띈다. 그리고 이인수의 「아이로니와 W. H. 오든」이 실렸는데, 이는 당시 새로운 모더니즘운동에 깊은 영향을 준 오든 그룹에 대한 소개가 이루어진 것으로 볼 수 있다. 알다시피 『신시론』 1집과 2집이 발간된 것은 각각 1948년 4월과 1949년 4월로, 『시문학』 창간은 『신시론』이 나온 후이다. 『시문학』 2집에 신시론 동인인 김병욱이 「쌀르 보드레르의 약藥」을 실었다는 것은, 전쟁 전까지만 해도 아직 우리 문학의 이념적 분화가 완

---

4 『시문학』 창간호, 1950.1, 50면.

전하게 이루어지지 않았음을 입증하는 것이다. 그리고 '시인연구詩人硏究'라는 코너에는 장만영의 「석정夕汀의 시詩」가 실렸다. 장만영이 신석정의 손아랫동서이니 자연스럽게 쓴 글이라고 할 수도 있지만, 신석정이라는 시문학파 일원에 대한 예의도 작용했을 것이다. 그리고 구상의 「이한직론李漢稷論」, 윤복진의 「석중石重과 목월木月과 나」, 조연현의 「안정安定과 반항反抗」 등이 실렸다. 마지막으로는 박목월의 「사신함私信函」, 조지훈과 박목월의 편집후기가 이어진다. 제2호는 조지훈이 편집을 맡았지만, 편집후기에 박목월이 "다음 호는 李漢稷 氏의 擔當. 모더니스트 李氏의 編輯이 볼만할 것이다"라고 밝히고 있다. 그러나 두 달 후 전쟁이 터졌고, 제3호는 그로부터 1년여 후에 이한직이 아닌 박목월 편집으로 속간된다. 3호는 1951년 6월 15일, 표지에 '전시판戰時版'이라는 표시를 달고 나왔는데, 표지는 김환기가 꾸몄고 발행 겸 편집은 박목월이 맡았다. 발행처가 대구시 공평동으로 되어 있고, 박목월은 다음과 같은 속간사續刊辭를 쓴다.

刻迫한 戰時에 우리가 여기 조그맣고 가난한 詩雜誌 한 권을 가진다는 것은 戰時기때문에 자칫 하면 興奮하고 규喚하는 그心情을 사느랗게 昇華시켜서 조용한 가운데 깊이 가슴에 맺히는 높은 뜻이 앉일 하얀 자리를 가지려 함에서다 그래서 神과같은 눈으로 이번 戰爭의 崇高한 듯을 살피고 느낄 것이다.[5]

박목월의 이러한 발언은, 3호 편집후기에서 "나는 이 적은 雜誌가 우

---

5   『시문학』 3, 1951.6, 3면.

리의 民族과 自由의 높은 뜻을 받들어 싸우는 戰友의 손에 갈 것을 생각한다. 그들의 뜨거운 呼吸이 장차 이 자리에 옮아 올 것을 생각한다. 그것은 즐거운 일이었다"라는 말로 이어지면서, 전쟁 상황에서 순수시의 책무에 대해 강한 자의식을 가졌음을 알려준다. 제3호에는 호세 리살의 「나의 마지막 작별作別」이라는 글이 변영로 번역으로 권두에 실리는데, 다시 한번 시문학파의 등장이 이루어지는 대목이다. 이어 장만영의 「종군통신從軍通信」, 조지훈의 「시詩의 전기轉機에 대하여」, 최정희와 전숙희와 장덕조가 참여한 '여류작가수필편女流作家隨筆篇'이 실렸다. 동인 소식란에는 유치환, 박두진, 이한직, 조지훈, 서정주, 박목월 순으로 그들의 1951년 6월 전후의 소식이 실렸다. 그렇게 종간호가 된 3호에는 동인으로 모두 여섯 사람의 이름이 적시되는데, 청록파 3인과 이한직 그리고 미당과 청마가 가세한 것이다.

결국 『시문학』은 창간호 표지에 김영랑 시편을 실음으로써 자신들이 순수서정의 흐름을 잇는 미학적 후예임을 강하게 내세웠고, 그만큼 청록파 스스로 문단의 주류임을 선명하게 선언하였다. 10년 동안 존재론적 그늘이자 역상이었던 정지용으로부터의 독립 선언이요, 김영랑으로부터 이어지는 순수서정의 주류화에 대한 강력한 의지 천명이었다고 할 수 있다. 『문장』 출신 시인들과 생명파 시인 미당과 청마가 합세하여, 일찍 타계한 김종한과 평양에 머물던 박남수 그리고 전쟁 전후로 사라져 간 정지용과 김영랑을 빼고, 순수서정의 맥을 매체적으로 완성하려 했던 것이다. 이처럼 청록파 시인들은 정지용의 수원水源으로부터 『문장』에서 발원하여, 정지용과 마주 보는 대타적 기획을 『청록집』으로 수행한 후, 『시문학』이라는 매체적 기획을 통해 순수서정의 세대론을 완성하게 된다. 이들이 미당이나 청마와 함께 전후 한국 시의 주류가 된 것은 주지의 사실이지만, 순조롭게 계승된 것 같아 보이는 순수서정의 역사적 주류화에도 이러한 인적, 매체적 세대론이 잠복해 있었던 것이다.

3. 『전위시인집』의 경우

　해방기에 가장 민첩하게 집단을 조직하고 역동적 문학운동을 펼친 이들은 조선문학가동맹 계열의 시인들이었다. 임화 주도의 조선문학건설본부와 이기영, 한설야 주도의 조선프롤레타리아문학동맹의 통합으로 발족한 조선문학가동맹(1946.2)은 식민지 시대의 카프가 적극적으로 펼쳤던 문학운동의 관점을 적극적으로 계승하면서, 식민지 시대 모더니즘(구인회) 시인과 작가들까지 망라한 거의 전全문단적 조직이었다. 여기에 몸담은 시인들의 작품은 날카로운 정치 의식을 발현하는 데 주안점을 두었으며, 경우에 따라서는 외세와 분단 극복의 의식을 고취하는 강렬한 목적의식성을 띠기도 했다. 그 가운데 『시인부락詩人部落』 동인이었던 오장환의 변모는 이례적이면서 주목할 만하다. 김기림, 정지용, 이태준과 함께 보여준 그의 변화는, 당시 문학운동이 전문단적인 스케일을 띠었던 것임을 암시해준다. 그리고 김광현, 김상훈, 유진오, 이병철, 박산운, 상민, 설정식 같은 이른바 '전위 시인들' 또는 신진 시인들의 위상 역시 매우 이채로운 것이었는데, 이들은 해방 후에 창작 활동을 시작하여 가장 전위적이고 투쟁적이며 동시에 서정적인 시를 써서 해방기 시단을 뜨겁게 달군 이들이었다.[6] 이 가운데 김상훈, 김광현, 이병철, 박산운, 유진오는 『전위시인집』을 펴냄으로써 한 시대의 정치적 전위를 형성하였다. 이는 물론 카프 시절 출간한 김창술, 권환, 임화, 박세영, 안막의 『카프시인집詩人集』(집단사, 1931)의 형태적 후예라 할 것이다. 이어서 유진오는 『창窓』(1948)을 펴냈으며, 상민은 『옥문獄門이 열리던 날』(1948), 최석두는 『새벽길』(1947), 설정식은 『종鐘』(1947), 『포도葡萄』(1948), 『제신諸神의 분노憤怒』(1948) 등을 펴냈다. 그 중 유진오는 가장 전위적이고 투쟁적인 시를 써서 '인민의 계관시인'이라는 칭호를 얻었다.

눈시울이 뜨거워지도록
두 팔에 힘을 주어 버티는 것은
누구를 위하는 붉은 마음이냐?

깨어진 꿈조각을
떨리는 손으로 주어모아
歷史가 마련하는 이 國土 위에
옛날을 찾으려는

저승길이 가까운 令監님들이
주책없이 중얼거리는 잠꼬대를

---

6 그들과 함께 이설주, 김용호, 김동석, 최석두, 박문서 같은 이들도 조선문학가동맹의 외곽에서 민족 현실을 노래한 다수의 작품을 남겼다.

받아들이자는 우리의 젊음이냐

왜놈의 씨를 받아

소중히 기르던 무리들이

이제 또한 모양만이 달라진

새로운 ×××의 손님네들 앞에

머리를 숙여

生命과 財産과 名譽의

積善을 빌고 있다.

누구를 위한

벅차는 우리의 젊음이냐?

서른여덟 해 전 나라와 같이

송두리째 팔리어 피눈물 어려

남의 땅을 헤매이다 맞아 죽은 同族들은

팔리던 날을 그리고

맞아죽던 오늘 九月 초하루를

목메어 가슴을 치며 잊지 못한다.

그러나 오늘날 또한

썩은 강냉이에 배탈이 나고

뿌우연 밀가루에 부풀어 오르고도

三千五百萬弗의 빚을 짊어지고

생각만 하여도 이가 갈리는

무리들에게 짓밟혀

가난한 同族들이

여기 눈물과 함께 우리들 앞에 섰다.

누구를 위한

벅차는 우리의 젊음이냐?

어느 놈이 우리의

분통을 터뜨리느냐?

우리의 젊은 힘은

피보다도 무서웁다.

머얼리 바다 건너 저쪽에서도

피 끓는 젊은이의

씩씩한 行進과 부르짖음이

가슴과 가슴들 속에 波濤처럼 울려온다.

젊은이의 갈 길은 단 한 길이다.

가난한 同族이 우는 곳에

핏발이 서 날뛰는

外國 ×××들과

망령한 令監님들에게

저승길로 떠나는 路資를 주어

××으로 쫓아야 한다.

—유진오, 「누구를 위한 벅차는 우리의 젊음이냐?」

(『전위시인집』, 노농사, 1946) 전문

이 작품은 해방 후 최초의 필화 사건을 겪었다. 1946년 9월 1일 국제 청년대회에서 이 시편을 낭송한 유진오는 미군정 포고령 위반죄로 구속된다. 그만큼 이 작품은 시가 현실 변혁을 위한 투쟁의 무기로서 얼마나 큰 위력을 발휘할 수 있는가를 보여준 실례였다. 이 작품처럼 정치적 행사에서 낭독된 이른바 '행사시'는 독자(청중)와의 직접 만남 속에서 정치적 영향력의 파급이라는 일정한 목적으로 가지고 창작, 유통, 소비되었다. 곧 전언 자체에 초점을 두고 있기 때문에 사회적 역할에 충실하게 되고, 시적 언어는 수신자의 관점에 있기 때문에 능동적인 효과를 획득할 수 있었다. 짧으면서도 격렬하고 긴박한 느낌을 주는 리듬과 자문 자답식으로 이어지는 진술 방식, 일도양단식으로 단순하고도 명쾌하게 구분된 아我와 적敵의 대립 구도, 적에 대한 강한 증오심과 동지에 대한 한없는 연대의식 등을 보이면서 시의 사회적 역할에 충실한 것이다. 이후 유진오는 「창」이나 「한없는 노래」 등에서 민족의식과 시적 주체의 서정을 통합한 가편佳篇들을 써서, 해방기 전위 시인 중 가장 독자적인 음역을 획득하게 된다. 이러한 전위 시인들의 시편은 주체의 경험적 진실과 의지가 전면화된다는 점에서, 당대 문학운동의 시적 반영으로서의 역할을 충실하게 담당하였다. 이때 우리가 눈여겨 보아야 할 것은 이들을 바라보는 기성 시인들의 시선이다.

해방기의 임화는 극단적 친일 문인을 배제한 문단의 좌우통합에 매진하는 발 빠른 운동가의 모습을 보여준다. 이 속전속결의 몸놀림이야말로 많은 사람들에게 경탄과 의혹을 동시에 안겨주게 된다. 이때 임화는 이른바 '봉황각 모임'(1945.12.31)이라고 불렸던 한 자리에서 자신을 철저하게 반성할 줄 아는 용기의 필요성을 역설하면서 윤리적 선편까지 틀어쥔다. 이렇게 임화가 주창한 겸허한 자기반성은 「9월 12일」이라는 작품을 비롯하여, 「길」 등에도 지속적으로 그 형상이 나타난다. 거기 나타난 형상은 이른바 '살아남은 자의 부끄러움'이라고 해도 좋을 것이다. 이 시편들은, 해방이라는 새로운 전기를 맞은 전환기적 지식인이 취해야 할 자기 검색의 한 표본을 제시한 것이다. 하지만 그것도 잠시, 임화는 남로당의 정강 및 이념에 철저하게 복무하는 이론가로, 또 그것을 실천하는 선동가로 자신의 위상을 견고히 하게 되는데, 이 시기에 집중적으로 창작한 이른바 '선전선동시'들이 그의 활약상을 알려준다. 그럼에도 불구하고 해방기 임화는, 새로운 질서를 맞아 자신이 새로운 전위 시인들에게 자리를 내주어야 하는 낡은 후위가 아닐까 하는 무의식적 불안과 피로감을 내보인다. 그래서 그는 후위를 인준하는 듯이 과거 지향 제호를 딴 『회상시집回想詩集』(1946)을 펴낸다. 그리고 전위 시인들의 건강하고 야심에 찬 의지와 자신의 이울고 병든 육체를 비교하면서 스스로 세대론적 후위임을 승인하게 된다. 이렇게 식민지 시대의 정치적 그늘이 전혀 없는 정치적 전위들이 해방기를 맞아 불퇴전의 전투적 언어를 내보이면서, 식민지 시대의 부채감을 한쪽에 이고 다른 한쪽에는 나이가 주는 무게를 이고 있던 선배 시인들은 심리적 단층을 형성하게 된다. 이러한 세대론적 감각은 『전위시인집』의 발문을 쓴 오장환에게서도 보인다.

여기 다만 가쁘게 숨소리만 나는 이 땅이 다함께 가쁜 呼吸을 하면서도 어딘지 모르게 치밀한 계획이 있어 보이고 물러서지 않는 鬪志가 숨어 보이고 모든 것은 測定되어 오직 目的하는 곳으로 매진하려는 機關車와 같이 多情하고 우람한 詩人들이 있다. 그들은 靑年들이다. 萬사람이 靑春이라야만 가질 수 있는 勇氣와 自由에의 不絶한 希求를 이들은 몸과 마음 모든 條件으로 具備하고 있다. (…중략…)

前衛란 年齒나 經歷을 云謂함이 아닌 줄도 이들은 잘 안다. 그리고 어떠한 戰鬪에 있어서나 前衛가 져야 될 任務와 그 役割을 이들은 그들 成年期에 있어서의 苦難의 매가 能히 先輩들보다도 많은 단련을 주었다.

詩壇의 決死隊. 이런 말을 할 수 있다면 여기에 나온 詩人들이 바로 決死隊의 隊員들이다. 그리하여 이 中에 한 동무는 벌써 그 노래로 하여금 몸을 囹圄에 빠지게 하였으며 또 참으로 오랜 동안 感激을 모르던 이 땅의 靑年들에게 그의 한 篇의 詩로 하여금 萬雷의 共鳴을 일으키게 하였으며 일찍이 詩人들이 차지하였던 아테네의 榮光을 弱冠으로 이 땅에서 다시 찾은 것 같은 느낌을 주게 하였다.[7]

오장환은 치밀한 계획과 물러서지 않는 투지를 가진 그들을 기관차처럼 매진하는 형상으로 묘사하였다. 그 청년 시인들은 자신과는 달리 용기와 자유에 대한 끊임없는 희구를 가진 것이다. 이들에게서 오장환

---

7 오장환, 「발跋」, 김광현 외, 『전위시인집』, 노농사, 1946.

이 아테네의 영광을 재현할 전위 집단의 속성을 읽은 것은 매우 자연스럽다. 그는 이들 전위 시인에게서 "萬雷의 共鳴"을 가져다 줄 에너지를 기대하면서, 자신 세대와는 질적으로 전혀 다른 맥락에 공명하고 있다. 이때 우리는 『전위시인집』 발문을 오장환이 그리고 서문을 김기림이, 그에 대한 평문을 임화와 김동석이 맡았다는 것을 통해, 조선문학가동맹 측에서 이 시인들에게 말 그대로 "詩壇의 決死隊" 역할을 기대했음을 알게 된다. 그 점에서 "그들 成年期에 있어서의 苦難의 매가 能히 先輩들보다도 많은 단련을 주었다"는 오장환의 고백은 자연스럽게 전해져온다. 이렇게 오장환의 글에서는 선배들과 다른 시적 기원起源을 기대하는 모습이 강하게 느껴진다. 그 다음 김기림의 서문이다.

이러한 것이 말하자면 오늘 이 나라에 살아가고 있는 젊은 世代의 感情이요 表情이요 決意요 生理가 아닌가 한다. 총총한 一年 뒤에 우리는 우리 詩의 世界에도 일찍부터 이러한 새 世代가 머리를 추어들고 다가오고 있었던 것을 바로 느낀다. 그것은 社會的으로는 이 나라 歷史가 있은 후 가장 政治的 關心이 높았던 때며 젊은 詩人은 詩人이기 前에 먼저 이 회오리바람에도 匹敵할 政治의 世界의 한 갈래일밖에 없었다. (…중략…) 여기 다섯 젊은 詩人들의 詩가 보이는 生理는 分明히 時代의 거센 氣流의 모든 徵候를 濃淡의 差는 있을망정 모두가 받아가지고 또 그들 앞에 벅차게 다가오는 새 時代라고 하는 것을 벌써 가슴을 벌려 그대로 껴안으려 한다. (…중략…) 이러한 여러 가지 困難한 課題를 豫想하면서도 우리 詩의 새 世代의 한 部隊는 우리 詩의 앞날을 위하여 한 굳은 約束을 던져준다. 때때로 거기는 淋漓한 감정이 그대로 肉色을 들추어 내놓기도 한다. 概念의 沙漠에 떨어져 메마른 것을 삼갈 것을 保證

한다고 생각한다. 詩의 健全을 위하여는 얼마만한 適當한 '리리시즘'의 濕度가 必要한 것도 先天的으로 알고 있는 듯하다.[8]

김기림의 서문은, 젊은 세대의 시인들이 가진 감정과 표정과 결의와 생리를 의식하면서, 그들이 우리 시에 등장한 새 세대임을 강조하고 있다. 그것은 그들 세대가 바로 우리 역사에서 가장 정치적 관심이 높았던 시기에 구현해야 할 과제를 강조하는 것으로 이어진다. 그렇게 새로운 세대로 등장한 그들이 보여준 시적 경향이 해방기 상황에서 "淋漓한 감정이 그대로 肉色"을 들추어낸다고 판단하고 있는 것이다. 김기림은 카프 시가 "槪念의 沙漠에 떨어져 메마른 것"처럼 서정성을 경시한 것에 비하면, 전위 시인들은 내면 토로와 서정성을 통해 이러한 약점을 넘어서고 있다고 평가하고 있다. 김기림은 이들이 사후적으로 리얼리즘을 내면화한 세대가 아니라, 오히려 시적 현실과 주체의 거리가 생래적으로 가까움으로써 리얼리즘을 체득한 세대라고 본 것이다.

이처럼 해방기 전위 시인들의 등장은 임화, 오장환, 김기림 같은 선배 시인들의 격려와 칭송과 불안을 이끌어내면서 가파른 세대론적 결절점을 이루어낸다. 해방기의 역동성이 표면적으로는 임화를 비롯한 과거 카프계의 주도로 이루어진 듯한 외관을 보여주지만, 시적 흐름에서는 전위 시인들로 불리는 이들에 의해 임화, 오장환, 김기림, 이용악 등이 보여주던 세계와 구분되는 강력한 세대론적 단층을 형성한 것이다. 하지만 이들은 모두 월북하거나 실종되거나 사망한다. 그래서 이러

8　　김기림, 「서序」, 위의 책.

한 현실주의 흐름은 우리의 기억 속에서 불온성이 극대화된 표상으로 남아 있다가 이내 지워지게 되었고, 우리는 마치 이러한 흐름이 아예 없었거나 아니면 한시적 불온성으로 존재했었다는 오도된 기억을 가지게 되었다. 선배들이라 할 수 있는 임화, 오장환, 김기림, 이용악의 운명도, 동시대의 상민, 설정식, 최석두, 김동석의 행로도, 이『전위시인집』시인들과 함께 모두 역사의 망각 저편으로 흘러갔기 때문이다. 그 후 남쪽에서 씌어진 문학사적 기억에서 이들은 오랫동안 지워진 채 과잉 망각된 것이다.

4.『신시론』의 경우

1930년대의 모더니즘 운동을 일면 계승하고 일면 극복하려는 야심 찬 기획을 보인 해방기 모더니즘은 신시론 동인 체제로 집약된다고 할 수 있다. 『신시론』 1집에 참여한 동인은 박인환, 김경린, 김경희, 김병욱, 임호권 등 5명이다.[9] 박인환이 쓴 「후기後記」에서 그 점이 명료하게 확인된다.

---

9 이들의 인간적, 문학적 관계와 문학사적 의미망 그리고 이후 행로에 대해서는 엄동섭, 『신시론 동인 연구』, 태영출판사, 2007을 참조. 엄동섭의 이 책은 신시론 동인에 대한 본격적이고 정치한 연구 결과로서, 그동안 후반기 위주로 해명되던 해방 후 모더니즘 연구에 새로운 획을 그었다고 평가할 수 있다.

어느 날 茶房에서 T. S. 엘리옷의 「荒蕪地」의 飜譯에 關하여 이야기하고 있
는 분을 쳐다보았더니 그는 내가 잘 아는 C氏의 親友인 金景熹 氏라는 것을
알게 되었다. 며칠 後 前記 茶房에서 雜談 비슷한 同人誌의 말을 하고 있었는
데 偶然히도 나타나신 분이 張萬榮 氏다. 張 氏는 곧 당신네들이 새로운 詩運
動을 끝끝내 하신다면 넉넉지 못한 財政이나마 힘자라는 데까지 協力을 하
여주겠다는 믿을 수 없는 善意의 말이었다. 그리하여 그길로 林虎權 씨, 金璟
麟 씨를 찾았다. 얼마 되어 金璟麟 氏가 釜山에 내려가 金秉旭 氏에게 連絡을
하였다. 참으로 偶然한 小事件이었다. 이리하여 「新詩論」이라는 題號는 誕生
하였다.[10]

동인들을 모으고 결속력을 부여한 사람은 후기를 쓴 박인환이다. 그리
고 장만영은 상당한 호감으로 이들에게 아낌없는 재정적 지원을 해주었
다. 그래서 장만영이 경영했던 '산호장珊瑚莊'에서 『신시론』 1집이 간행
된 것이다. 그런데 흥미로운 점은 이들의 만남을 둘러싼 연결망이다. 박
인환은 다방에 앉아 있다 '偶然히도' 엘리엇의 「황무지荒蕪地」 번역에 대
해 이야기하던 김경희를 만났으며, 또 같은 다방에서 '偶然히' 선배 문인
장만영을 만났다. 박인환은 자신을 포함한 다섯 명의 동인이 만나게 된
일을 두고 "偶然한 小事件"이라 언급하고 있으니, 이 글에 비추어 보자면
동인들이 모이게 된 것은 전적으로 우연성에 의존해 있다고 할 수 있다.
하지만 그 구성원을 보면, 모더니즘 운동이 취할 수 있는 최대한의
스펙트럼을 보일 수 있을 정도로 개성과 다양성을 견지하고 있다는 점

---

10 박인환, 「후기」, 『신시론』 1, 산호장, 1948.

에서 얼마간 구성의 의도가 보이기도 한다. 한편에는 마리서사 시절의 박인환과 동료 임호권이 있고, 다른 한편에는 일본 모더니즘운동 그룹인 'VOU'와 '신영토新領土' 및 '사계四季'에 참여한 김경린과 김병욱이 있고, 그리고 번역을 잘 하던 김경희가 있다. 이 가운데 김경희는 현실주의와 모더니즘을 접합하고 결속함으로써 모더니즘이 가지는 내파內破의 정신을 구현하려 했으며, 김병욱은 그가 참여한 적 있었던 '신영토' 그룹의 사회주의적 경향을 계속해서 이어갔고 조선문학가동맹 활동도 했던 터라 리얼리즘 쪽에 가까웠다. 박인환과 임호권도 현실주의 흐름의 리버럴리즘에 경도하여 소시민적 자의식을 표현하면서도 현실성이 두드러지는 시를 썼다. 이렇게 보면 언어적 실험정신과 도시적 속성을 지닌 모더니스트의 정체성은 김경린만 견지하고 있었던 셈이다. 이렇게 현실주의자, 리버럴리스트, 모더니스트의 합숙 공간이었던 '신시론' 동인 구성은 뚜렷한 공동 지향점보다는 모더니즘이 가질 수 있는 다양한 내포가 공존하는 것이었다고 할 수 있다.

 '신시론' 1집과 2집이 발간된 것은 1948년 4월과 1949년 4월로, 그 사이에는 약 1년간의 공백이 있다. 여기서 김경린의 시적 발언은 언어적 실험정신과 새로움에 강박된 의식을 연속적으로 보여준다. 그는

"現代詩에 이르러 記號를 爲한 言語로부터 思考를 爲한 言語에로 發展하여 옴에 따라 言語는 새로운 機能을 發揮할 수 있는 機會를 가질 수 있었다. (…중략…) 우리들의 새로운 詩的 思考를 表現하기 爲하여 하나의 現實은 科學的인 面에서 正確한 速度로 採擇되어야 하며, 그 現實은 現實과 現實과의 새로운 結合에서 新鮮한 繪畫的인 이미지네이션으로서 具象되어야 한다. 이러한 새

로운 結合을 規定하는 것은 詩的 思考이며, 다시금 이 새로운 思考에 速度를
加하는 것은 技術의 綜合的 액숀인 것이다."[11]

라고 함으로써, 현대시가 서구적 근대의 것을 참조로 하는 것일 수밖에
없었다는 점을 강조하였다. 이러한 김경린의 생각은 '신시론' 2집인
『새로운 도시들과 시민市民들의 합창合唱』에도 그대로 이어진다.

> 低俗한 '리알이즘'에 對抗하기 爲하여 출발한 現代詩는 또한 偶然하게도 놀
> 라운 速度를 갖고 온 地球에 傳播되었다. 그것은 하나의 病理學的인 生理를 內
> 包하였음에도 不拘하고 마치 新世代의 빛깔처럼 現代人의 知性에 刺戟을 주는
> 바가 되어 어두운 나의 世界에도 滲透하여 왔던 것이다. 여기에 魅惑을 느낀
> 것은 비단 少年인 나뿐만이 아니었다. 우리의 많은 先輩들도 自己 스스로가
> '모던이스트'임을 自處했고 또한 '아방가르드'임을 자랑하였으나 그들은 너
> 무나 强한 現實의 抵抗線을 넘어 新領土를 開拓하지 못하였기에 詩의 國際的
> 인 發展의 '코스'와는 正反對의 方向에 기울어서 가고 말았던 것이다.[12]

여기서 주목할 만한 부분이 바로 "低俗한 리알이즘"이라는 표현일 것
이다. 이 표현은 김경린의 두 글에 모두 등장하는 것으로서, 그의 모더
니즘 충동이 당대 현실에 직핍하고 그 현실을 안쪽에서 비판하려 했던
현실주의 흐름을 생리적으로 부정하고 있음을 알려준다. 그는 동인들

11　김경린, 「현대시現代詩의 구상성具象性」, 위의 책.
12　김경린, 「매혹魅惑의 연도年代」, 김경린 외, 『새로운 도시都市와 시민市民들의 합창合唱』,
　　도시문화사, 1949.

가운데 가장 정치적인 방식으로 혼란한 정국을 의식하고 있었고, 그것
은 그로 하여금 현대성 자체에 대한 물신적 집착을 가져다주게 된다. 그
에 반해 임호권은 시적 자의식에서 동인들과 부합하지 않는 자신의 리
버럴리즘을 고민한 사람이라고 보아야 할 것이다.

> 바야흐로 轉換하는 歷史의 움직임을 모더니즘을 통해 思考해 보자는 新詩
> 論 同人들의 意圖와는 내 詩는 表現方式에 있어 距離가 멀다. 이러한 意味에서
> 처음부터 나는 同人될 資格을 갖지 못했다. 그러나 偶然한 機會에 손들을 잡
> 은 友情이며 그리고 또한 同人들이 固執 아닌 나의 生理를 寬容하기에 나는
> 여기에 參列한채 그냥 나대로의 詩의 世界를 菲才이나마 걸어가는 연고다.[13]

어쨌든 동인지 1집을 내고 김경희와 김병욱이 탈퇴하고, 2집 간행 후
임호권도 탈퇴하고, 그들은 모두 월북하게 된다. 그러한 맥락 가운데 초
기 현실주의적 흐름을 거칠게나마 노정했던 박인환은 초기 시세계에서
현저하게 후퇴하여 센티멘털한 감각주의로 변모해가게 된다. 그 흐름
속에 다음과 같은 두 발언의 낙차落差가 있다. 1집과 2집 사이 그리고 그
후로 변화된 의식을 보여주는 것이다.

> 오늘의 詩가 渴望하고 있는 것은 가장 現實的이면서도 그 時代를 克服한다
> 는 것이다. 그런데 요즘의 詩人은 이러한 詩 入門의 定理도 把握 못 하고 社會
> 的 名聲과 自己 陶醉에서 意識만으로의 偏見으로 怠慢의 段階를 걷고 있다.

---

13 임호권, 「잡초원雜草園」, 위의 책.

일찍이 우리의 詩는 封建과 特權에 作別을 하고 民族的인 創造 精神 속으로 들어갔으나 지금까지의 作品을 볼 때 暗澹하기 짝이 없다. 創造 精神이란 곧 人民의 것이요 여러 가지의 우리의 所有임에 틀림없다. 勿論 오늘같이 壓制 밑에서 살고 있는 詩人들이므로 完全한 詩의 機能을 보일 수는 없으나 詩의 自由精神의 流動은 이와는 反對되는 것이다. 우리는 形象的 生命에 現實的 精神을 附合시키지 못하고서는 처음부터 詩를 쓸 資格이 없는 것이다.[14]

나는 不毛의 文明 資本과 思想의 不均整한 싸움 속에서 市民精神에 離反된 言語作用만의 어리석음을 깨달았었다.

資本의 軍隊가 進駐한 市街地는 지금은 憎惡와 안개 낀 現實이 있을 뿐… 더욱이 멀리 지난날 노래하였던 植民地의 哀歌이며 土俗의 노래는 이러한 地區에 가라앉아 간다.

그러나 永遠의 日曜日이 내 가슴속에 찾아든다. 그러할 때에는 사랑하던 사람과 詩의 散策의 발을 옮겼던 郊外의 原始林으로 간다. 風土와 個性과 思考의 自由를 즐겼던 시의 原始林으로 간다.

아, 거기서 나를 괴롭히는 無數한 薔薇들의 뜨거운 溫度.[15]

인민의 창조정신과 민족적 창조정신을 강조했던 그는 자신의 어리석음과 함께 안개 낀 현실을 느끼면서 원시림과 장미를 찾아 나섰다. 이러한 미학적 퇴행 속에서 그는 오히려 그만의 생리를 입힌 절창을 전후에 쏟아낸다. 하지만 해방기 모더니스트로서 보여주었던 강렬한 현실 의

---

14 박인환, 「시단시평」, 『신시론』 1, 산호장, 1948.
15 박인환, 「장미薔薇의 온도溫度」, 김경린 외, 앞의 책.

지는 실종된 채로 그는 역사의 뒤안길로 사라져갔다. 그러고 나서 '신시론'의 모든 움직임은 오래 생존했던 김경린의 기억과 증언에 의해 대체로 구성되고 전파되었다. 박인환이 타계한 1956년 이후로 '신시론'의 초기 양상을 증언할 수 있는 이는 공교롭게도 '신시론'의 대사회성과 가장 먼 거리에 있었던 김경린만 남게 된 것이다. '신시론'이 '후반기'를 위한 교량 역할을 했을 뿐이라는 이진섭의 증언도 '신시론'의 위상을 여실하게 드러내는 데 한결같은 제약 요인으로 작용해왔다. 한 시대의 미학적 전위들이 꿈꾼 야심찬 모더니즘 기획은 그렇게 정치적 보수주의로 빠져버렸다. 그래서 한국 모더니즘은 대對사회적 저항의 에너지를 상당 부분 소실하고 '후반기'가 지향하는 이념과 방법으로 축소·변형되면서 감각과 실험을 언어 차원에서 행하는 전통을 형성하게 되었다. 이러한 흐름을 두고 한 후반기 동인 한 사람의 증언은 경청할 만한 것이 아닐 수 없다.

사회에 참가하는 의무를 포기한 데서 우리 문학의 불행은 시작하였고 저항 정신을 상실하고 세속적인 것과 악수를 한 때부터 이 땅의 문학은 반현대에의 뒷걸음을 쳐왔다. 피난 생활은 이러한 정체성을 반복하는 데 박차를 가하는 좋은 온상이 되었다. (…중략…) 대부분의 문학자는 이와 같은 문학의 위기에 대해서는 아무런 비판과 경계의 태도를 갖추지 않고 그저 감정적으로 (사회적 리얼리즘에) 부수의 과오를 범한 몇몇 문학자의 태도와 행동을 비난했을 뿐이었다.[16]

---

16   이봉래, 「리얼리즘의 좌절」, 『경향신문』, 1953.11.6.

미적 현대성이란 부르주아의 가치를 혐오하고 다변화된 수단을 통해 자신의 감각을 표현하는 미적 개념이다. 따라서 미적 현대성을 규정하는 것은 긍정적 열망보다는 부르주아 현대성에 대한 거부 및 부정적 열정에 있다고 할 수 있다. 그것은 과학과 기술의 진보, 자본주의에 의한 사회·경제적 변화 양상을 거부하고 그것을 비판하는 열정으로 특징지어져왔다. 그래서 미적 현대성이란 그것이 비록 문학의 자율적 존재 형식에 대한 승인 위에서 발원한 것일지라도, 자본주의의 구조적 심화가 이러한 자율성을 억압하면서부터 일련의 저항적 맥락을 띠게 된 것이다. 하지만 해방기에서 발원하여 전후로 이어진 한국 모더니즘은 '신시론' 와해와 한국전쟁 그리고 그 문맥 사이에서의 박인환의 퇴행, 김경린 위주의 증언 등으로 축소되어 간 것이다. 그 흐름 위에 조향 등의 보수적 초현실주의가 자라게 된 것이다. 이러한 보수적 흐름이 깨지는 것은, 두루 알다시피, 1980년대 등장한 일군의 해체론적 경향에 의해서였다. 그렇게 해방기와 분단을 잇는 시기의 최대 미학적 피해자는 한국 모더니즘이었던 것이다.

5. 권력으로서의 기억과 증언

이 글은 '순수서정—리얼리즘—모더니즘' 각 진영의 해방기 세대론에 관한 것이다. 순수서정은 『청록집』에서 발원하여 『시문학』을 지나면서

정지용이나 김영랑을 일면 계승하고 일면 지워가는 과정을 통해, 리얼리즘은 『전위시인집』의 출현을 감격과 슬픔으로 보았던 구세대와 이들 신세대가 일정하게 단층을 형성하다가 분단을 전후로 깡그리 지워지는 과정을 통해, 모더니즘은 『신시론』 당시의 다양한 인적, 방법적, 기질적 결합이 신시론 2집 『새로운 도시와 시민들의 합창』(1949.4)을 지나면서 급격하게 감각과 언어 실험으로 미학적 축소를 겪는 과정을 통해, 각각 특유의 세대론을 구성하게 된다. 그 결과 순수서정은 한국문학의 적자로 '과잉 각인'되고, 리얼리즘은 불온성의 문학으로 '과잉 망각'되고, 모더니즘은 모더니즘이 품을 수 있는 여러 미학적 가능성이 축소된 형태로 주류화되는 변형 과정을 치르게 된 것이다. 이때 우리가 섬세하게 살펴야 할 것이 바로 권력으로서의 기억과 증언의 속성일 것이다. 전쟁 직후 이들 사이의 기억과 증언의 확연한 비대칭과 불균형은 이들의 문학사적 위치를 불구적으로 부여하는 근원적 이유가 되었기 때문이다. 기억되지 못한, 증언되지 못한 사실성의 흐름과 흔적을 문학사가 섬세하게 재구해야 하는 까닭이 바로 여기에 있을 것이다.

해방기 시의 건설 담론과 수사적 특징*

이경수

1. 서론

갑자기 찾아온 해방 앞에서 당시의 많은 문학인들은 그 의미를 이성적으로 되새기기보다는 감정적으로 먼저 반응했다. 친일의 행보를 보였던 문학인들의 경우에도 식민지시기의 과오를 반성하고 자성의 시간을 충분히 가지지 못한 채 휘몰아치는 격동의 분위기 속에 다시 휘말리는 형국이었다. 우리 문학사에서 해방기만큼 많은 가능성이 열려 있던 시기도 드물었지만 그 가능성은 충분히 실험되고 발현되지 못한 채 좌우익의 이념대립과 한반도를 둘러싼 급변하는 세계 정세 속에서 길을 잃거나 섣부른 선택을 강요받았다.

해방기의 혼란스러운 정국에 좀 더 발 빠르게 대응한 장르는 단연코

---

* 이 논문은 「해방기 시의 건설 담론과 수사적 특징」(『한국시학연구』 45, 한국시학회, 2016.2.29, 11~52면)을 재수록한 것이다.

시였다. 각종 문학단체들이 이합집산했던 해방기에는 공동 시집의 출
간이 그만큼 활발했는데,[1] 이는 해방기의 정국에 대한 문학적 대응을
단적으로 보여주는 예이기도 하다. 해방 직후인 1945~1946년에만 해
도 중앙문화협회의『해방기념시집』, 우리 문학사에서 출간한『해방기
념시집 횃불』, 조선문학가동맹 시부에서 펴낸『삼일기념시집』, 이병철,
김광현, 김상훈, 박산운, 유진오가 함께 펴낸『전위시인집』등의 공동
시집이 출간되었다. 이 시집들은 해방 직후의 분위기를 보여주는 동시
에 상대적으로 좌우 대립의 진영 논리가 확고해지기 전의 산물이라는
점에서 의미를 갖는다.[2] 최근에 신지연은『해방기념시집 횃불』과 평양
에서 출간된『거류』를 대상으로 횡단의 흔적을 꼼꼼히 살폈는데, 신지
연의 논문에서 구체적으로 보여 준 것처럼 남북한 단독정부수립 이전,
더 거슬러 올라가서 1946년까지만 해도 좌우 진영 간의 교류나 횡단은
얼마간 가능했던 것으로 보인다.[3]

　이 논문에서는 해방기에 출간된 네 권의 공동 시집을 대상으로 해방

1　해방기에 출간된 공동 시집은 다음과 같다.
　　중앙문화협회 편,『해방기념시집』, 중앙문화협회, 1945; 권환 외,『해방기념시집 횃불』,
　　우리문학사, 1946; 조선문학가동맹시부 편,『삼일기념시집』, 건설출판사, 1946; 김광현
　　외,『전위시인집』, 노농사, 1946; 조선문학가동맹 편,『조선시집』(1946년판), 아문각,
　　1947; 김경린 외,『새로운 도시와 시민들의 합창』, 도시문화사, 1949.
2　『해방기념시집 횃불』이나 조선문학가동맹 시부에서 펴낸『삼일기념시집』,『전위시인
　　집』의 경우에 좌편향적인 이념적 지향이 드러나지 않는 것은 아니지만 1946년까지만
　　해도 상호 문학적 교류가 활발했고 이념적 성향이 확연히 구별되지 않는 중간파의 존재
　　도 상존하고 있었던 만큼 이념적 성향에 포획되지 않는 바깥을 상상하는 일이 가능했던
　　것으로 보인다. 따라서 이 논문에서는 1945~1946년에 출간된 공동 시집만을 연구 대
　　상으로 한다.
3　신지연,「해방기 시에 기입된 횡단의 흔적들－해방기념시집『횃불』(서울, 1946)과『거
　　류』(평양, 1946)에 실린 동일텍스트를 중심으로」,『한국근대문학연구』32, 한국근대
　　문학회, 2015, 311~339면.

기 시에 지배적으로 형성된 건설의 담론과 그것이 형성된 수사적 맥락을 짚어보고자 한다. 해방기 시에 대해서는 문학운동,[4] 문학사적 흐름,[5] 시어,[6] 시론,[7] 표상[8]의 차원 등에서 다각도의 연구가 이루어졌고 설정식,[9] 오장환,[10] 이용악,[11] 김기림,[12] 김광균[13]을 비롯해 해방기에 활동한 시인들의 시작 활동에 대해서도 많은 연구가 축적되었다. 그러나 해방기 시 자체보다는 당시의 시대 상황과 그에 대한 문학적 대응으로서의 운동적 성격이 좀 더 강조되다 보니 해방기 시의 성격에 대해서는 충분하고 다양한 방법론에서의 고찰이 이루어졌다고 보기는 어렵다. 이 논문에서는

4　신형기, 『해방 직후의 문학운동론』, 제3문학사, 1988; 김승환, 『해방공간의 현실주의문학 연구』, 일지사, 1991.

5　김윤식, 『해방공간의 문학사론』, 서울대 출판부, 1989; 김용직, 『해방기 한국 시문학사』, 민음사, 1989.

6　강호정, 『정체성의 형성과 한국 현대시』, 서정시학, 2013.

7　최명표, 『해방기 시문학 연구』, 박문사, 2011; 박민규, 『해방기 시론의 구도와 동력』, 서정시학, 2014.

8　장만호, 「해방기 시의 공간 표상 방식 연구」, 『비평문학』 39, 한국비평문학회, 2011; 이경수・전기현, 「해방기 벽화 시문학에 나타난 '미국'의 표상과 그 의미」, 『어문론집』 53, 중앙어문학회, 2013.

9　곽명숙, 「설정식의 생애와 문학 연구」, 『한국현대문학연구』 33, 한국현대문학회, 2011; 조은애, 「통역/번역되는 냉전의 언어와 영문학자의 위치―1945~1953년, 설정식의 경우를 중심으로」, 『한국문학연구』 45, 동국대 한국문학연구소, 2013.

10　이기성, 「해방기 시에 나타난 가족주의와 국가주의」, 『상허학보』 26, 상허학회, 2009; 곽명숙, 「해방기 한국시의 미학과 윤리―오장환과 설정식을 중심으로」, 『한국시학연구』 33, 한국시학회, 2012; 임지연, 「오장환 시에 나타난 '병든 몸'의 의미와 윤리적 신체성」, 『비평문학』 46, 한국비평문학회, 2012.

11　곽효환, 「해방기 이용악 시 연구」, 『한국시학연구』 41, 한국시학회, 2014; 한아진, 「해방기 이용악의 남로당 활동과 의미」, 『코기토』 78, 부산대 인문학연구소, 2015.

12　최명표, 「해방기 김기림의 시에 나타난 자의식」, 『한국문학이론과비평』 39, 한국문학이론과비평학회, 2008; 박연희, 「해방기 '중간자' 문학의 이념과 표상 : 김기림의 민족 표상을 중심으로」, 『상허학보』 26, 상허학회, 2009; 박민규, 「김기림 시론의 대중 인식과 지식인상의 정립 과정」, 『한국문학이론과비평』 62, 한국문학이론과비평학회, 2014.

13　박민규, 「여로의 감각과 생활의 의미 : 김광균론」, 『한국근대문학연구』 30, 한국근대문학회, 2014.

특히 해방기 시에 집중적으로 드러난 새 국가 건설의 담론이 마음과 감정 계열의 시어들과의 관련 속에서 펼쳐지고 있음에 주목하였다.

예고 없이 맞닥뜨리게 된 해방이라는 사건에 해방기의 시인들이 어떤 감정을 느꼈고 어떻게 대응했는지 살펴보기 위해서는 해방기에 출간된 공동 시집을 먼저 살펴보는 것이 유효하다고 이 논문에서는 판단했다. 개별 시적 주체들의 대응을 살펴보는 것도 의미가 있지만 누구도 열외일 수 없었던 민족적 사건 앞에서 당대의 시인들이 어떻게 공동 대응을 하고 해방을 어떻게 받아들였는지를 살펴보는 데는 공동 시집에 대한 검토가 우선되어야 한다고 보았다.

따라서 이 논문에서는 해방기의 네 권의 공동 시집을 대상으로 해방기 시에 집중적으로 나타난 건설 담론의 수사적 특징을 검토하고자 한다. 새 국가 건설의 담론이 해방기 시의 주요 테마였음은 이미 선행 연구를 통해서도 밝혀졌으나[14] 이러한 건설 담론이 시적 표상과 수사적 전략으로 어떻게 표출되었는지에 대해서는 주목되지 않았다. 해방기 시에서 두드러지게 나타나는 특징으로 이 논문에서는 시적 표상의 대립, 마음 은유, 탈경계의 상상력 등에 주목하여 그 의미를 밝히고자 하는데 이러한 특징들이 모두 건설 담론과 연관되어 있다는 데 특히 주목하고자 한다.

---

14 이기성, 앞의 글, 151~192면; 오문석, 「해방기 시문학과 민족 담론의 재배치」, 『한국 시학연구』 25, 한국시학회, 2009, 29~42면.

2. 새 나라 건설의 열망과 시적 표상의 대립

1) 과거와의 단절과 새 나라 건설의 사명

해방 직후인 1945년에 중앙문화협회에서 펴낸『해방기념시집』의 서문은 해방의 의미를 당시에 어떻게 인식하고 있었는지를 단적으로 보여준다. 평화로운 시대에 시인은 가장 비싼 문화의 장식일 수도 있지만 국가가 비운에 빠졌거나 통일을 잃었거나 할 때에는 시인이 예언자적 자리, 민족혼을 불러일으키는 선구자적 지위에 놓일 수 있음을 말하며 서문은 시작된다.[15] 해방의 의미를 '감정과 지혜와 심혼'의 해방으로 인식하면서 진정한 시혼으로 해방의 역사 위에 빛나는 시의 기념탑을 세우는 것이 해방기 시의 사명임을 역설한다. 특히 "건설도정의새로운시가의 한지표를 삼고저하"[16]는 데 이 시집의 의미가 있다고 밝힘으로써 국가 건설이라는 해방기의 목표에 이바지하는 시의 역할을 해방기 시에 부여하고 있다.

어데로가나 나라업는사람

어데로가나 일홈업는사람

알지못할 무거운罪와罰

朝鮮은 束縛과눈물의땅

피와땀에 추근히 저저서

---

15 이헌구, 「서序」,『해방기념시집』, 중앙문화협회, 1945, 1면.
16 위의 글, 3~4면.

大地는 빛을 일코

우리들은 廢墟에 누운

헐번슨손님에 지나지못하엿다

아 恨만코

怨만흔 곳에서 살지던

日本帝國主義

— 김광섭, 「속박束縛과해방解放」(『해방기념시집』, 중앙문화협회, 1945) 부분

　제목에서부터 속박과 해방의 대조가 두드러진 이 시에는 ‘압박과 유
린蹂躪과 희생에 무친 36년’과 ‘자유’와 ‘해방’에 대한 갈구의 대조가 시
전체에 걸쳐져 있다. 일제강점기는 하고 싶은 일을 하고 읽고 싶은 글을
읽고 가고 싶은 길을 가는 것이 불가능했던 시대였다. “어데로가나 나
라업는사람 / 어데로가나 일홈업는사람”에서 나타나는 것처럼 나라가
없다는 것은 이름이 없다는 것과 마찬가지로 존재와 정체성을 부정당
하는 일이었다. 일제강점기에 나라의 상실은 곧바로 개인의 상실로 등
치되었다. 식민지 조선은 “속박과 눈물의 땅”이었고, 그렇게 한 많고 원
怨 많은 곳에서 살지는 것은 오로지 “日本帝國主義”였다. 식민지 조선의
핍박과 일본제국주의의 배부름은 동의어였던 셈이다. 이제 속박의 시
대를 지나 해방을 맞이했으니 새 나라의 시인은 일본제국주의의 머리
위에 “黃昏의 挽歌”를 보낸다.

　김광섭의 시에서는 식민지 시대와 해방 이후의 대조가 기본 구조를
형성하면서 식민지 조선과 일본제국주의의 대립이 등장한다. 새 시대의

등장은 "일하고 배우고 건설하"는 "영광스러운 헌신"으로 표상된다. 새 시대가 왔으니 핍박받고 고통받던 식민지 시대를 벗어나 새 나라를 건설해야 함을, 그러기 위해서는 헌신적으로 일하고 배워야 함을 감격어린 어조로 노래한다. "오래 고민하는시대는 가고 / 환희에 넘치는 세대가 / 열렬한입술을 열고 / 부르지즈며 행동하나니" 새 나라 건설의 포부와 희망을 안고 열린 미래를 향해 나아가는 일만 남아 있다고 노래한다. 새 나라 건설의 담론은 구시대와 새 시대의 대립적 표상을 통해 펼쳐지고, 해방을 맞이한 환희와 감격은 쏟아지는 감정어들을 통해 전해진다.

다행이 아니 죽고 이날을 다시 본다

낡은 터를 닦고 새집을 이룩하자

손마다 연장을 들고 어서 바삐 나오라

　　　　—이병기, 「나오라」(『해방기념시집』, 중앙문화협회, 1945) 부분

누나야

이제 너도 눈물을 거두고

열두폭 남치마를 입어보렴

하―얀 보선발이 그립고나야

눈을 드러 저 푸른하늘을 보라

땅은 왼통 북처럼 둥둥울린다

　　　　—이헌구, 「소박素朴한노래」(『해방기념시집』, 중앙문화협회, 1945) 부분

누구[17] 그대인지

누구가 그대 안인지

오즉 큰 눈과 넓은 어깨

긴 머리칼을 날리는 그대는

아아 자욱한 사람속에

있지 않었다

그대는 亦시 분주 한게다

敵이 또 머리를 드는 때문일게다

다시 戰鬪準備를 시작해야 할 것이다

(…중략…)

밤사이 企圖하는 敵의

비열한 陰謀가운데

별처럼 빛나는 눈을

아아 그대의 남긴 길우

먼 하늘에 보며

하롯밤 平安히 쉬일

勇氣를 줌이 그대임을

온 몸으로 느낀다

—임화, 「길」(『해방기념시집』, 중앙문화협회, 1945) 부분

---

17 여백으로 볼 때 '누구' 뒤에 '—가'가 있었던 것으로 보이는데 인쇄상 누락된 듯하다.

인용한 세 편의 시에서도 해방기의 새 나라 건설의 열망이 대립적 표상을 통해 드러남을 확인할 수 있다. 현대시조 형식을 취하고 있는 가람 이병기의 「나오라」에서 해방의 기쁨은 "가을도 봄이어라"라고 느낄 만큼의 무게감으로 다가온다. 해방은 "시드던 나무도 풀이 도로 살아 나"게 한다. 메마른 땅에서 죽어가던 나무와 풀에 다시 생기를 돌게 만드는 생명력을 지닌 것으로 해방이 그려진다. 죽지 않고 살아서 해방을 맞이한 감격에 겨워 화자는 낡은 터를 닦고 새집을 이룩하자고, 손마다 연장을 들고 어서 나오라고 외친다. 새 조국 건설의 사명은 이렇게 건설과 개발의 열망으로 발현된다. 죽음과 생명, 조락과 부활, 낡음과 새로움의 대립을 통해 낡은 시대를 극복하고 새 시대에 걸맞은 새 조국을 건설해야 한다는 열망이 표출된다.

이헌구의 「소박한노래」는 누나, 아가, 제비, 참새, 비둘기, 생쥐, 어머님 등을 청자로 호명하며 해방의 기쁨을 노래한다. 인용한 부분에선 누나를 청자로 설정해 눈물을 거두고 열두 폭 남치마를 입어보라고 말을 건네는데, 여기서 눈물의 계열과 열두 폭 남치마, 하얀 '보선발', 푸른 하늘, 북처럼 둥둥 울리는 땅의 계열이 서로 대립을 이룬다. 눈물이 고난의 시절, 즉 식민지 시대를 표상한다면, 남색과 흰색으로 표상된 누나의 이미지와 푸른 하늘, 북처럼 둥둥 울리는 땅 등은 해방이 견인한 새 희망의 시대를 표상한다. '서러운 40년'을 보내고 피와 살이 뛰노는 해방을 맞이한 감격이 시 전반에 걸쳐 그려진 이 시에서도 새 시대와 새 나라에 대한 열망이 대립적 표상을 통해 그려진다.

임화의 「길」에는 '지금은없는戰士金에게'라는 부제가 붙어 있다. 이 시기 임화의 시에 자주 등장하는 길, 거리, 깃발이 이 시에도 등장한다.

고인이 된 전사 '김'을 추모하며 "그대의 음성"을 그리워하는 이 시에서 해방전사였던 '그대'의 대척점에는 '적敵'이 있다. 적은 밤새 모략을 기도하고 비열한 음모를 꾸미는 존재로 그려지는 반면, 그대는 큰 눈과 넓은 어깨에 긴 머리칼을 날리며 별처럼 빛나는 눈을 하고 있는 존재로 그려진다. 특히 '그대'는 적에게 맞서 전투준비를 시작하는 모습으로 그려져 새 시대, 새 나라를 이끌어갈 해방 조국의 전사로서 상징성을 획득한다.

> 그것은 씩씩한 얼굴이었다
> 그것은 찬란한
> 아침 하늘의 太陽이었다
>
>
> 이제야 나왔구려 그대는
> 大地를 울리는 解放歌와함께
> 씩씩하게 나왔구려
> 蒼空을 덮은 붉은 기빨 아래에
>
>
> 工場에서 農村에서 鑛속에서
> 羊털 같이 부드럽게
> 우리를 가르치던 그대
> 鋼鐵같이 무섭게
> 우리를 命令하던 그대
>
>
> 帝國主義를 가장 미워하며

帝國主義가 가장 무서워 하던 그대

　　　　— 권환, 「그대」(『해방기념시집 햇불』, 우리문학사, 1946) 부분

『해방기념시집 햇불』에 수록된 권환의 시 「그대」의 제목 뒤에는 "一
九四五, 九, 六日에 各派를 結合한 그대는歷史的으로 再出發되었다"라는
문장이 부기되어 있다. 1945년 9월 6일은 박헌영이 남한에 조선인민
공화국을 창건한 날이다. 구 경기여고 강당에서 건국준비위원회가 개
최한 전국인민대표자대회에서 건국을 선언하며 발표한 정부가 바로
'조선인민공화국'이다. 이 시에서 말하는 '그대'는 바로 '조선인민공화
국'을 가리킨다.

　구체적인 새 조국의 모델을 제시하며 새 나라 건설의 열망을 드러내
는 이 시에서도 대립적인 표상이 적극적으로 활용된다. 먼저 '그대'를
수식하거나 '그대'와 같은 계열에 놓이는 말을 살펴보면 다음과 같다.
"씩씩한 얼굴", "찬란한 / 아침 하늘의太陽", "大地를 울리는 解放歌", "蒼
空을 덮은 붉은 기빨", "工場에서 農村에서 鑛속에서 / 羊털 같이 부드럽
게 / 우리를 가르치던 그대", "鋼鐵같이 무섭게 / 우리를 命令하던 그
대", 양털의 부드러움과 강철의 단단함을 동시에 갖춘 그대와 같이 새
로운 미래를 견인할 긍정적이고 진취적인 표상으로 '그대'는 그려진다.
그 대척점에 놓이는 것은 '제국주의帝國主義'이다. 제국주의와 그대가 맺
고 있는 관계는 "帝國主義를 가장 미워하며 / 帝國主義가 가장 무서워 하
던 그대"라는 표현에서 드러나듯이 적대적이다. '제국주의'라는 표상을
통해 권환은 일본제국주의를 포함해 해방 이후 이 땅에서 실력 행사를
하는 제국주의, 특히 미 제국주의를 동시에 겨냥하고 있다. 권환은 해방

이후 건설해야 할 새 나라가 '붉은 깃발'로 상징되는 '조선인민공화국' 임을 명시한다. 일제강점기 어두운 땅 밑에서 괴로운 두더지 생활을 해 온 조선 민중들이 고대해온 '그대'가 "붉은 기ㅅ빨 아래서" 씩씩하고 튼 튼하게 자라나기를 바라는 화자의 바람이 이 시에는 담겨 있다. 새 나라 건설의 열망은 권환의 시에서도 대립적 표상을 통해 표출된다.

오랜 歲月을 두고 두고,

좇기고 잡히고

놈들에게 목숨을 **빼앗긴**

革命 鬪士는 다 물리치고,

뒷등거리며 앞장을 스려는

그짓 紳士여!

그래도 나스려는가.

人民의 눈을 싸매고

악마의 侵略者와 손을 잡던

더러운 그 손으로,

새 날이 왔다고

民衆을 어루만지면 되는가,

그罪는 보다 더 크리라.

차라리 한줌 흙이 될지언정

陷穽 우에 집을 짓는

民族 叛逆者가 될까보냐?

다만 한알의 모래가 되어도

새 建設에 받칠뿐,

무엇이 또 있으랴.

—박세영, 「민족반역자民族叛逆者」

(『해방기념시집 횃불』, 우리문학사, 1946) 부분

인용한 박세영의 시에서는 민족반역자와 대척되는 자리에 인민을 세움으로써 대립 구도를 형성한다. 민족반역자와 같은 계열에 놓이는 말들로는 영화, 물욕, 돈, 매국, 패망자, 거짓 신사, 악마의 침략자, 더러운 손 등이 있는데 이들은 모두 부정적인 표상을 지닌다. 물욕에 눈이 어두워 개인의 영화만을 추구한 악마의 침략자들로 일제강점기의 민족반역자들을 규정함으로써 해방 이후에 건설할 새 나라는 이들과 단절해야 한다는 당위와 정당성을 민족반역자의 대척점에 서는 이들에게 실어준다. 미래의 가치와 정당성을 획득한 이들은 인민, 혁명 투사, 민중으로 그려지는데 이들은 모두 '새 건설建設'에 복무하는 사명을 부여받는다. 새 날이 왔다는 판단에 따라 새 건설을 향한 강한 열망을 이 시에서도 드러내고 있는데 그러한 건설 담론은 민족반역자 대 인민, 부정적 가치 대 긍정적 가치라는 대립적 표상을 통해 구축된다. 이는 해방기 시에 나타나는 대표적인 수사적 특징이라고 볼 수 있다. 대립적 표상을 통해 이들은 역사적 정당성은 물론이고 미래지향적이고 긍정적인 가치를 획득함으로써 새 시대, 새 나라 건설에 걸맞은 주체로 호명된다.[18]

근로하는 청춘이냥

꺼지지 않는 정열을 안ㅅ고,

영원히 젊은 노들강.

　　　　— 박아지, 「노들강」(『해방기념시집 햇불』, 우리문학사, 1946) 부분

가늘게 굽은 새달

빛조차 가뭇 하오.

둥글고 빛나기야

보름달만 하겠소마는.

찼으니 기울것뿐

동그러질 앞날이 그 어떠하오.

오! 새 사람들아 때는 봄

쌌이 터서 새움이 마음하는 꽃 봉오리 봉오리

　　　　— 박아지, 「신인新人」(『해방기념시집 햇불』, 우리문학사, 1946) 부분

　『해방기념시집 햇불』에 실린 박아지의 시는 청춘, 신인, 봄과 같은 미래지향적인 가치를 노래한다. 『해방기념시집 햇불』 수록시들 중에서

18　이기성은 "민족이라는 이념적 표상이 '국가'라는 형식적 실체를 구성하기 위한 이데올로기적 장치로 동원되기 시작하면서, 국가주의 담론은 해방기 시인들의 주체 구성에 관여하는 한편, 정치적·미학적 실천으로서의 시쓰기에도 깊숙하게 관여하게 된다"고 보았다. 이기성, 앞의 글, 152면.

상대적으로 서정적인 색채가 짙은 박아지의 시에서도 낡음 대 새로움의 대립적 표상은 우회적으로 드러난다. 가뭇한 옛날부터 수많은 전설과 역사를 싣고 말없이 흘러온 노들강은 서울의 역사로 상징되는 이 땅의 역사와 함께한 강이자, 근로하는 청춘처럼 꺼지지 않는 정열을 안고 흐르는 영원히 젊은 강으로 묘사된다. "남산을 가리는 자유의 기 / 장안을 흔드는 해방의 노래" 속에서도 잠잠히 흐르는 노들강의 모습에서 시인은 이 땅의 역사와 영원한 청춘의 표상을 읽어낸다. 역사의 흐름과 영원한 청춘을 나란히 놓음으로써 역사에 미래를 향해 전진하는 가치를 실은 것이다.

두 번째 인용된 시 「신인」에서도 보름달과 초승달의 대비를 통해 미래지향적 가치에 긍정적 의미를 부여한다. 둥글고 빛나는 보름달과 대비되는 초승달을 신인에 비유하며, 보름달이 찼으니 기울 일만 남은 데 비해 초승달은 '둥그러질 앞날'이 창창함을 노래한다. 비록 보름달만큼 빛나지도 않고 "빛조차 가뭇"한 "가늘게 굽은 새달"이지만, 더 나아질 희망의 시간이 기다리고 있다는 점에서 희망적이고 미래지향적인 가치를 초승달에 부여한 것이다. 보름달과 초승달의 대립적 표상을 통해 낡음과 새로움을 대비하고 새로움에 미래지향적 가치를 부여했다는 점에서 이 시 또한 해방기 시의 일반적 특징을 공유하고 있다. 둥그러질 앞날과 새 사람들, 봄, "쌌", "새움이 마음하는 꽃봉오리"가 모두 '신인'과 짝을 이루어 해방기 새 나라 건설의 주체로서 정위된다.

나라에 또다시 슬픔이 있어
떨리는 손ㅅ등에 볼타구니에 이마에

싸락눈 함부로 휘날리고 바람 매짜고

피가 흘러 숨은 골목 어디선가 성낸 사람들

동포끼리 옳잖은 피가 흘러

제마다의 가슴에 또다시 쏟아저내리는

어둠을 헤치며 생각하는 것은 다만 다뷔데

이미 아모것도 갖지못한 우리

일제히 시장한 허리를 졸러맨 여러 가지의

띠를 풀어 탄탄히 돌을 감자

나아가자 원수를 향해 우리 나아가자

단 하나씩의 돌맹일지라도 틀림없는

꼬레이어의 이마에 던지자.

—이용악, 「나라에슬픔있을 때」

(조선문학가동맹 시부 편, 『삼일기념시집』, 건설출판사, 1946) 부분

조선문학가동맹 시부에서 편한 『삼일기념시집』에 실린 시들이 대체로 삼일운동을 기리는 기념시집 본래의 목적에 충실한 데 비해 이용악의 인용시에서는 삼일운동을 지칭하는 말이 직접적으로는 전혀 등장하지 않는다. 기념시를 뛰어넘는 성취도를 이 시가 지니게 된 까닭도 이와 무관하지는 않다. 이 시는 골리앗에 맞서 싸운 다윗의 일화를 알레고리로 적극 활용한다. 물리적 힘은 상대가 되지 않는데도 '꼬레이어(골리앗)'라는 무소불위의 적에게 홀로 맞서 "성낸 짐승처럼" 달려들었던 '다비데'처럼 1919년 3월 1일에 봉기한 조선의 민중들 또한 총칼을 든 일

제에 맞서 비폭력 저항운동을 펼친 것이었음을 이용악의 시는 암시한다. 여기서 골리앗은 자유의 적의 자리에 놓이고 다윗은 자유를 쟁취하기 위해 그에 맞서는 역할을 맡게 된다. 골리앗과 다윗의 대립은 결국 다윗에게 자유의 쟁취라는 긍정적 가치를 부여해 준다. 골리앗은 민족의 원수와 같은 계열에 놓이고 다윗은 홀로 분연히 떨쳐 일어나 민족의 원수를 물리치는 역사적 사명을 부여받는다.

이 시의 창작 시기는 '1945년 12월'로 밝혀져 있다. 『삼일기념시집』에 실린 다른 시인들의 시에는 대체로 3월 1일을 직접적으로 드러내는 표현이 등장하는 데 비해 이 시는 창작 시기로 보나 시에 드러난 표현으로 보나 삼일운동을 기리는 기념시로서의 성격은 상대적으로 약화되어 있다. 삼일운동을 비롯한 일제강점기의 항거가 다윗과 골리앗의 싸움에 비견될 만한 것임을 암시적으로 보여줄 뿐이다. 특히 "나라에 또다시 슬픔이 있어"로 시작되는 2연의 "피가 흘러 숨은 골목 어디선가 성낸 사람들 / 동포끼리 옳잖은 피가 흘러" 같은 구절들에서는 해방 직후 좌익과 우익으로 나뉘어 싸우던 상황이 연상된다. 이 시는 삼일운동을 기리는 시로 제한적으로 읽기보다는 일제강점기에 골리앗이라는 일제에 맞서 싸웠던 다윗처럼 해방기의 현실에서도 '원수 꼬레이어'라고 할 수 있는 우익 집단, 즉 남한의 지배세력과 그들을 비호하는 미국에 맞서 싸우자고 독려하는 데 좀 더 초점이 놓인 시로 읽는 것이 해방기 이용악의 행보와 걸맞아 보인다.

雄辯은 못하나마
그들은 恒常 眞實을 말한다.

가난한 사람들을

멕여 살리려는 그들은

몸소 榮養不足[19]에 걸려있다.

움집을 工場을 農家를

끊임없이 드나드는 그들은

눈방울에 精彩가 돈다.

巡講에 宣傳文에 심부름에

날이 날마다,

時間도 고달픔도 그들은몰은다.

人民을 위해서는

언제나 忠實한 개아미처럼

죽엄도 돌볼 겨를없이

일하기를 좋아한다.

　　　　　—유진오, 「공청원共靑員」(『전위시인집』, 노농사, 1946) 부분

　유진오의 시는 새 나라 건설의 주체로 공청원을 호명한다. 공산당 청년 당원을 의미하는 공청원을 새 나라 건설의 주체로 좌익 계열 시인 유진오가 호명한 것이다. 이들의 대척점에 서는 주체가 유진오의 시에 직

19　'營養不足'의 오식.

접 등장하지는 않지만 대조의 형식을 통해 공청원의 자질을 서술한 부분에서 그들과 대립하는 이들을 유추하는 것은 가능하다. 새 시대를 열어갈 해방기의 주체로 이 시에서 호명된 공청원은 웅변은 못해도 항상 진실을 말하고, 가난한 사람들을 먹여 살려야 한다는 사명감에 불타지만 자신은 영양부족에 걸려 있고, 부지런히 움집과 공장과 농가를 누비며 일하고, 눈에는 정채가 돈다. 게다가 순강巡講에 선전문에 심부름에 날마다 바쁘지만 고달픔도 모르고 인민을 위해 개미처럼 일한다. 이로 미루어볼 때 말만 번드르르하고 거짓을 수시로 말하고 가난한 사람들에겐 관심 없고 오로지 자신의 배를 불리는 일에만 몰두하며 발은 느리고 눈은 흐린 기득권 계층, 즉 인민의 안위에는 관심 없고 탐욕스럽기만 한 친일파, 지배 계층, 기득권층이 공청원의 반대편에 서는 이들이다. 유진오는 공청원을 '우리들의 벗', '우리들의 정열의 투사'로 부르며 이들에 대한 절대적 신뢰와 이들이 열어갈 새 시대에 대한 간절한 기대와 열망을 보여준다.

2) 과거의 변증법적 극복을 통한 새 시대의 열망

『해방기념시집』을 비롯해 『해방기념시집 횃불』, 『삼일기념시집』, 『전위시인집』 등의 해방기 공동 시집에 수록된 시들에는 새 나라 건설의 열망이 강하게 피력되어 있다. 일제강점기에서 벗어나 해방이 된 만큼 새로운 국가를 건설해야 한다는 당위와 전망이 네 권의 공동 시집에서 시적 표상의 대립을 통해 펼쳐지고 있는데, 이분법적 대립을 넘어서 변증법적 극복을 통해 새 시대로 나아가고자 하는 시들도 눈에 띈다.

文明과自然의 아름다운婚姻

知慧의勝利눈부시는 나라나라는

말머리무겁고 눈방울영롱할種族에게주리라

歷史는 꿈많은시절의日記처럼

하로하로 淸新한 "페이지"만이 불어가리라

검은機關車 車머리마다

장미꽃 쏘다지게 피워 보내마

無知와 不幸과 미련만이 君臨하던

재빛神話는 사라젓다고 사람마다 일러줘라

숨쉬는鋼鐵·꿈을아는動物아

―김기림, 「지혜知慧에게바치는노래」

(『해방기념시집』, 중앙문화협회, 1945) 부분

해방 직후인 1945년에 출간된 공동 시집 『해방기념시집』에 실린 김기림의 인용시에는 시 전체에 걸쳐서 대조법이 적극적으로 쓰였다. 일제강점기라는 낡은 시대와 해방 이후의 새 시대의 대비가 검은 기관차와 장미꽃이라는 표상의 대립을 통해 그려짐으로써 흑과 적이라는 색채의 대조, 기계 문명과 자연의 대립을 통해 해방 이후 펼쳐질 새 시대를 향한 희망을 펼쳐 보이고 있다. 검은 기관차는 암흑 같았던 일제강점기를, 장미꽃은 새 시대를 상징하는데, 검은 기관차가 폐기되고 그 자리

에 장미꽃이 피어나는 것이 아니라 검은 기관차를 차머리마다 뒤덮으
며 장미꽃이 쏟아지게 피어나는 것으로 그려진 점이 흥미롭다. 여기에
는 일제강점기를 흑백논리식 대립을 통해 극복하기보다는 그 또한 오
욕의 역사로 끌어안으면서 장미꽃으로 상징되는 새로운 역사를 다시
써 나가고자 하는 김기림의 역사의식이 반영되어 있다. 역사의 과오를
극복하기 위해서는 그것을 부정하는 데서 그칠 것이 아니라 그 또한 우
리가 살아온 역사임을 인정하면서 제대로 된 반성을 거칠 때에만 무지
와 불행과 미련으로 점철된 "재빗신화"의 역사가 사라지고 검은 기관차
에 장미꽃을 피워 올릴 수 있음을, 그리하여 청신한 역사의 페이지를 날
마다 써 나갈 수 있음을 김기림은 직관하고 있었다. 문명과 자연의 대립
에서 그치지 않고 문명과 자연의 아름다운 혼이 새 시대를 일구어 갈 지
혜가 될 수 있는 것처럼 일제강점기의 부끄럽고 불행했던 역사마저 끌
어안고 극복할 때 새 시대의 역사가 쓰일 것임을 김기림의 시는 노래하
고 있다.

　　아 어디서 오는 찬연한 저 빛이뇨
　　동쪽 하늘 장미 빛에 물들었다

　　천길 만길 깊은 바다 밑에
　　긴 밤을 어둠 속에 몸부림 치며
　　큰 열을 가슴 속에 쌓고 달우었거니

　　집집마다 추녀 끝에 태극기 나부긴다

거리마다 지축을 울리는 함성 —
오늘 이땅 산천은 크게 웃었다

진흙 밭 밑에서도 진리는 빛나고
정의는 무덤 속에서도
그 향기 하늘을 꾀뚫는다거니

이제 천상에는 신의 축복의 향연이 열리다
지하의 혼령들도
하마 각기 제 자리로 돌아가리

좁아도 내땅 가난해도 내살림……
괴롭고 병든 목숨
살아온 값이 오늘에 있었다

아 어디서 오는 찬연한 저 빛이뇨
어둠 속에서 피어난 꽃숭이다

— 김달진, 「아침」(『해방기념시집』, 중앙문화협회, 1945) 전문

　해방된 세상을 김달진의 시는 아침을 맞는 것으로 표상한다. "어디서 오는 찬연한 저 빛", '장미 빛에 물든 동쪽 하늘'로 해방이 된 새 시대를 형상화하고 있다. 이에 대비되는 지난 시대, 즉 일제강점기는 "천길 만 길 깊은 바다 밑", "긴 밤", "어둠 속" 같은 어둠의 이미지로 형상화된다.

빛과 어둠의 대조적인 이미지로 새 시대를 향한 열망을 그린 것이다.

해방을 맞아 새롭게 열린 세상은 빛으로 어둠까지도 감싸 안는다. 집 집마다 태극기가 나부끼고 거리마다 함성이 울려 퍼지며 이 땅 산천에 는 웃음이 가득하다. 이제 진리는 진흙밭 밑에서도 빛나고 정의는 무덤 속에서도 향기로 하늘을 꿰뚫는다. "신의 축복의 향연"은 "지하의 혼령 들"에게도 미쳐 각기 제 자리로 돌아가게 한다. 지난 시대와 새 시대는 단순히 대립적으로만 표상되는 것이 아니라, 지난 시대의 어둠마저도 끌어안고 찬연한 빛을 뿌리는 존재로 새 시대가 그려진다. 그러므로 새 시대는 "어둠 속에서 피어난 꽃숭이"가 된다. 밤의 시간을 지나 아침이 오듯이 어둠의 시간을 극복하고 맞이하게 된 빛나는 아침으로 해방의 의미를 찾고 있는 이 시에서도 과거의 변증법적 극복을 통해 새 나라 건 설의 열망을 드러낸다.

김광현, 김상훈, 이병철, 박산운, 유진오가 함께 낸 『전위시인집』의 서문에서 김기림은 새 시대에 걸맞은 새 세대의 도래를 벅찬 감정으로 환영한다. 특히 이들의 시집이 나온 시기가 "사회적으로는 이나라역사 가 있은후 가장 정치적 관심이 높았던 때"임을 적시하며 그런 까닭에 "한 개인의 시의운명보다도 먼저 민족의 운명이 압도적으로 시인들의 생각을 휩쓸고 있었던" 것이라고 진단한다. 무엇보다도 이 다섯 시인들 의 시가 시대의 거센 기류의 모든 징후를 받아 안고 벅차게 다가오는 새 시대를 온몸으로 껴안고 있음을 간파함으로서 해방기라는 새 시대에 걸맞은 시인으로 이들을 호명하고 있다는 점이 인상적이다.

돌담을 넘어 짐승의노린내 풍기여오고

 제1부_해방기 소설과 시 해석의 지평

도적의말꿉소리 뒷등 구름다리에 울리는듯

아직 어두움에 눌리운 길우에 내가 섰다

기쁨처럼 솟아올으는

밝은 사상으로

힘차게 믿어지는 사람들이

앞세 나아가는 길

새나라 바래

드새는 새벽길을 내가 간다

이 모다 우연이 아니여 떳던 눈을 감어

감었든 눈을 또다시 떠

꽃 봉오리 봉오리 가슴에 안어

인제 참말 붉은太陽이 모란을 밝앟게 피우리라

—김광현, 「새벽길」(『전위시인집』, 노농사, 1946) 부분

"一九四五, 八月"이라고 창작 시기가 밝혀져 있는 김광현의 시에도 새나라 건설에 대한 열망이 드러나 있다. 아직 어둠에 눌린 길 위에 서 있는 화자가 향하는 곳은 "기쁨처럼 솟아올으는 / 밝은 사상으로 / 힘차게 믿어지는 사람들이 / 앞세 나아가는 길"이다. 어둠과 밝음의 경계에 선 화자는 해가 뜨고 빛이 드는 밝음을 향해 나아가려 하고 있다. "새나라 바래 / 드새는 새벽길을 내가" 앞서 가겠다는 전위의 정신이 『전위시인집』의 제일 앞자리에 실린 이 시에 드러나 있다.

해방기 시에서 새 나라 건설에 대한 열망이 대립적 표상을 통해 나타나는 것은 흔히 포착되는 특징인데 이 시의 경우에도 그 흔적을 찾기란 어렵지 않다. 어둠과 밝음의 대립적 표상이 시의 전체적인 구도를 형성하면서 어두움에서 밝음으로 향하는 새벽길 위에 서 있는 시의 화자를 통해 새 시대에 대한 기대와 희망, 새 나라 건설의 열망을 보여준다. 화자가 서 있는 길은 어둠에서 빛이 드는 새벽을 향하고 있어서 어둠과 밝음이라는 대립적 표상을 이분법적 대립으로 포착하지 않고 어둠을 벗어나 빛이 드는 곳으로 나아가는 길로 표상함으로써 연속성을 가지고 과거의 시간, 즉 일제강점기의 어둠을 극복해야 함을 암시하고 있다. 햇빛, 기쁨, 밝은 사상, 새나라, 새벽길, 꽃봉오리, 붉은 태양, 모란 등 어둠보다는 밝음 계열의 시어들이 압도적인 비중을 차지하는데 이 또한 지나간 시대가 아닌 새로 열어가야 할 시대에 무게와 방향을 싣는 이 시의 전략을 잘 보여준다.

3. 해방의 감회와 마음 은유

1) 무게와 깊이를 지닌 공간화·신체화된 마음

해방기에 출간된 네 권의 공동 시집에는 무엇보다도 해방을 맞이한 감회가 감격적으로 그려진다. 특히 1945년 해방 직후에 나온 『해방기념시집』수록시들은 갑작스럽게 찾아온 해방 앞에서 기쁨과 감격을 주체하지 못하는 시적 주체를 가감 없이 보여준다. 이 시들에서 해방의 의미에 대한 해석과 객관적 평가를 기대하기는 어렵다. 이성보다는 감정이 앞선 채 해방에 대한 감회를 토로하기에 급급했기 때문이다. 해방에 대한 본격적인 해석의 시선이나 해방 이후 사회에 대한 비판적 시선은 1946년 이후 일부 시인들에 의해 나타나기 시작한다.

해방기 공동 시집에서 해방의 감회를 드러낸 시들이 마음 은유를 주로 채택하고 있는 까닭도 이러한 해방기 시의 성격과 무관해 보이지 않는다. 해방기 시 이전에도 김영랑, 백석처럼 마음 은유를 본격적으로 활용한 시인들이 있었지만, 격정적이고 정치적 성향이 비교적 강했던 해방기 시에서 마음 은유가 빈도 높게 포착된다는 사실은 다른 의미에서 눈여겨볼 만하다. 특히 해방기 시 대부분이 새 나라 건설의 담론에 기여하고 있었다는 점에서 건설 담론이 마음 은유를 통해 구축되었다는 사실은 특기할 만한 일이 아닐 수 없다.

이 논문에서는 조지 레이코프와 마크 존슨의 은유 개념을 토대로 해방기에 출간된 네 권의 공동 시집에 수록된 시에 나타나는 마음 은유를 검토하고자 한다. 이 장에서는 해방의 감회를 드러내는 마음 은유에 주목해 그 의미를 해석하고자 하며, 다음 장에서는 감정어들의 사용이라는 수사적 특징에 주목하고자 한다. 해방기 시에는 '마음'이라는 시어가 직접적으로 출현하기도 하지만 혼, 넋, 설움, 수심, 시름, 가슴 등 마음의 계열에 놓이는 시어들이 압도적으로 등장한다.[20]

---

20 여기서 혼, 넋, 설움, 수심, 시름, 가슴 등을 마음 계열의 시어라고 본 까닭은 이들이 한
    국연구재단 토대연구지원사업 '동서양 고전과 현대과학을 아우르는 마음 비교용어사

불살러 날렷단들 님의'얼'을 가실것가

못감은 눈이남어 오늘우리 보시려니

구름이 北에서오니 새로늦겨 합내다

故溥齋李相卨先生을생각하고

박히고 박힌설음 金剛石도 쓸을랏다

黃浦江 여월적이 어제런대 三十三年

'넉'응당 오섯스런만 바라아득 하고녀

故晩觀申圭植先生을생각하고

다존듯 하신속에 숨어깁흔 한쪽마음

술이니 '글'글시니 바둑두어 수놉흐니

내게만 비최던얼굴 두굿그려 합내다

故恥齋李範世先生을생각하고

―정인보, 「십이애十二哀」(『해방기념시집』, 중앙문화협회, 1945) 부분

『해방기념시집』의 제일 앞자리를 차지하는 정인보의 시는 시조의 형식을 빌려 해방을 보지 못하고 작고한 12인의 인물을 추모하는 형식으로 씌어졌다. 이상설, 민영달, 박은식, 신규식, 유진태, 이승훈, 정인표, 이범세, 한용운, 이희종, 유창환, 김찬기 등 12인의 민족지사는 조국의

전 DB 구축'에서 표제어로 채택된 용어들이기 때문이다.

독립을 위해 싸우다 해방을 보지 못하고 영면하거나 김창숙의 차남 김찬기의 경우처럼 해방된 조국으로 돌아오려고 준비하다가 해방 직후 영면한 인물들이다. 해방 직후에 나온 첫 번째 공동 시집 『해방기념시집』의 맨 앞에 12인의 민족지사를 추모하는 정인보의 시가 실렸다는 사실은 의미심장하다. 이 시집이 출간된 것이 1945년 11월이니 10월에 중경에서 영면한 김찬기의 경우는 시집 출간 직전에 그의 서보逝報를 듣고 이 시조의 마지막 추모 인물로 기리게 된 것으로 보인다.

12수의 시조 중 3수만 인용했지만 이 시조에는 '한', '마음', '넋', '느끼다' 등의 '마음' 계열의 시어들이 자주 등장한다. 누구보다도 간절히 조국의 독립을 염원했지만 해방된 조국을 보지 못하고 영면한 민족지사들에 대한 애통함이 가장 먼저 그들을 기리게 했을 것이다. 먼저 보재 이상설 선생을 생각하며 쓴 시조에서는 "님의 '안'"이라는 시어와 "새로 늣겨 합내다"라는 표현이 눈에 띈다. 이미 돌아간 '님의 안'은 고인이 된 이상설의 마음을 염두에 둔 표현으로, 마음을 공간적으로 인식하는 은유이다. 조지 레이코프와 마크 존슨은 "은유적 의미는 궁극적으로 우리의 신체화된 경험 안에서의 상관관계로부터 발생하는 개념적인 은유적 사상에 의해 주어진다"[21]고 본다. "은유의 본질은 한 종류의 사물을 다른 종류의 사물의 관점에서 이해하고 경험하는 것"[22]이라는 레이코프와 존슨의 관점에서 볼 때 특히 "공간화 은유는 물리적·문화적 경험에 뿌리박고 있"[23]다. 마음이라는 추상적 대상은 신체화된 경험을 통

---

21 G. 레이코프·M. 존슨, 노양진·나익주 역, 『삶으로서의 은유』(수정판), 박이정, 2009, 381면.
22 위의 책, 24면.
23 위의 책, 47면.

해 공간 같은 구체적인 대상으로 인식되는 것이다. 3행에 나오는 북에서 온 구름도 고인이 된 이상설 선생의 마음을 사물화한 객관적 상관물로 화자는 구름이 북에서 오는 것을 보며 새로 느껴 한다. 마치 이상설 선생의 넋을 대하듯 구름을 대하는 화자의 태도가 여기서 읽힌다. 예관 신규식 선생을 기리는 시에서도 눈에 보이지 않는 추상적 마음을 가리키는 설움을 '박힌다'라는 동사를 통해 구체화하고, 금강석도 뚫을 듯한 단단하고 날카로운 형체를 지닌 것으로 형상화한다. '넋' 또한 오고 갈 수 있는 신체화된 존재로 그린다. 마지막에 인용된 이범세 선생을 기리는 시에서도 마음은 깊이와 방향을 지닌 공간화되고 신체화된 존재로 형상화된다. 마음에 깊이와 방향을 부여해 공간으로 인식하면서 추상적인 대상인 마음이 구체화되어 등장한 것이다. 이렇게 신체화된 마음은 해방을 향한 열망과 해방의 감회를 전달하는 데 효과적이다.

이윽고 새벽이 오고
가뜬한 마음이 한결 새로워

한알 한알 간직한
값나는 구슬 없어도
내 출발은 보다높은 무지개

— 김용호, 「붓 한자루 갖이고 간다」
(『해방기념시집 횃불』, 우리문학사, 1946) 부분(굵은 글씨는 인용자, 이하 동일)

오오 나와같은 아들을 두엄즉도한 늙은부인의

깊은 **마음**에서 나오는 소리 낮은 연설을

나는 새나라의 자장가처럼 눈을감어 듯고있었다

따스한 눈물이 하마 넘칠듯 넘칠뜻 하야……

—박산운, 「거울같이 아는 일을」

(『전위시인집』, 노농사, 1946) 부분

인용한 김용호와 박산운의 시에는 마음을 무게나 깊이를 지닌 것으로 인식하는 은유가 등장한다. 해방된 조국의 아름다운 자연 경관을 그리고픈 마음이 담겨진 김용호의 시에서는 추상적인 대상인 마음을 홀가분하고 가벼운 무게를 지닌 구체적인 대상으로 표현하는데, 이는 바로 이어지는 "한결 새로워"라는 표현과 자연스럽게 어울린다. 해방을 맞이하는 시인의 마음이 그러했을 것이다. "값나는 구슬 없어도" "내 출발"이 '보다 높은 무지개'의 가치를 지닐 수 있는 것은 해방이 바로 그렇게 가뜬한 마음으로 맞이하는 새 출발이기 때문이다.

박산운의 시는 천도교 대강당에서 목이 메어 주먹을 내두르며 해방의 감격과 일제 치하에서의 울분을 쏟아내는 인민 대표들의 모습을 그리고 있다. 이 시에도 연단에 서서 낮은 목소리로 말하는 늙은 부인의 연설을 "깊은 마음에서 나오는" 것으로 보는 은유가 등장한다. 이때 마음은 깊이를 지닌 구체화되고 신체화된 것으로 표현된다. 그것은 화자에게 "새나라의 자장가"처럼 들린다. 새 나라 건설의 담론과 신체화된 마음은 이 시에서도 자연스럽게 결합된다.

공손히 뭉처 나누어주는손

흰옷일망정 덮어주는 손들만이

비와 눈물에 **젖은 마음**을 어루만지는구나,

보라 이비가 머즌 다음날엔

진정 폭풍우같은 우리의 아우성이

새로운 장마를 마련할것이다.

—유진오, 「장마」(『전위시인집』, 노농사, 1946) 부분

"수해구제문예강연회낭독시"라는 부기가 붙어 있는 유진오의 시다. 낭독을 잘해서 군중들의 호응이 컸던 유진오의 시답게 이 시는 해방을 맞이했어도 비바람을 막아줄 은신처나 옷가지 하나 제공해주지 못하는 '언제나 남의 땅' 같은 이 나라의 무능함을 소리 높여 탄식한다. 물구덩이 속에서 피눈물을 뿌리는 민중들의 모습과 왕궁 안 오만한 주인임을 자처하는 이들의 모습은 여전히 대조적으로 그려진다. 해방이 되었지만 민중들의 현실은 별반 달라지지 않았다. "비와 눈물에 젖은 마음"을 어루만져 주는 것은 "공손히 뭉쳐 나누어주는손", "흰옷일망정 덮어주는 손들"뿐이다. 여전히 민중들을 착취의 대상으로 취급하는 지배 계층에게 "진정 폭풍우같은 우리의 아우성이 / 새로운 장마를 마련할것"임을 경고하는 이 시에서도 '비와 눈물에 젖은 마음'이라는 표현이 등장한다. 해방이 되었어도 달라지지 않은 현실 앞에 울분으로 가득한 인민의 마음을 그렇게 표현한 것이다. 마음이라는 추상적인 대상을 비와 눈물에 젖은 마음이라고 표현함으로써 구체적이고 실체적인 대상으로 은유한 것이다. 그러므로 이들의 울분은 신체를 얻는다.

거대한 생명이 대열을 지으면

炎炎히 타는 불길되어

거리마다 人民의 마음 속속드리

아! 조선은 야만이 아니다

(…중략…)

바다와 같이 고함치며

바다와 같이 깊은 마음들이

거리를 휩쓸고 마루턱에 오른다

—유진오, 「횃불」(『전위시인집』, 노농사, 1946) 부분

'八,一五의 노래'라는 부제가 붙어 있는 유진오의 「횃불」은 해방기에 거리에서 깃발을 앞세우고 횃불처럼 타오르는 인민들의 모습을 그렸다. 인민들에게 제공되던 썩은 강냉이와 밀가루를 뿌리치고 쫓기고 밀려나온 겨레들이 모두 한데 모여 군정을 인민에게 넘겨 달라고 목이 쉬도록 외치는 해방기의 풍경을 이 시는 그리고 있다. "정의의 손으로 탈환하여라"라고 외치는 이들이 탈환하려는 것은 겨레의 목숨이자 자존심이었다. 이 시에도 '마음'이 두 번 출현하는데, 여기서 마음은 깊이를 지닌 존재로 구체화된다. "거리마다 인민의 마음 속속드리"에서도 마음은 속속들이 살펴보거나 떠들어볼 수 있는 깊이를 지닌 대상으로 그려지며, "바다와 같이 깊은 마음들"에서는 바다처럼 끝 모를 깊이를 지닌 대상이자 복수複數의 존재로 '마음'이 형상화된다. 거리로 쏟아져 나온

군중의 무리와 깃발의 펄럭임, 활활 타는 횃불의 일렁임이 조응하며 깊이를 지닌 공간화된 마음과 조화를 이룬다.

씻어 버리자! 때 묻은 마음을
넓히자! 옹졸한 생각을
버리자! 비굴한 정신을

되어 가는대로
보고만 있을게 아니라
뜯어 고쳐야 될 날이 온 것이다
우리의 千年의 큰 바탕은
오늘 이 자리에서 이루워저야 된다
—윤곤강, 「조선」(『해방기념시집 햇불』, 우리문학사, 1946) 부분

"혁명자 구원 "예술의 밤" 낭독시"라는 부기가 붙어 있는 윤곤강의 시는 일제강점기 36년을 "삼백 육십년보다도 / 아니 삼천 육백년보다도 / 멀미나는 날과 밤이었다"고 고백한다. 해방의 기쁨을 두 손 높이 들어 만세를 부르는 것으로 표현하며 화자는 "조선은 / 조선 사람의것"임을 선언한다. 선언적인 어조를 띤 이 시에서 화자는 청유형으로 "씻어 버리자! 때 묻은 마음을 / 넓히자! 옹졸한 생각을 / 버리자! 비굴한 정신을"이라고 외친다. 해방을 맞이한 이 시기에 무엇보다도 중요한 것은 일제강점기를 거치며 때 묻고 훼손된 마음, 생각, 정신을 회복하는 일임을 인식하고 있었던 것이다. 해방기에 모두가 한마음으로 갈망한

새 나라 건설을 위해서는 무엇보다도 '마음'의 회복이 선행되어야 함을 노래했다는 점에서 주목할 만한 시이다. 해방을 맞이하여 때 묻고 옹졸하고 비굴한 마음과 생각과 정신을 씻어 버리고 수동적이고 방관자적인 태도에서 벗어나 모든 것을 뜯어 고치겠다는 개혁의 마음을 지녀야 함을 역설한 이 시에서 흥미로운 것은 개혁, 개발, 혁신, 건설의 담론이 마음, 정신과 결합하여 제시되고 있다는 점이다. 이는 해방기 시가 획득한 개성이라고 볼 수 있다.

2) 어린이 · 청년 · 어머니의 마음이라는 은유

마음 은유는 해방의 감회를 드러내거나 새 나라 건설의 열망을 사랑의 대상을 향한 마음으로 은유할 때 주로 사용된다. 조선, 민족, 겨레, 어머니 등 국가와 민족을 표상하는 말과 함께 마음 은유가 쓰인 경우가 많다는 것은 해방기 시에 두드러진 현상이라고 할 수 있다. 해방기 공동 시집에 수록된 많은 시들에서 마음은 사람과 결합된다. 해방기 시에서는 해방을 맞이한 벅찬 기쁨과 감격을 사람의 마음에 비유한 경우가 종종 보이는데, 이때 특히 마음과 자주 결합하는 주체가 '어린이'나 '청년'이다.

오오
기쁨에 넘치는 마음의 한 구석에
산보다 더 큰 걱정이야 있건 없건

어린애의 마음으로 벌거숭이가 되자

— 윤곤강, 「기人발」(『해방기념시집 햇불』, 우리문학사, 1946) 부분

누가 막으랴 철이 돌아와 가꾸는 이 없이도

山과 들 우거져피어 눈이 모자라는 진달레꽃을—

民族의 記憶속에 높이 세운 記念碑

우리들의 三月에 해마다 감기우는

젊은이마음 또한 꽃다발이니

푸른 하늘 우러러 피어오르는 짙은 피人빛은

自由와 아름다움 죽엄보다 사랑하여 열렬함이라.

— 김기림, 「영광榮光스러운세월三月」

(조선문학가동맹시부 편, 『삼일기념시집』, 건설출판사, 1946) 부분

　「기人발」은 낭독시로 해방의 기쁨을 '어린애의 마음'에 비유하고 있다. 해방기 시인들 대부분이 해방기의 시대적 소명을 새 시대의 개화와 새 나라 건설로 인식하고 있었기 때문에 새로 다가올 미래 역사의 주역인 어린이와 청년의 마음을 빌려 해방의 감격을 표현하고자 했던 것으로 보인다. 두 번째 인용시는 "해 없는 나라 굳게 닫힌 겨을의 門"을 열어준 "영광스러운 삼월"이라는 표현을 통해 삼월에 의미를 부여한다. 겨울이 가면 어김없이 봄이 와 진달래꽃이 산과 들을 뒤덮듯이 삼월 일일은 민족의 기억 속에 높이 세운 기념비로 영원히 살아 있을 것임을, 특히 '젊은이마음' 속에 살아 있을 것임을 노래한다. 해방을 맞이한 이 땅에서 이제 '삼월은 꺼질 줄 모르는 횃불'이 되어 새 나라를 찾아가는

길을 밝혀 준다. 새 시대가 어린이와 청년을 역사의 주체로 선택했음을 해방기의 시는 마음 은유를 통해 보여준다.

> 하늘은 비록 하루 아침에
>
> 그믐밤 처럼 빛을 바꿀지라도
>
> **땅은 항상 어머니 마음씨여라**
>
>
> 때 잃고 허둥대는 마음이
>
> 어머니의 품 저바리고
>
> 매몰히 떠나 갈지라도
>
> 어젯날 남긴 발자욱은
>
> 그 땅 우에 기리 나머지고
>
> —윤곤강, 「땅」(『해방기념시집 횃불』, 우리문학사, 1946) 부분

> —'어머니 인젠 어머니아들이 아닙니다, 祖國의 아들이 되어 지금 갑니다.'
>
> 蒼白한 그 입술 움직이는 듯 목에는 한줄기 붉은 刑繩자욱, 빛나는 勳章보다 더 뚜렷하다.
>
> 부릅뜬 怨恨에 찬 눈! 그눈을 감기는 **어머니의 마음**.
>
> —림병철, 「삼일절三一節아침」(『삼일기념시집』, 건설출판사, 1946) 부분

윤곤강의 시에서 땅은 어머니 마음씨에 비유된다. 해방기 시에서 마음은 사람을 나타내는 명사와 함께 쓰여 '(사람)의 마음'의 형태로 자주 출현하는데, 앞서의 경우처럼 어린이나 청년과 마음이 결합되어 쓰이

는 경우가 더 많지만 '어머니 마음'이라는 시어의 조합도 종종 등장한다. 특히 이 시에서는 땅의 비유로 전통적으로 많이 쓰였던 어머니에 마음씨를 결합해 땅이 지닌 생명력을 전달하고 있다. 때 잃고 허둥대는 마음마저도 끌어안을 수 있는 것이 어머니의 품이므로 어머니 마음씨 같은 땅은 빼앗긴 조국의 산하를 품어 안은 존재로 그려진다. "革命者에게"라는 부기가 붙어 있는 이 시에서 윤곤강은 해방을 맞아 되찾은 땅을 어머니의 마음과 품에 비유하면서 해방을 맞이한 기쁨을 노래하고 있다.

'어떤 늙은 할머니의 追憶'이라는 부제가 붙어 있는 두 번째 인용시에는 정성들여 지은 조반을 들고 옥바라지 가는 늙은 어머니가 등장한다. 1919년 3월 1일에 조선의 독립을 외치며 만세를 부르다 검거된 아들에게 줄 음식을 장만해 면회를 가는 늙은 어머니의 소원은 오직 한 가지, 아들이 목숨만 부지하는 것이었다. 그러나 어머니를 기다리는 것은 어제 사형당한 아들의 시신이었다. 죽어 시신이 된 아들은 이제 어머니의 아들이 아닌 "조국의 아들"이 되었음을 온몸으로 전한다. 부릅뜬 원한에 찬 아들의 눈을 감기는 어머니의 마음은 슬픔과 분노를 뛰어넘어 조국의 슬픈 운명을 끌어안는 마음으로 옮겨간다. 아들을 잃은 슬픔에 다리에서 떨어져 죽으려고 했던 어머니를 막은 것은 아들의 목소리였다고 "해방되어 처음 맞는 삼일절 아침" "팔십넘은 늙은 할머니는 눈물 씻으며 지나간 이야기를" 자손들에게 들려준다. 자랑스러운 아들을 먼저 보낸 늙은 어머니들이 맞이했을 해방과 삼일절은 어떤 모습이었을지 이 시는 어머니의 마음을 통해 짐작케 한다. 어머니와 마음이 결합된 시에서 어머니 마음은 조국의 마음, 겨레의 마음으로 종종 확산된다.

낯선 땅 낯선 사람들의

없수 여김과 비웃음 속에서

주리고 헐벗으며 이리 저리밀려 떠돌면서로

메 넘어 머얼리 까마득한

고향의 한겨레를 마음 그릴 때

얼마나 안타까우셨으리

아아 얼마나 가슴 아프셨으리

말로 못 그릴 놈들의 달구침에 시달리어

얼 빠진 겨레들은 그동안 아무것도

당신들 오실줄은 믿으면서로

맞이 준비를 미리 한가지로 하지못하고

맨손들어 마음[24]만으로 이리 뵈오니

부끄럽고 죄스럽기 그지 없사외라

그래도 좋다 그저 반갑다고

우리를 손잡어 이끌러 오신 당신들

새터 맑고 새집 지어 이고장 빛내도록

격려해 주시려고 오신 당신들

  —송완순, 「헌사獻辭」(『해방기념시집 햇불』, 우리문학사, 1946) 부분

---

24 '바음'으로 표기되어 있지만 '마음'의 오식이라 판단해 수정했다.

'조선'이나 '겨레' 같은 말[25]과 마음이 함께 쓰여 해방의 의미와 새 나라 건설의 의미를 되새기는 시들을 해방기 시에서는 어렵지 않게 찾을 수 있다. 해방을 맞아 고국으로 돌아온 거룩한 늙은 용사들에게 바치는 헌사로 이루어진 이 시에서는 이들이 고국을 쫓기듯 떠날 수밖에 없었던 사연이 드러난다. 일제를 가리키는 것으로 보이는 '도적'에게 쫓겨 이 땅을 떠나 낯선 땅 낯선 사람들 속에서 업신여김을 당하며 살 수밖에 없었던 늙은 용사들은 그런 상황 속에서도 "고향의 한겨레를 마음 그"리며 잊지 않았다. 드디어 꿈에 그리던 해방을 맞아 고국에 돌아왔지만 "얼 빠진 겨레들은 그동안 아무것도" "맞이 준비를 미리 한가지로 하지못하고" 맨손 들어 마음만으로 그들을 맞이한다. 겨레를 향한 늙은 용사들의 마음에 온당한 대접을 하지 못했다는 생각에 시의 화자는 부끄러움과 죄스러움을 느낀다. 그런 마음까지도 끌어안으며 새 터 닦고 새 집 짓는 새 나라 건설의 담론에 부응하며 한마음으로 조국의 미래를 축복하는 늙은 용사들을 통해 이 시는 새 나라 건설의 의미를 되새긴다.

씰개를 뒤집어놓고 생각하여도

허울좋은 남조선은

흐물거리는 인육시장에나

탕아와 매음부는 연방 눈짓을 하며

어리다고 어리다고 얼르면서

---

25 강호정은 '민족', '인민', '국민' 등의 이데올로기화한 관념의 집합체인 개념어에 느낌표를 찍고, 작은 시적 주체가 커다란 국가적 주체를 호명하는 것이 해방기였다고 해방기 시어의 특징을 밝혔다. 강호정, 『정체성의 형성과 한국 현대시』, 서정시학, 2013, 108면.

목을쫄라매여 어데로 끄으느냐.

지금은 아니라고 잡어떼여도

너는 역시 보스요

나는 역시 종이다.

(…중략…)

옳은 마음 그리는 인민의나라

사람들은 북으로 북으로 쏠리는데

권력은 동으로 동으로

태평양 저쪽으로.

— 유진오, 「삼팔이남三八以南」(『전위시인집』, 노농사, 1946) 부분

    1946년 8월 29일로 창작일이 밝혀져 있는 이 시에는 "국치기념문예강연회낭독시"라는 부기가 붙어 있다. 해방기에 사랑받았던 유진오의 낭독시답게 해방 직후 '허울 좋은 남조선' 사회와 '옳은 마음 그리는 인민의 나라'를 대비하면서 부패한 남조선 사회를 강렬한 어조로 비판하며 청자의 공감을 끌어내고 있다. 이 시에서 남조선과 같은 계열에 놓이는 말들은 인육시장, 탕아, 매음부, 보스와 종이 나뉘는 나라, 자유를 탄압하는 곳 등의 부정적인 말이다. 그에 비해 상대적으로 '북'으로 그려진 북조선은 "옳은 마음 그리는 인민의나라"로 그려진다. "사람들은 북으로 북으로 쏠리는데"라는 구절을 통해 북으로 향하는 사람들의 마음

과 발길을 표현하고 있기도 하다. 옳은 마음을 인민의 나라, 즉 부패한 남조선의 대척점에 있는 나라가 차지하면서 새 나라 건설의 사명은 자연스럽게 옳은 마음을 지닌 쪽에서 취하게 된다.

4. 감정어의 사용과 탈경계의 상상력

1) 해방의 기쁨과 범람의 상상력

해방기, 특히 해방 직후인 1945~1946년에 출간된 네 권의 공동 시집에는 공통적으로 감정어가 높은 빈도로 사용되었다. 감탄사나 영탄형 종결어미가 많이 쓰인 것은 물론이고, 문장부호로서의 느낌표나 감정을 나타내는 명사, 형용사, 동사 등이 자주 쓰였다. 해방을 이성적으로 사유하고 성찰하기 전에 물밀 듯이 닥쳐온 해방은 벅찬 감정으로 먼저 다가왔다. 해방기 시에서 다듬어지지 않은 거친 격정의 언어와 감정을 종종 확인할 수 있는 까닭도 여기에 있다.

해방기 시에 쓰인 감정어들은 크게 해방의 기쁨과 감격, 해방 이후에 건설해야 할 새 나라에 대한 기대, 일제강점기에 대한 울분과 한, 혼란스러운 해방기에 대한 실망이라는 감정의 유형으로 나눌 수 있는데, 이 논문에서 다루는 네 권의 시집에서는 그 중에서도 해방의 기쁨과 감격을 노래하거나 새 나라 건설에 대한 기대를 나타내는 경우가 가장 높은 빈도를 차지했다.

특히 이 장에서는 해방기 공동 시집에서 발견되는 감정어들이 탈경계[26]의 상상력을 드러내고 있음에 주목했다. 물이 넘치거나 땅이 요동치거나 깃발이 펄럭이거나 하는 등의 경계를 넘어서는 상상력이 감정어의 빈번한 사용과 맞물리면서 해방기 시의 독특한 정서를 형성하고 있다. 해방 이전과는 전혀 다른 시대가 펼쳐져야 한다는 기대감이 범람의 상상력과 어우러지며 해방기 시 특유의 감격적이고 격정적인 감정을 표출하게 한 것으로 보인다.

앞서 보았듯이 『해방기념시집』의 「서序」에서 이헌구는 해방의 의미를 "감정과 지혜와 심혼"[27]의 해방에서 찾는다. 우리말이 홍수처럼 밀려 나오고 우리의 감상感想이 조수처럼 부풀어 오르는 자리에서 시인의 가슴은 미여지는 듯 터지는 듯한 흥분 속에 휩싸였다는 구절에서도 자연스럽게 표출된 감정의 범람은 해방이 당시의 시인들에게 어떤 감정과 의미로 다가갔을지 짐작케 한다.

독립만세!

독립만세!

천둥인 듯

산천이 다 울린다

26　이 논문에서 사용하는 '탈경계'라는 용어는 고정된 경계를 넘어서고 분출하는 상상력을 지칭하기 위해 선택한 것으로, 구체적으로는 범람의 상상력과 흔들리는 깃발과 춤의 이미지로 표상된다. 포스트모더니즘이나 탈식민주의 담론에서 말하는 혼종적 주체와 연관된 탈경계의 의미로까지 확장해 사용하지는 않았다. 해방기 시에 그런 가능성이 없었던 것은 아니지만 감정과 상상력의 분출과 범람이 현실 정치의 국가와 민족의 경계를 허무는 데까지 나아가는 데는 시대적 한계가 있었던 것으로 보인다.

27　이헌구, 앞의 글, 3면.

지동인 듯

땅덩이가 흔들린다

이것이 꿈인가?

생시라도 꿈만 같다

아이도 뛰며 만세

어른도 뛰며 만세

개 짖는소리 닭 우는소리까지

만세 만세

산천도 빛이 나고

초목도 빛이 나고

해까지도 새빛이 난 듯

유난히 명랑하다

이러한 큰경사

생외에 처음이라

마음 속속드리

기쁨이 가득한데

눈에서는

눈물이 쏟아진다

억제하랴하니

더욱 더욱 쏟아진다

　　　　—홍명희, 「눈물섞인노래」(『해방기념시집』, 중앙문화협회, 1945) 부분

생시라도 꿈만 같다며 해방의 기쁨을 노래한 이 시에는 아이와 어른은 물론 개와 닭까지 하나 되어 해방의 기쁨을 누리는 장면이 그려진다. 독립만세를 외치는 소리는 산천을 뒤흔들고 아이, 어른 할 것 없이 모두 뛰어나와 만세를 부르고 동물들도 우짖는다. 기쁨은 넘쳐 흐르고 감격에 겨워 눈물이 쏟아진다. 만세 소리로 천지가 뒤흔들리고 억제하려고 해도 더 많은 눈물이 쏟아지는 장면은 감정의 분출을 범람의 상상력으로 표현한 단적인 예이다.

조국의 해방이라는 나라의 큰 경사를 맞이해서 기쁨이 가득한데 화자의 눈에서는 눈물이 쏟아진다. 눈물의 원인은 "멀리 멀리 가신 님"에 대한 그리움과 안타까움 때문이다. "님께 받은 귀한 피", "국민의무 다하라고 / 분부하신 님의 말씀" 같은 구절로 보아 멀리 멀리 가신 님은 한일병합을 거부하고 자결한 부친 홍범식을 가리킨다. 기쁨과 감격에 겨워 소리도 만물도 감정도 넘쳐흐르는 해방 직후의 분위기를 그리면서도 화자는 해방을 보지 못하고 먼저 가신 이들을 생각하며 눈물을 쏟는다. 기쁨과 그리움과 원망과 한이 한데 섞인 눈물이 아닐 수 없다. '눈물 섞인 노래'라는 시의 제목처럼 경계를 넘어 범람하고 뒤섞이는 상상력이 해방기의 시에서는 자주 눈에 띈다.

이높이 넘처넘처 단번에 와락넘처

엄청난 洪水되어 온江山 걸뜰세라

뮈웁고 몹쏠꼴이 다섯긴들 애타리

     —안재홍, 「이몸이울어」(『해방기념시집』, 중앙문화협회, 1945) 부분

안재홍은 시조의 형식을 빌려 해방의 감격과 기쁨을 넘치는 울음으로 표현하고 있다. 인용한 부분에서는 와락 물이 넘쳐 엄청난 홍수가 온 강산을 뒤덮듯이 해방 이후에 "뮈웁고 몹쓸꼴", 즉 일제강점기의 어둡고 부끄러운 역사를 다 씻어버려야 한다는 바람이 드러나 있다. 범람의 상상력으로 이전의 세상을 쓸어버리고 새 세상을 열고자 하는 간절한 열망을 표현한 것이다.

붉은 피는 도라간다 혈관을
미친듯 용솟음치며 도라간다

(…중략…)

불꽃은 살벼처럼 날른다
혈관속에 에네르기-가 끓어올라
보일러-는 정열의 노래를 부른다
　　　　　　　—윤곤강, 「피」(『해방기념시집』, 중앙문화협회, 1945) 부분

惡徒들은 드듸어 斷罪臺에 올으게되엇나니
平和의使徒는 地軸을울니며 이江山에 進駐하도다
三千萬同胞는 다만 歡喜와 感激에넘처
가슴속에 서렷던 힘과소리 天下를 뒤혼들도다
　　　　　　　　　—이하윤, 「동포同胞여 다함께 새아츰을 맞자」
　　　　　　　　　　　(『해방기념시집』, 중앙문화협회, 1945) 부분

미친 듯 용솟음치며 혈관을 돌아가는 붉은 피를 통해 해방의 감격을 노래한 윤곤강의 시에서도 범람의 상상력의 변주를 찾아낼 수 있다. 용 솟음치고 끓어오르고 뛰고 거품을 뿜고 하는 격정적인 모습은 해방을 맞이한 감격을 드러내기에 적절한 것으로 범람의 상상력의 변주에 해 당된다. 옭죄고 있던 구속에서 해방된 심정을 자유롭게 확장되고 범람 하는 상상력으로 표현한 것이다.

이하윤의 시에서는 "가진압박, 가진혹사, 가진고초— / 질곡속의 우 리악몽은 사십년의 기나긴세월"로 일제강점기를 그리며 이제 흑운은 물러가고 폭풍은 사라지고 악도들은 단죄대에 오르고 새아침을 맞이하 게 되었다고 기쁨에 겨워 노래한다. 지축을 울리며 이 강산에 진주하는 평화의 사도나 환희와 감격에 넘쳐 가슴속에 서렸던 힘과 소리로 천하 를 뒤흔드는 삼천만 동포의 모습은 모두 범람의 상상력으로 그려진다. 해방을 맞이한 격정적인 감정은 절제될 수 없었을 것이다. 환희와 감격 에 넘쳐 천지를 뒤흔드는 범람의 상상력은 해방기 시의 격정을 드러내 는 데 적절한 수사적 선택이었다.

> 고드람 같이 얼어 붙엇든 情이
>
> 나래처럼 훨석 펴지든날
>
> 心血은 겨레의 시내에 다아
>
> 넘처 넘처 흐르는 躍動의 氾濫이여
>
> ─조벽암, 「초석礎石」(『해방기념시집』, 중앙문화협회, 1945) 부분

"(學徒隊葬行列앞에默禱를들이며)"라는 부기가 제목 바로 뒤에 붙어

있는 조벽암의 시에서는 해방을 "고드람 같이 얼어 붙엇든 情이 / 나래처럼 훨석 펴지든날"로 표현한다. 해방을 맞이한 이들의 감정도 이와 다르지 않았을 것이다. 36년간 얼어붙었던 동결 상태가 풀리는 것이 해방이었듯이, 오랫동안 억눌렸던 감정 또한 해방을 맞아 둑이 터지듯 범람했을 것이다. 그러므로 이 시에서는 "心血은 겨레의 시내에 다아/넘쳐 넘쳐 흐르는 躍動의 氾濫이여"라고 노래한다. 넘쳐흐르는 범람의 상상력으로 해방의 기쁨을 표현한 것이다. 이어지는 부분에서는 "아리따운 無言의 勇士"를 "커다란 建設에 숨은 주춧돌"로 예찬하며 일제강점기에 희생당한 용사들의 정신이 새 나라 건설의 초석이 될 것임을 분명히 하고 있다. 범람의 상상력이 건설의 담론과 함께 포착된다는 점도 눈여겨볼 만하다.

이 날에 기쁜 이 날에
三十六년 동안 얽매고 감었던
'히노마루'의 모진 쇠사슬
썩은 새끼처럼 끊어진 이 날에
마디 마디 산산이

그리구 춤추자
얼시구
절시구

　　　　　— 권환, 「쇠사슬」(『해방기념시집 햇불』, 우리문학사, 1946) 부분

노들강은 흘러가다

어제도 오늘도

예두 지금도

흘러가다 말 없이

노들강은 흘러가다

搾取의 피를 싫고

三千萬서 빨어낸!

— 권환, 「노들강」(『해방기념시집 햇불』, 우리문학사, 1946) 부분

『해방기념시집 햇불』에 실린 두 편의 시에서 권환은 해방을 맞이한 감격을 표현하는 데 범람의 상상력을 활용한다. 「쇠사슬」은 '동무'를 청자로 두고 청유형으로 말하는 시인데, 식민지시기의 억압을 벗어나 해방을 맞이한 감격을 일장기의 모진 쇠사슬이 썩은 새끼처럼 끊어진 것으로 표현한다. 해방을 맞이한 기쁨은 '춤'으로 표현되는데 춤 역시 일상적인 동작을 넘어서 해방의 기쁨을 표현하는 범람의 상상력의 변주로 볼 수 있다. 내일을 위해 오늘 취하진 말 것을 스스로에게 당부하면서 화자는 해방을 맞이해 벅찬 감격을 느꼈지만 이 기쁨, 이 감격에 도취해선 안 됨을, 지금이야말로 미래를 위한 도약의 시기임을 강조하며 시를 마무리하고 있다. 아직도 한 가닥 남은 토착의 쇠사슬을 끊어버릴 날을 위해 다시 한 걸음 나아가야 하는 시기임을 강조한 것이다. 여기서 한 가닥 남은 토착의 쇠사슬은 대미 의존적인 남한 정부와 기득권층을 가리키는 것으로 보인다. 오늘은 취하지 말고 내일 한껏 취하겠다는 다짐 또한 한 가닥 남은 토착의 쇠사슬마저 끊어버리고 난 내일에야 비로소 해방의 기쁨을 만끽하겠다는 의미로 읽을 수 있다.

　두 번째 인용시에서 노들강은 한강이 범람할 때마다 생기던 강으로, 지금은 노들이라는 지명만 서울에 남아 있다. 해방기 시에는 유독 노들 강이 소재로 자주 사용되었는데 '노들강'이라는 말 자체에 범람의 표상 이 들어 있다는 점에서 범람의 상상력이 지배적으로 쓰인 해방기 시에 서 노들강이 자주 등장했다는 것도 의미심장해 보인다.

<blockquote>

뚫어지는 귓속 깊이

들려오는 만세소리의 우렁찬 물결

투욱 터지는 앙가슴 우에

우리들의 날이 몰려온다

　　　　—김용호, 「바로 그날」(『해방기념시집 횃불』, 우리문학사, 1946) 부분

</blockquote>

　김용호의 시는 일제치하 36년을 "곰보딱지처럼 / 얼굴우에 새겨진 굴욕 착취 압박"의 역사로 인식한다. 일제치하와 해방 직후를 '희멀건 한 동태눈알'과 '샛별'로 대조적으로 표현한 이 시에서도 해방 직후의 상황을 "만세소리의 우렁찬 물결"이 들려오고, "투욱 터지는 앙가슴 우 에 / 우리들의 날이 몰려"오는 범람의 상상력으로 표현하고 있다.

　1919년 3월 1일을 주로 그린 『삼일기념시집』 수록시들에서도 범람 의 상상력은 자주 눈에 띈다. 권환은 「사자獅子같은양羊」에서 식민지 조 선인을 양에 비유하고 있는데, 화자에 따르면 순하디 순하던 양이 성난 양으로 바뀐 날이 바로 1919년 3월 1일이다. 조선의 독립을 갈망하는 만세의 외침이 삼천리강산을 우렁차게 울리고 마침내 고요한 노들강물 을 끓게 한 그날의 항거를 범람의 상상력으로 표현한 것이다. "무거운

쇠굴레를 벗"고 "피비린내를 훨훨 씻어버"리고 "그날을 처음으로 마음
껏 노래하자"고 외치는 화자의 마음 또한 속박과 억압을 떨치고 비로소
자유롭게 기쁨으로 요동쳤을 것이다. 해방으로 인해 경험한 자유와 환
희의 감정과 범람의 상상력은 자연스럽게 어우러진다.

> 조개껍질의 붉고 푸른 문의는
> 몇千年을 혼자서 용솟음 치든
> 바다의 바다의 소망이라.
>
> 가지가 찢어지게 열리는 꽃은
> 날마닥 여기와서 소곤거리든
> 바람의 바람의 소망이리라
>
> 이 검붉은 징역의 땅우에
> 洪水와 같이 몰려오는 革命은
> 오랜 하늘의 소망이리라
>
> —서정주, 「혁명革命」
> (조선문학가동맹시부 편, 『삼일기념시집』, 건설출판사, 1946) 부분

해방 직후 조선문학가동맹 시부에서 펴낸 『삼일기념시집』에 서정주
의 시가 실린 것은 사실상 아이러니라고 할 수 있다. 이 시집에 실린 다
른 시인들의 시와 달리 서정주는 다소 관념적이고 상징적으로 혁명에
대해 노래할 뿐 삼일운동을 직접 가리키거나 하지는 않는다. 그런데 서

정주의 시에서도 혁명은 용솟음치는 바다의 이미지, 가지가 찢어지게 열리는 꽃의 이미지, 검붉은 징역의 땅 위에 몰려오는 홍수의 이미지와 같은 범람의 상상력으로 표상된다.

暗澹한 밤을 차고 뛰어나와

三千萬의 가슴과 가슴이 목메어

地軸을 흔들지 않었습니까

어름장 속으로 속으로 흘으든

피와 피가 엉키고 뭉치어

火山처럼 爆發하지 않었었습니까

(…중략…)

自由와 빛에 굶주린 한마음 한뜻이

쇠사슬을 끊고

어둠을 찢고 헤치며

賣國奴와 吸血鬼는 물러서라

自由가 아니면 죽엄을 달라

서리고 쌓인 鬱憤이 獅子떼처럼 달리지 않습니까

—조허림, 「삼월三月의태양太陽이어」

(조선문학가동맹시부 편, 『삼일기념시집』, 건설출판사, 1946) 부분

"암담한 밤을 차고 뛰어나와 / 삼천만의 가슴과 가슴이 목메어 / 지축을 흔"드는 모습에서도 범람의 상상력이 나타난다. 독립만세를 외치던 삼천만의 물결을 달리 어떻게 표현할 수 있겠는가. 2연에서도 "어름장 속으로 속으로 흘으든 / 피와 피가 엉키고 뭉치어 / 火山처럼 爆發"하는 모습에서 폭발하고 범람하는 상상력이 발현된다. 자유와 빛에 굶주린 이들이 한마음 한뜻으로 쇠사슬을 끊고 어둠을 찢고 헤치는 모습에서도 범람의 상상력과 탈주의 상상력이 포착된다. 아래로부터의 혁명의 이미지를 전달하는 데 이보다 더 적절한 상상력은 없을 것이다. "賣國奴와 吸血鬼는 물러서라 / 자유가 아니면 죽엄을 달라"고 외치며 "서리고 쌓인 鬱憤이 獅子떼처럼 달리"는 민중들의 모습에서도 범람의 상상력이 발견된다. 해방기 시에서 포착되는 범람의 상상력은 궁극적으로 "무궁화삼천리에/搾取없는 人民의 새나라 세"우는 건설의 사명과 만난다.

2) 자유의 갈망과 나부끼는 깃발의 이미지

앞서 해방을 맞이한 기쁨과 감격이 물이 넘쳐흐르는 범람의 상상력으로 표현된 시들을 주로 살펴봤다면, 여기서는 나부끼는 깃발의 상상력과 춤의 은유를 통해 새 시대에 대한 기대와 열망을 드러낸 시들을 주로 살펴보고자 한다. 해방기 시에서 감정어가 분출하며 나타나는 탈경계와 횡단의 상상력은 종종 나부끼는 깃발의 은유를 통해 형상화된다.

마음에 그려보던 太極旗가

푸른 하늘 밑에 물결 칠때,

막혀가던 피ㅅ줄도 용소슴처 흐르고

꿈이 아닌 이 瞬間에 自由의 새암은

어느새 우리들의 몸을 씻처 주었다.

自由의 民族이 되라고,

權力의 人民이 되라고.

—박세영, 「날러라 붉은기旗」

(『해방기념시집 횃불』, 우리문학사, 1946) 부분

나는 이대로는 정말 못있겠소,

그리하여 미칠듯이 기뻐서 소리를 첫소,

오! 自由다,

인젠 永遠히 解放이다.

기ㅅ발은 물결처럼,

獨立 萬歲ㅅ소린 폭풍같이

이 나라의 天地를 흔들건만,

아는지 모르는지

다만 山川은 잠잠하니 왼일이요.

—박세영, 「산천山川에 묻노라」(『해방기념시집 횃불』, 우리문학사, 1946) 부분

『해방기념시집 횃불』에 실린 박세영의 시에서는 경계를 벗어나거나

넘어서는 상상력이 흔히 발견된다. 「날러라 붉은기」에서는 나부끼는 깃발의 이미지와 용솟음쳐 흐르는 핏줄의 이미지를 통해 탈경계의 상상력을 표현하고 있다. 해방으로 인해 드디어 경험하게 된 자유를 나부끼는 깃발과 용솟음치는 핏줄을 통해 표상한 것이다. 「산천에 묻노라」에서는 미칠듯이 기뻐서 소리치는 모습, 물결처럼 나부끼는 깃발, 폭풍 같은 독립만세소리가 천지를 뒤흔드는 모습 등에서 탈경계의 상상력이 발견된다. 특히 하늘의 벽력과 땅의 지동이라는 비유는 해방기 시에서 자주 눈에 띄는 비유인데, 해방의 경험은 하늘과 땅의 경계를 뒤흔드는 상상력으로 그려질 만큼 압도적인 경험이었을 것이다.

> 두 발에 足鎖를 부셔버리고
> 뛰거니 닫거니 날듯하여라
>
> 고랑 벗어버린 두 손에는
> 기운차게 기ㅅ발이 퍼더거린다
>
> 萬歲ㅅ소리에 땅이 터질 듯
> 눈에 보이느니 타오르는 氣槪
> ― 이희승, 「영광榮光뿐이다」(『해방기념시집』, 중앙문화협회, 1945) 부분

일제강점기가 굴욕의 역사라면 해방 이후 맞이하게 될 앞날은 반드시 영광뿐임을 역설하고 있는 이희승의 시이다. 이 시에서 해방은 태양을 다시 보게 되고 잃어버린 입을 도로 찾아 마음대로 혀가 돌아가는 상

황으로 그려진다. 특히 인용한 부분에서는 두 발에 족쇄를 부숴버리고
뛰거니 닫거니 날 듯하는 모습으로 속박에서 벗어나 자유를 획득한 상
황을 묘사한다. 이러한 장면에서는 구속이나 경계를 뛰어넘는 탈경계
의 상상력이 발견된다. 고랑을 벗어버리고 자유로워진 두 손은 기운차
게 깃발이 퍼덕거리는 이미지로 표상된다. 부수고 깃발이 펄럭이고 만
세소리에 땅이 터질 듯한 분위기를 표상함으로써 구속과 경계를 뛰어
넘는 상상력을 보여준 이 시는 해방 후의 미래와 영광을 확신하는 화자
의 흥분된 감정을 잘 보여주고 있다.

> 하루 한끼의 가난도 참으셨고,
>
> 뼈아픈 슬픔에 입술 깨물줄 아시면서
>
> 오직 자식 안타가워 못견디는 어머니.
>
> 붉은 태양 그아래 태극기 뵈옵시고
>
> 이젠 죽어도 한이없어시다며
>
> 너펄 너펄 춤 추시든 어머니
>
> ─박석정, 「어머니」(『해방기념시집 횃불』, 우리문학사, 1946) 부분

　나랏일 하다가 감옥에 갇힌 아들을 위해 목욕재계하고 기도하는 어
머니의 모습을 그린 박석정의 시에서도 해방을 맞이한 후 이젠 죽어도
여한이 없다며 너펄너펄 춤을 추는 어머니의 모습에서 탈경계의 상상
력을 읽어낼 수 있다. 깃발의 나부낌과 어머니의 춤은 해방의 기쁨을 표
상했다는 점에서 서로 다르지 않다. "애닮은 어머니"를 생각해서라도
"참다운 새조선의 일ㅅ군이 되고" 말겠다는 다짐에서 읽을 수 있듯이

이 시에서 어머니를 향한 마음과 참다운 새 조선 건설의 열망은 한 가지로 그려진다. 해방기 시에서 이처럼 새 나라 건설의 열망과 해방을 맞이한 환희가 빈번한 감정어의 사용과 탈경계의 상상력을 통해 표출되고 있는 점은 특기할 만하다.

> 북소리 둥둥 울리고
>
> 더덩실 춤추며 나가자
>
> 하늘 높이 우리의 기ㅅ발 꽂어놓고
>
> 손뼉 치며 소리 지르며 웃으며……
>
> —윤곤강, 「기ㅅ발」(『해방기념시집 횃불』, 우리문학사, 1946) 부분

윤곤강의 낭독시 「기ㅅ발」에서도 식민지 시대를 지나 해방을 맞이한 감격을 "만세를 부르는 소리"의 반복을 통해 보여주고 있다. 북소리의 울림이나 더덩실 춤추며 나가는 모습 등에서는 어김없이 고정된 경계를 넘어서는 상상력이 포착된다. "손뼉 치며 소리 지르며 웃"는 환희를 북소리의 울림과 더덩실 춤추는 모습으로 표현한 것이다.

『전위시인집』에 실린 김상훈의 「기旗폭」에는 "전평 세계노련가입축하대회에서"라는 부기가 붙어 있는데, 이 시에서도 나부끼는 깃발의 이미지가 발견된다. 해방기 시에 자주 등장하는 깃발의 표상이 여기에도 쓰였는데 용광로처럼 끓어 이글거리는 더위를 묘사하거나 깃발의 펄럭임을 묘사하는 장면에서 탈경계의 상상력이 포착된다.

> 웅성깊은 수풀처럼

소용대는 旗ㅅ발 旗ㅅ발

부랑카트 환이 하늘을 뚫어

끓어 달른 心臟이 아퍼

피와 눈물이 뒤섞인

까아만 얼굴우에 주름을 잡고

끝없는 부르짖음이

雷聲처럼 地軸을 흔들며

巨大한 生命이 隊列을 지으면

炎炎히 타는 불길되어

거리마다 人民의 마음 속속드리

아! 朝鮮은 野蠻이 아니다

(…중략…)

파닥이며 나부끼는 旗ㅅ발 旗ㅅ발

우리들 깍지 끼고 뛰어들땐엔

너는 모든 山허리에 꼽혀서

활활 햇불처럼 타라

—유진오, 「햇불」(『전위시인집』, 노농사, 1946) 전문

‘八, 一五의 노래’라는 부제가 붙어 있는 이 시는 탈경계의 상상력의

정점을 보여준다. 파닥이며 나부끼는 깃발의 모습은 해방을 맞이한 기쁨과 함께 해방 이후 건설할 세상에 대한 갈망을 표상한다. "끓어 달른 심장"이나 "피와 눈물이 뒤섞인" 모습, "끝없는 부르짖음이 / 뇌성처럼 지축을 흔"드는 모습, "염염히 타는 불길"의 모습 등에서 모두 탈경계의 상상력이 발현되었다. 바다와 같이 고함치며 거리를 휩쓰는 마음들 또한 탈경계의 상상력으로 읽을 수 있다. 나부끼는 깃발의 상상력과 활활 타는 횃불의 상상력은 해방의 분위기를 보여주고 해방을 맞이한 이들의 마음과 감정을 드러내는 데 적합한 비유이다. 깃발과 횃불을 나부끼고 타오르게 하는 것은 감정의 범람에서 연유한 탈경계의 상상력이라고 볼 수 있다.

해방은 통제되지 않는 벅찬 감정과 새 시대에 대한 기대와 열망이 넘쳐흐르는 압도적인 경험이었다. 해방기 시에 감정어들이 빈번히 쓰이고 펄럭이는 깃발의 이미지로 표상된 탈경계의 상상력이 감정어에 수반된 까닭은 여기에 있다. 해방기 시는 거리의 시가 될 수밖에 없는 운명을 띠고 출범한다.

5. 결론

이 논문에서는 해방기, 그 중에서도 특히 1945~1946년에 출간된 네 권의 공동 시집인 『해방기념시집』, 『해방기념 시집 횃불』, 『삼일기

넘시집』, 『전위시인집』을 대상으로 해방기 시에 지배적으로 형성된 건설의 담론과 그것이 형성된 수사적 맥락을 짚어보았다. 이 논문에서는 특히 해방기 시에 집중적으로 드러난 새 나라 건설의 담론이 마음과 감정 계열의 시어들과의 관련 속에서 펼쳐지고 있음에 주목하였다.

이 논문에서 새롭게 밝혀낸 결론은 다음과 같다. 첫째, 해방 직후인 1945~1946년에 출간된 공동 시집에서는 공통적으로 새 나라 건설의 열망이 집중적으로 드러났는데, 이는 대체로 해방 이전과 이후를 속박과 해방, 낡음과 새로움 등의 시적 표상의 대립을 통해 표출하였다. 더 나아가 이분법적 대립을 넘어서 변증법적 극복을 통해 새 시대로 나아가고자 하는 시들도 눈에 띄었다.

둘째, 해방기 시의 건설 담론은 마음 은유를 통해 표현되는 경우가 많았다. 해방기의 공동 시집에 수록된 시에서 마음이라는 시어가 자주 쓰인 것은 물론이고, 마음, 가슴, 시혼 등의 마음 계열 시어를 통해 해방기에 지향해야 할 새로운 세계를 은유하고자 하는 특징을 보였다. 해방기 공동 시집에서 마음 은유는 무게와 깊이를 지닌 공간화되고 신체화된 마음으로 구체화된다. 또한 어린이, 청년, 어머니라는 주체와 마음이 결합한 경우도 자주 눈에 띄는데 이를 통해 미래 역사의 주역으로서의 정당성과 겨레의 마음으로 확산될 수 있는 가능성을 획득하고자 했다.

셋째, 해방기 시에서는 감정어가 높은 빈도로 쓰였는데, 특히 흘러넘치고 분출하고 횡단하는 탈경계의 상상력을 통해 감정을 표출했음을 확인할 수 있었다. 해방을 맞이한 기쁨과 감격은 물론이고 일제강점기와 친일파 세력 등을 향한 분노를 표출하는 데에도 범람의 상상력이 활용되었으며, 나부끼는 깃발의 이미지를 통해 자유의 갈망과 새 시대를 향한 열망을 드러냈다.

　이러한 표현상의 특징들은 해방기 시에 출간된 네 권의 공동 시집에서 공통적으로 발견되었다. 특히 해방기 시의 대표적인 주제라고도 할 수 있는 새 나라 건설의 담론이 마음 은유와 감정어의 사용, 범람의 상상력과 결합됨으로써 해방기 시 특유의 파토스의 분출에 이를 수 있었던 것으로 보인다. 정제된 언어와는 거리가 먼 거친 언어의 사용, 격정적 분위기, 거리의 시 등으로 요약될 수 있는 해방기 시의 특징은 이 논문에서 살펴본 표현상의 특징과 긴밀히 관련된 것으로서, 해방기는 한국 현대 시사에서 가장 뜨겁게 시적 에너지가 분출되었던 시기라는 독보적인 자리를 차지하게 된다.

'다풍지대多風地帶'의 사상과 노래

해방기 김상훈 시의 문화정치학

최현식

1. '식민' 청년과 '해방' 청년의 초상

『전위시인집』[1]으로 널리 알려지고 기억되는 시인 김상훈金尙勳(1919~1987)[2]은 일제 말과 해방기를 관통하는 조선 청년의 대표적 표상이다. 연희전문 졸업과 강제 징용, 징용지 귀환 거부와 협동당 별동대 사건으로 피검, 조선학병동맹과 조선문학가동맹에서의 활약, 강제 전향의 일환으

---

1 노농사, 1946년 발행. 조선문학가동맹의 신진 시인 김상훈·김광현·이병철·박산운·유진오의 합동 시집. 시인 1인당 5편을 게재했으며, 임화와 김기림의 서문, 오장환의 발문이 실렸다. 이들은 친일 행위나 국민시 창작 등 일제 말의 시국협력에 대한 자기비판이 불필요했을 뿐더러, 김상훈이 그랬듯이, 해방 이전 상당한 창작수련과정을 거친, 새 나라 건설을 위해 준비된 시인들에 가까웠다. 현실 변혁과 민중의 정치 참여를 부르짖는 정치시와 행사시의 창작에 장점을 발휘했다. 하지만 이로 인해 우파문단으로부터 이념적 구호시의 남발에 머물렀다는 부정적 평가를 받게 된다.
2 김상훈 시의 주± 텍스트로 신승엽 편, 『김상훈 시전집-항쟁의 노래』, 친구, 1989를 사용하며, 박태일 편, 『김상훈 시 전집』, 세종출판사, 2003을 보조텍스트로 참조한다.

로서 보도연맹 가입, 한국전쟁 발발과 월북.[3] 시대의 유곡幽谷에 갇힌 개인의 삶이 겪어간 파행과 갱신의 양면이 입체적으로 조망되는 사건들의 연속이 아닐 수 없다. 이 과정은 그의 시를 빌린다면 "마음 약한 식민지의 아들"(「아버지의 문 앞에서」)에서 "착취와 탄압과 기만과 군림 / 자라온 집에 불끄럼이를 던지는 / 내 용감한 방화범인이 되"(「나의 길」)는 자기변혁의 서사로 압축된다. 부유하되 유약한 '문청'에서 '혁명 시인'으로, '식민' 청년에서 '해방' 청년으로의 자기전환은 개인을 넘어 가족과 시대의 구조전환을 수반하는 몇 겹의 나선운동이었음이 어렵잖게 짐작된다.

이런 자아–서사self narrative[4]의 기획과 실현은 냉정한 자아의 고백과 비판을 동반하지 않는 한, 또 그것을 보호할 집단적 이념과 열망을 내면에 구축하지 않는 한, 주관적 욕망의 상상적 제시에 그쳐버릴 위험성이 크다. 실제로 김상훈의 자아–서사의 기획은 전근대적 봉건 이념의 해체와 민중 주체의 민주국가 건설이라는 시대와 이념의 동시적 전환을 내적·시대적 기율로 상정한 터였다. 이런 삶의 문법은 '개인적 신념체계의 창조'를 보다 이상적인 세계발전의 서사 내부에서 통합할 수 있다는 용기와 신뢰가 뒷받침될 때 실현 가능한 것이다.

3　김상훈의 굴곡진 변신의 삶에 대해서는 정영진, 「김상훈, 변신의 일생과 갈등의 시–입북 시인 김상훈의 삶과 문학」, 한정호 편, 『김상훈 시 연구』, 세종출판사, 2003 및 김신정, 「김상훈 시의 시적 주체와 시인의 주관성에 관한 연구」, 한국문학연구학회 편, 『1930년대 문학 연구』, 평민사, 1993, 151~154면 참조.

4　기든스에 따르면, 인간의 "자기이해는, 일관되고 가치 있는 정체감을 구축/재구축한다는 보다 포괄적이고 근본적인 목표에 종속되어야 한다". 이를 위해 우리는 자아실현을 "기회와 위험 사이의 균형"이라는 관점에서 이해하며, "삶의 행로"를 그 균형점을 찾아가는 "일련의 '통로들'로 간주"할 필요가 있다. 이런 능동적인 자기구축 과정을 '자아–서사'라 부른다. 보다 자세한 내용은 앤소니 기든스, 권기돈 역, 『현대성과 자아정체성』, 새물결, 1997, 142~151면 참조.

자아-서사의 구축이 자아의 '고백'과 밀접히 연관된다는 것은 가라 타니 고진의 '고백'에 대한 설명이 얼마간 도움된다.[5] 그는 '고백'을 근 대적 제도의 일종으로 보면서, '고백'은 "나약해 보이는 몸짓 속에서 '주체'로서 존재할 것, 즉 지배할 것을 목표로 하고 있"다고 말한다. 그런 까닭은 "고백이라는 제도는 외적인 권력으로부터 온 것이 아니라 거 꾸로 외적인 권력과 대립하여 발생한 것이"기 때문이다.[6] '외적 권력'은 개인과 집단의 억압과 은폐를 강제하는 부정성인 바, 따라서 완결된 자 아-서사의 구축을 위해서는 '외적 권력'에 대한 냉정한 비판과 극복이 동시에 수행되어야 한다.

1990년대를 전후한 김상훈 시 연구는 민중 주체의 민주국가 건설을 향한 리얼리즘 충동의 의미와 가치 연구로 집중되었다. 물론 그것을 강 화하는 김상훈 시의 서정성 문제[7]를 검토한 경우도 있었으나, 이 역시 시인의 '서사시적 목소리'가 '변혁 주체의 시적 형상화'에 끼친 긍부정 성의 고찰[8]이라는 목표에서 크게 벗어나지 않았다. 이런 연구들은 김상 훈 시의 부조리한 '외적 권력'에 대한 저항성과 그것을 돌파하는 '혁명 권력'에 대한 긍정적 조형술, 그런 이상형의 성취에 미달한 시적 형상 화의 문제점을 균형감 있게 제시한다. 그러나 혁명과 국가에의 과잉 초

---

[5] 김상훈 시에 나타난 건국建國의 파토스를 '고백'과 관련지어 연구한 글로는 이기성, 「건국 의 파토스와 고백의 시쓰기」, 『한국근대문학연구』 5-2, 한국근대문학회, 2004가 대표적 이다.

[6] 가라타니 고진, 박유하 역, 「고백이라는 제도」, 『일본근대문학의 기원』, 민음사, 1997, 116~117면.

[7] 김신정, 앞의 글 참조.

[8] 대표적인 예는 다음과 같다. 신범순, 「김상훈 시의 서사시적 목소리와 변혁 주체의 시적 형상화 문제」, 『김상훈 시 연구』, 세종출판사, 2003; 윤여탁 외, 『한국 현대 리얼리즘 시 인론』, 태학사, 1990; 최두석, 「김상훈론」, 『한국학보』 16-4, 일지사, 1990.

점화는 김상훈 시의 '자기이해', 곧 '일관되고 가치 있는 정체감을 구축/재구축'하는 일련의 고백과 비판 담론에 대한 관심을 제약하는 원인으로 작용했다.

자기이해와 실현의 윤리적 기초는 자신에게 진실해짐으로써 새로운 자신을 발견하는 것, 이를 토대로 자기가치를 고양시켜가며 보다 확장·심화된 자아정체성을 구축하는 것에 주어진다. 이런 자기이해가 없다면, 자아의 확장으로서 "백만 사람"(인민)과 그들이 목적하는 "찬란한 명일"(혁명국가)에의 신뢰와 참여는 좀처럼 실현되기 어렵다. 김상훈은 "팔월 십오일"을 "너무도 불의에 온 착란"[9]이라 일렀다. 이 '불의의 착란'은 자기이해 없는 시공간에서 벌어지는 연애와 가족, 국가, 혁명에도 적용될 수 있는 징후적 사건이다. 관습화된 친밀성의 유지는 새로운 관계 설정과 소통을 방해하는 장애물이나 마찬가지이기 때문이다. 그 순간 찾아오는 뜻밖의 친밀성은 명랑한 전망이기 전에 그것을 난반사하는 착란일 수밖에 없다.

이런 정황들을 주목하여 본고는 김상훈 시의 고백과 비판을 자아–서사의 실현을 위한 자기이해의 두 방법으로 의미화하고자 한다. 또한 그의 나라 만들기에 주의하되, 이것 역시 개인의 자기이해가 확장된 집단적 자기이해의 실현 과정으로 이해하고자 한다. 이를 구체화하기 위해 '친밀성'을 중심에 두고, 그것을 둘러싼 방사(放射)적 지평에 연애와 가족, 지역어를 위치시켜 그 가치와 의미를 되묻고자 한다. 그 가운데 김상훈 시에 표상된 친밀성의 굴곡진 서사, 곧 기성의 친밀성의 균열과 재편, 개선된 친밀성에의 귀환과 회복의 면면이 입체적으로 드러날 수 있기를 기대한다.

9　이상의 인용은 김상훈, 「가족」, 신승엽 편, 『김상훈 시전집―항쟁의 노래』, 친구, 1989 이곳저곳에서 가져왔다.

2. 자아 고백과 시대 비판의 조건과 원리

1) '식민' 청년의 자기이해와 진실성의 간취

'식민' 청년 김상훈에게 자기이해를 위한 기회와 위험, 다시 말해 자아-서사의 구성에 필요한 유의미한 '삶의 통로'로 던져진 것은 다음의 두 사건이다. 하나가 원산철도공장으로의 강제 징용이라면 다른 하나는 그곳을 벗어난 뒤 감행한 항일단체 협동당 별동대로의 참여와 피검被檢 경험이다. 실상을 말하건대, 징용과 협동당 참여는 기회와 위험을 함께 거느린 삶의 통로이기는 마찬가지였다. 징용과 징병은 조선의 피를 대가로 일본적 정체성을 전유하는 에스닉ethnic 변환의 기회이자 위기였다.[10] 협동당 참여는 항일의 강렬한 저항정신을 맑시즘 기반의 혁명사상으로 재정립하는 기회를 제공했다. 하지만 혁명사상은 식민 공간은 물론 해방 공간에서도 가족과 국가를 도탄에 빠뜨리는 위험한 기호[11]로 불온시되었다. 이처럼 김상훈에게 던져진 삶의 통로는 모순된 갈랫길로 제시되었을 뿐만 아니라, 시대의 요구가 개인의 필요성을 압도하는 억압적 형식에 보다 가까웠다.

---

[10] 징병과 징용을 통칭하는 '전선총후前線銃後' 아래의 국민 기획(황국신민화)의 모순성을 이광수의 징병제 관련 시편과 산문을 통해 검토한 글로는 최현식, 「이광수와 '국민시'」 (문학과사상연구회, 『이광수 문학의 재인식』, 소명출판, 2009)의 4절 "'청년'의 죽음─ '국민'의 탄생 혹은 좌절' 참조.

[11] 이를테면 해방 후 석방된 뒤 귀향했을 때의 경험을 표현한 시구 "등짐지기 삼십리 길 기여넘어 / 갑분 숨결로 두드린 아버지의 문 앞에 / 무서운 글자 있어 공산주의자는 들지 말라"(「아버지의 문 앞에서」, 『대열』, 백우서림, 1947)를 보라.

그러나 보다 중요한 사실은 김상훈이 징용은 위기의 형식으로, 협동당은 기회의 형식으로 뒤바꿈으로써 자아에게 보다 진실해지는 삶의 통로를 개척해 갔다는 사실이다. 그 위기와 기회를 매개하는 결정적 행위를 꼽으라면 역시 '탈출'일 것이다. 질병 치료 후 감행된 징병지로의 귀환 거부와 항일의 준軍군사조직 협동당 별동대에의 참여는 징병된 학병들의 전선 탈출과 여러모로 동질적이다.[12]

학병 탈출자들은 일제 파시즘에 대한 강렬한 저항정신으로 무장된 상태였다. 나아가 그들은 자신들이 가입한 반제·반봉건의 군사공동체에서 체계적인 정치 의식과 과학적인 이념을 수혈받을 기회를 가졌다. 그들이 "해방공간에서 『학병』(1946)이라는 기관지를 내면서 정치 현장에 직접 투신"[13]할 수 있었던 까닭이 여기 있다. 게다가 이들은 선우휘의 소설을 빌린다면 "외면하지 않고 어떻든 정면으로 대하"(「불꽃」, 1957)는 세계 응시, 다시 말해 외부 권력에 대한 '자의식을 동반한 비판적 시선'[14]을 세계 이해와 참여의 기초 원리로 내면화할 줄 아는 성숙한 영혼들이었다.

김상훈의 해방 전후 도정은 학병 탈출자들과 놀랄 만큼 유사하다. "패리한 몸 무력한 마음"(「서천월西天月」)의 '식민' 청년에서 "민중의 함성을

---

12 징용자 김상훈의 학병 청년에 대한 연민과 애도를 담은 시 「전사자戰死者 S야」(『대열』)는 그런 점에서 중요롭다. "아버지도 은사도 한사코 죽엄을 권하야" "벗들은 장송곡처럼 만세를 불렀고" "목숨 바칠 조국이나마 있었던들"과 같은 표현은 징병의 허구성과 폭력성을 유의미하게 간취하고 있다. 만약 김상훈에게 징용 체험과 협동당에의 참여가 부재했다면, '전사자 S'의 전사戰死는 개인의 불운이나 비극적 운명으로 협소화되었을 가능성이 크다. '학병' 추모를 다룬 행사시로는 「학병의 날에」가 있다. 이 시에서는 "의붓자식의 서름"을 "명일의 조선엔 의좋고 착취없는 나라를 세우"는 것으로 극복·보충하자는 '나라 만들기'의 욕망이 전면화되고 있다.
13 김윤식, 『한일 학병세대의 빛과 어둠』, 소명출판, 2012, 48면.
14 위의 책, 52면.

전하"(「아버지의 문 앞에서」)고 또 그것을 자기화하는 '해방' 청년으로의 전신轉身. 물론 영혼의 도약을 감각화한 것이지만, 이런 신체의 경험은 "자아를 통합된 전체로 응집시키는 한 방식"이다. 신체의 자각을 통해 자아는 "이것이 내가 살고 있는 곳"[15]이라는 가치화의 경험을 새삼 각인하게 되는 것이다. 학병 역시 이런 신체 경험에서 예외가 아니다. 그들의 탈출은 목숨을 걸고 감행된 자아의 투기投企, 다시 말해 죽음을 판돈으로 건 신체적 투기投機의 일종이었던 것이다.

학병과 김상훈의 공통점 가운데서 특히 유의할 사항은 진보적 혁명사상의 공유만이 아니다. 오히려 그것을 내면화하고 전파하는 '글쓰기'의 단련과 실천이 보다 더 중요하다.[16] 이 말은 진보적 이념을 미적 발화(시)로 전유함으로써 그것이 요청하는바 "정의의 피"(「무덤」)의 윤리성과 대중적 호소력을 한층 강화했다는 것에 다름 아니다. 『전위시인집』 동인들이 해방 이전 '시 쓰기 수업'을 충실히 지나왔음은 앞서 말한 대로이다. 『전위시인집』은 동인들이 그 경험을 해방 후 가입한 '조선문학가동맹'에서 더욱 정련하고 이념화한 결과물임은 물론이다. 그런데 이들은 해방기 좌파의 준準군사조직으로 우익 측과 물리적 마찰을 자주 빚었던 '조선학병동맹'의 맹원이면서 그 기관지 『학병』(1946)[17]의 주요

---

15 앤소니 기든스, 권기돈 역, 앞의 책, 147면.
16 김상훈은 협동당 동지들인 상민, 박산운, 유진오 등과 잡지 『민중조선』(1945)을 편집하는 한편 이곳에 「맹세」와 「시위행렬」을 발표함으로써 공식적인 시인의 삶을 걷기 시작한다.
17 『학병學兵』은 1946년 1월 조선정판사朝鮮精版社에서 창간호가 발행된 후 2월호를 내고 폐간되었다. 현재 원본이 보존 중인 『학병』 2호는 같은 해 1월 학병피습사건으로 숨진 박진동, 김성익, 이달 3인의 추모특집호로 제작되었다. 김기림, 임화, 권환, 김광균, 오장환, 조벽암, 김동석, 지하연, 박산운, 김상훈, 유진오 등이 필자로 참여했는데, 임화, 김기림, 오장환 등 선배세대와 전위파 신진 시인들의 연대와 결사 장면이 잘 드러나는 구성이다. 김상훈은 학병피습사건으로 숨진 3인을 추모하는 시로 「분한의 노래」(『해방일보』,

필자이기도 했다. 이 장면은 김상훈의 해방 전후의 경험, 곧 일제 청산과 건국을 향한 서사충동과 좌파 성향의 학병 탈출자의 그것이 등가적 관계를 형성하고 있음을 명확하게 보여준다는 점에서 의미심장하다.

김상훈과 학병들의 공통 경험은 그들의 '글쓰기'와 혁명운동이 자아 정체성의 개선과 더불어 "침묵하는 대중들에게 목소리를 제공해주는 생산적 힘"[18]으로 작동할 수 있다는 신뢰감의 형성에 크게 기여한다. 하지만 자아와 타자에 걸친 자기이해의 확대는 일제 말 잠재성의 형식으로 먼저 개진된 후 해방 이후 실재화되었음에 유의해야 한다. 김상훈과 학병 사이의 미학적 결속과 이념적 통합은 그 잠재성의 공통성이 미약했다면 훨씬 더뎠을지도 모른다.

그 잠재성이란 과연 무엇인가. 그것은 일제로부터의 '탈출'과 새로운 정치공동체에의 참여에 의해 성립된 것이다. 예컨대 김상훈은 구체적 현실과 단절된 채 사상의 아마추어리즘으로 자기이해와 갱신을 도모하던 협동당 참여에서 다음과 같은 해방 의식과 미적 자의식을 명랑하게 누린다. "마음 놓고 제국주의자를 저주해보고 인민 승리의 날을 머리를 모아 꿈꿔 보는 것", "시가 혁명의 추진력이 되는 것", "반항의 정신 속에서 시가 자라"[19]나는 것 등이 그것이다. 이 '잠재성'이야말로 김상훈이 해방 후 전위파 시인으로 또 혁명운동가로 '삶의 통로'를 정위할 수 있었던 근원적 동인이다. 또한 그와 관계된 '자기이해' 혹은 '자아-서사'를 밀고 나가는 추진력이기도 했다.

1946.1.31)와 「무덤」(『서울신문』 1947.1.21, 『대열』 수록)을 해를 두고 발표했다.

18 프레데릭 코너, 「대사건을 다시 생각하기-기념사업으로서의 10월 혁명」, 제프리 올릭 편, 최호근 외역, 『국가와 기억』, 민주화운동기념사업회, 2006, 40면.

19 김상훈, 「발跋」(상민常民, 『옥문獄門이 열리던 날』, 신학사, 1948), 신승엽 편, 앞의 책, 232면.

그런데 이 당시의 경험을 다룬 시편에서의 '고백'은 그 잠재성과 상반된다는 느낌마저 없잖다. 협동당 별동대의 체험을 다룬 「서천월」이 그것인데, 오히려 "마음 약한 식민지의 아들"의 회한과 정념이 두드러지게 발현되고 있기 때문이다. 서편으로 달이 설핏 기우는 설야雪夜는 실존적 고독과 애처로운 향수를 자극하기에 썩 알맞은 배경에 해당한다. 이를 고려하면, 고독과 향수의 표현은 어떤 점에서는 일제에의 저항의식, 바꿔 말해 대타자에 의해 강요된 자기단절의 위험성을 비집고 들어서는 쓰디쓴 감정에 대한 진솔한 표현일 수 있다. 그렇다면 이렇게 질문해 보자. 「서천월」은 그런 자기이해로만 그치고 있는가.

슬프다 빛나고 아름다워야 할 나이에
이처럼 패리한 몸 무력한 마음이여!
일직 어버이에게 물려받은 인종忍從의 철학이
단념斷念에 익어 무엔지 탄식을 일삼다가
거연居然히 항간의 윤리에 포박되어
울어도 값이 없고 사랑해도 구석진 곳에서
내 비탄의 시詩만을 써야 하나뇨!
기다려도 서천월西天月 답하지 않고
내려와 싸늘한 손 싸늘한 입술을 어루만저
고개 숙이고 진주처럼 반작이는
두어 방물 눈물 지니다

— 「서천월西天月 — 삼월 팔일 설야雪夜 불침번 소초」

(『대열』, 백우서림, 1947) 부분

"인종의 철학"이니 "항간의 윤리"니 "비탄의 시"니 하는 것은 일제 발(發) '사실의 세기'에 나포된 '식민' 청년의 비극적 운명을 가감 없이 표상하는 부정적 기호들이다. 시인은 왜 저항 의식과 과학적 세계관을 강력히 표출하는 대신 패배자의 형상 묘사와 전달에 집중하는 것일까. 이런 약자의 균열된 정서와 행태를 솔직하게 피로(披露)함으로써 얻어지는 유의미한 효과는 그것을 극복한 혁명 시인의 위상 및 그 결과로서 대중에의 호소력 모두가 대폭 신장된다는 사실에 존재할 것이다. 그러나 우리는 시인의 '고백' 행위의 진정성이 이런 외부적 국면 이전에 자아의 내부에서 발현되고 있음을 유의해야 한다.

「서천월」의 자아고백은 분명히 자기비판적인데, 이런 성향은 실패와 좌절에 대한 고백이 오로지 자아의 오류에서 말미암은 것인 듯한 느낌을 준다. 적어도 고백의 관점에서 말한다면 이것은 절반은 맞고 절반은 틀린 진술이다. 자아의 고백은 그 어떤 것도 숨기지 않고 낱낱이 드러내는 민낯의 상황만을 목표하지는 않기 때문이다. 다시 강조하거니와 자아의 고백은 "나약해 보이는 몸짓 속에서 '주체'로 존재할 것, 지배할 것을 목표로" 한다. 시인이 고백한 억압의 형식 인종(忍從)과 윤리, 비탄 등에는 자아의 무기력한 영혼과 신체의 감각이 반영되어 있다. 하지만 그 감각의 기원을 따진다면, 자아를 종속시키는 외적인 권력의 도발과 지배를 먼저 적시하여 마땅하다. 이런 억압구조를 타파하지 않는 한 하위주체들의 삶을 관통하는 패배의 운명은 애초에 결정된 사실에 지나지 않는다. "진주처럼 반작이는 / 두어 방울 눈물 지니다"라는 고백은 그 운명애(哀)의 미학적 표현인 셈이다.

하지만 인용 구절을 자아가 패배자의 정서를 솔직하게 드러냄으로써 외적인 권력과의 대립을 입체화하는 한편 주체로 존재하겠다는 욕망을 다지는 장면으로 해석한다면 어떨까. 앞서 검토한 김상훈의 내적 잠재성, 곧 일제에의 저항과 인민의 승리, 시와 혁명의 동일성에 대한 열정적 기대는 「서천월」에 보이는 패배에 대한 솔직한 고백, 다시 말해 긴장된 비판 때문에 형성된 것은 아닐까. 이런 의미에서 징용과 협동당 체험이 어우러진 「서천월」, 「연」, 「손」, 「편복蝙蝠」 등은 패배의 기록이 아니라 승리에의 전망을 예고한 시편일 수 있다. 분명히 말해, 이들 시편에는 패배자의 감상성과 상실감이 우세하게 드러나 있다. 하지만 그 이면에는 자기이해에 필요한 어떤 "영향을 받기 위해 기다리고 있는 정신상태가 존재하"[20]고 있음을 넌지시 알리는 목소리가 숨어 있다. 그 '정신 상태'란 도대체 무엇일까. 그것은 주체 혁신의 '잠재성'과 왜 또 어떻게 연관될까. 이런 연관성의 근거와 실체, 효과를 해방기 김상훈의 이념과 미학에서 찾아본다면 어떤 결과가 나올 것인가.

2) '해방' 청년의 자기이해와 전위 시인 되기

'해방' 청년하면, 또 진보적 민주국가의 건설에 바쳐진 정념하면, "호수처럼 밀려와 담기는 벅찬 민주주의"와 "한인韓人들이 범의 울음보다도 두려워하는 / 적기가赤旗歌", 그리고 "하늘보다 푸른 자유"(「기旗폭」, 『전위시인집』)에 대한 우렁찬 감격의 노래가 먼저 떠오른다. 그 노래는 협동당

---

20 가라타니 고진, 박유하 역, 앞의 책, 113면.

당시의 상상적 잠재성을 해방 현실에 실재화하는 자기도약의 행위라는 점에서 선점하여 마땅한 필수 항목의 일종이다. 혁명의 전위를 자처하는 신진 시인들의 선언문에 해당하는 『전위시인집』의 김상훈 소작 「전원애화田園哀話」, 「기폭」, 「바람」 등에는 그런 분위기와 의지가 약여하다. 이를테면 토지개혁과 농민해방의 의지를 직접적 구호로 처리한 "아아 토지를 농군에게 다고, 배고파서 일 못하는 농군이 없게 해다고……"(「전원애화」)와 같은 대목의 빈번한 출현이 그렇다.

하지만 김상훈의 자기이해는 혁명투쟁의 자랑에 앞서 "지주의 맏아들"의 폐습, 그러니까 "종들 부리고 / 비단옷 호사스리 자란 / 죄스런 옛날"의 고해성사에 먼저 할애되었다.[21] 이런 성향은 김상훈 자신의 부정적 국면, 즉 지주의 아들로 자라난 결과 내면에 알게 모르게 스며든 '반봉건적 특권계급으로서의 삶의 감각'[22]에 대한 거부와 단절이 결코 만만찮은 과제였음을 암시한다. 이 약점은 "단단히 다짐둔 나의 길"(「밤」)을 반복적으로 선언한다고 해서 극복될 성질의 것이 아니다. "나의 길"의 실현을 가능케 하는 당대 현실의 구조적 진실과 접속될 때야 비로소 그 약점에 대한 벌충과 수정의 가능성이 열린다. 이를 위한 구체적인 삶의 통로가 '조선학병동맹'과 '조선문학가동맹'에 대한 참여였음은 두말할 나위 없다. 특히 시인 김상훈의 자아-서사를 생각한다면, 시와 혁명의 일치를 구상하고 실천하는 데 여념 없던 '조선문학가동맹'에 대한

---

21 차례로 「아버지의 문 앞에서」(『대열』)와 「밤」(『새한민보』 2-6, 1948.3)에서 가져왔다. 앞의 시에서 "죄스런 옛날"은 "형틀과 종문서 지니고 / 양반을 팔아 송아지를 사든 버릇"으로 더욱 과격한 표현을 얻고 있다. 두 시 모두에서 자아는 "아버지의 집으로 돌아가지 못하는" 부자절연의 상황에 놓인 것으로 표상되고 있다.

22 최두석, 「김상훈론」, 『한국학보』 16-4, 일지사, 1990, 98면.

참여가 자기갱신을 위한 보다 근본적인 동력으로 작용했을 것이다.

해방 후 몇 차례의 조직 변화를 거쳐 건설된 '조선문학가동맹'(이하 '동맹')은 혁명 노선의 실천과 진보적 민주국가의 건설을 문학운동의 차원에서 집행하는 최상급 기관이었다. 따라서 그 맹원 김상훈에게는 '동맹'의 결정에 준하여 시 창작과 문화공작을 충실히 수행할 의무가 주어졌다. '동맹'은 「조선민족문화 건설의 노선」을 채택하여 그 행동강령을 명확히 했는바, 그 내용은 다음과 같다. '일본제국주의 잔재의 소탕', '봉건주의 잔재의 청산', '국수주의의 배격', '진보적 민족문학의 건설', '조선문학의 국제문학과의 제휴'가 그것이다.[23] 역시 봉건적 관행과 식민의 악습이 지배적인 해방기 현실답게 강령의 핵심이 부르주아 민주주의 혁명을 목적하는 반제·반봉건 테제와 민중 중심의 진보적 문화 건설에 주어지고 있다.

이 가운데서 적기해 둘 만한 사항은 프롤레타리아 혁명이 아닌 부르주아 민주주의 혁명, 곧 인민 민주주의 혁명이 공식적인 혁명 노선으로 제시되었다는 사실이다. 여기에는 해방기의 조선이 식민지 경험과 봉건적 유습의 완강한 잔존으로 인해 자본주의적 근대를 뛰어넘는 노동계급 중심의 사회주의 국가 건설이 어렵다는 현실적 판단이 자리 잡고 있다. 이런 현실은 진보적 문학에도 동일하게 작동하여, 혁명문학의 초점은 노동자와 농민, 도시 빈민과 소시민을 아우르는 통일전선운동의 미학적 실천으로 자연스럽게 모아졌다.[24] 이 점은, 김상훈의 '서사시'

23　조선문학가동맹, 『건설기의 조선문학』, 백양당, 1946, 222~223면.
24　해방기 좌우파의 문학운동에 대해서는 다음을 참조하였다. 신형기, 『해방 직후의 문학운동론』, 화다, 1988; 김윤식, 「해방공간의 나라 만들기 비판—문학과 정치」, 『해방공간 한국작가의 민족문학 글쓰기론』, 서울대 출판부, 2006.

와 '담시'가 반제·반봉건 테제를 주창하되, 노동자 중심의 혁명운동보다 도시로 유입되는 농민들의 혁명화에 초점을 맞추는 까닭을 이해하는 주요 근거가 되어 준다.

'동맹'의 강령은 과연 김상훈의 자기이해와 문학 활동에 있어 핵심적인 준거로 작용한다. 그 강령들을 한 항목씩 복기하는 모습은 볼 수 없으나, '민주 부르조아지 혁명'과 '민족문학'의 실천, '아직 아닌' '푸로레타리아문학'의 유보가 유독 강조되고 있다.[25] 이런 입장은 "조선 인민에 의하야 조선 인민의 복리를 위하야 봉건 잔재 친일 세력 팟시스트의 음모 등 모든 반동 세력과 항쟁하는 인민적 기초 우에 선 문학만이 조선 민족이 갈구하는 것"[26]이라는 주장에 기반한 것인데, 여기에는 '동맹'의 강령이 고스란히 녹아 있다.

여기서 유의할 점은 김상훈의 주장이 주의적 입장의 선전이 아니라 우파의 민족주의문학에 대한 항의로서 제출되고 있다는 사실이다. 그는 '전조선문필가협회'와 '조선청년문학가협회'(이하 '청문협')로 대표되는 보수우익의 문학을 "8할 이상의 국수주의적 요소를 내포한 민족주의문학"으로 특정한다. 이들의 '민족주의문학'은 "민족의 복리를 팔아 새로운 전횡을 꿈꾸고 낡은 길로 역사를 후퇴시키는 공작"이라는 점에서 "반민족적이며 민족의 원수의 편"[27]이다. 김상훈의 주장이 문학 작품의 구체성보다 사상과 이념을 중심으로 보수문단의 한계와 적폐를 재단하는

---

25 김상훈, 「빈곤한 논리—김광균시의 소론所論에 대하야」(『독립신보』, 1947.3.11), 신승엽 편, 앞의 책, 211~212면.
26 김상훈, 「테로문학론」(『문학』 4, 1947.4), 앞의 책, 213면.
27 위의 글. 이 글은 이헌구와 박종화, 모윤숙을 비롯하여 김동리, 조지훈, 유치환, 서정주에 대한 비판에 집중하고 있다. 김상훈 자신보다 몇 년 선배들에 지나지 않는 '조선청년문학가협회'에 대한 비판을 내심 의도하고 있음이 드러나는 장면이다.

편향적 언술의 일종이라는 사실에는 이견이 있을 수 없다. 하지만 저들의 '민족주의문학' 역시 정치 현실에 지나치게 밀착되어 있으면서도 계급에 괄호 친 민족 보편의 정서와 정신을 강조하기 위해 순수한 문학정신과 순수문학의 성취를 전략적 목표로 내세웠다는 점에서 편향적이고 독선적이기는 마찬가지였다.[28]

그렇다면 '동맹'과 '청문협'의 공식 강령을 괄호 친 상황에서 두 집단의 차이성을 표상하는 구체적 준거를 짚어본다면 어떨까. 이것은 그들 고유의 창작 방법과 세계관을 미학적 범주 내에서 구별할 수 있다는 점에서 의미 있는 작업이다. 여기서는 전통의 계승이라는 관점에서 그 차이점을 변별해보자. 서정주와 김상훈의 전통론, 혹은 그 영향을 이 자리로 호출하는 까닭인 것이다.

해방기 '청문협'의 간판 시인은 단연 서정주이다. 김상훈의 「테로문학론」에 보이듯이, 미당은 일제에 대한 시국 협력자로 백안시되는 측면이 없지 않았다.[29] 하지만 그는 '영원성'의 시학을 전통적 리듬과 이미지에 맞춰 자기 고유의 사업으로 한창 밀어 올리는 중이었다. 이런 미학적 목표와 당대 시대 상황이 얽힌 결과였겠지만, 이즈음 미당은 자신에게 '영향에 대한 불안'을 강력히 행사했던, 또 해방기 '동맹'의 중추를 이루던 임화와 정지용[30]에 대해 일정한 간격을 점차 벌려 나간다. 대신

---

28 김윤식, 앞의 글, 16~19면.

29 "일직 관능적 감각을 건드려서 파륜破倫에 가까운 시를 쓰든 서정주씨는 일제 때 『국민문학』을 편집하다가 이때는 급각도의 애국자가 되어서 대한독립청년단 선전부장으로 취임하셔서 마이크를 대로 쪽으로 걸고 '대한국 즉시 독립'과 '찬탁배 타도'를 웨쳤던 것이다". 신승엽 편, 앞의 책, 215면.

30 서정주는 유치환, 오장환과 함께 묶인 '생명파'를 설명하면서, 자신의 생명주의는 임화류의 편내용주의와 정지용류의 기교 중심주의를 넘어서기 위해 직정언어를 취한다고 말한 바 있다. 이런 대타의식은 임화와 정지용이 서정주 시의 형성과 확장에 주요한 역

민족 정한情恨을 전통적 리듬과 이미지에 맞춰 노래하던 김소월과 김영
랑의 시적 성취를 널리 알리는 한편 스스로를 그들의 적통으로 자리매
김한다.

가령 미당은 김소월의 가치를 외부에서 유입된 입상立像에 기대지 않
고 "차라리 입상立像없는 조국의 중압 속으로 후퇴"함으로써 "조선의 과
거세過去世의 전체 정서의 파도"를 현재의 시공간으로 불러들인 것에 두
었다.[31] 김소월에 기댄 미당의 전통계승론은 보수 문단의 강령 "민족문
학의 세계사적 사명의 완수를 기함" 및 "일체의 공식적 예속적 경향을
배격하고 진정한 문학정신을 옹호함"[32]과 대체로 상통한다. 특히 김소
월 시편의 핵심일 임과의 사랑과 이별, 그에 따른 애련愛戀과 정한情恨은
"문학의 독자적인 본령", 그러니까 순수성의 옹호와 더불어 '민족 단위
의 휴머니즘'의 고취를 독려하기에 가장 적합한 요소들이었다. 미당의
영원성 시학과 마찬가지로, '청문협'도 '조선적인 것'의 복권과 계승을
통해 "민족적 개성을 갖는 일방, 시간적 영구성과 보편성을 확보"[33]하
는 것을 주요과제로 삼았던 것이다. 근대적 개인의 자유를 노래하되 그
것을 보편적인 민족 정서의 발현과 삶의 역사와 흔적이 겹겹이 누적된
토속어의 리듬으로 노래한 김소월.[34] 그들이 이런 탁월성에 근거하여

할을 담당했음을 거꾸로 보여준다.

31 서정주, 「김소월시론試論」(『해동공론』, 1947.4), 서정주 외, 『시창작론』, 선문사, 1949,
    121면.

32 곽종원, 「조선청년문학가협회」, 『해방문학20년』, 정음사, 1971, 144면.

33 신형기, 앞의 책, 170면.

34 서정주와 동인지 『시인부락』을 함께 꾸렸고 자신의 '남만서고'에서 미당의 『화사집』(1941)
    을 출간했으며 해방기에는 '동맹'에서 활약했던 오장환 역시 김소월에 대한 정중한 고평을
    남겼다. 조선적인 소재를 바탕으로 "지순한 서정의 세계에 동심의 세계에 민요풍의 정서에
    비유하기 어려울 만큼 아름다운 운율을 창조하여, 가난한 우리의 언어를 살지게 하였다"(오
    장환, 「소월시의 특성─시집 『진달래꽃』의 연구」, 『조선춘추』, 1947.12)는 평가가 그렇다.

김소월을 이미 오래 전에 '청문협'의 목표를 성취한 예외적 전통이자 현재에도 따라 마땅한 시적 모본模本으로 가치화했다면 지나친 동일화의 욕망일 것인가.

그럼에도 우리는 서정주를 포함한 '청문협'의 입장이 민족 보편의 이름으로 당대의 민족적·계급적 모순을 은폐·초월하기 위한 현실 순응의 전략으로부터 전혀 동떨어져 있지는 않다는 역사적 사실을 부기해둘 수밖에 없다. 이런 평가는 『시경詩經』을 '사무사思無邪'(생각에 사악함이 없음)의 관점보다 현실 모순을 타파하는 계급주의의 입장에서 바라보는 김상훈의 입론을 참조할 때 더욱 두드러져 보인다. 그러니 이렇게 질문해보자. 김상훈의 민중 주체의 '전통론' 혹은 '전통미학'은 어떻게 정당성의 윤리를 구성하고 타자, 곧 민족 보편의 그것을 배제·부정하는가.

그에 따르면 『시경』은 피압박 대중의 생활과 감정이 흘러넘치는 '노래'들을 모은 것으로, "노예제사회와 봉건제사회 속에 나타난 노예와 농노들의 불안, 고통, 울분, 반항"이 고스란히 묻어난다. 이런 연유로 『시경』에서 "소박하고 원시적이고 단조로운 구절 중에서도 차츰 각성되어가는 그들의 계급의식"은 물론 원시사회→노예제사회→봉건제사회로의 체제 변혁(혁명)의 거대한 발자취까지 충분히 간파할 수 있다는 것이다. 『시경』은 "'인간'의 출현이 계급적 각성에서부터 시작했다는 것"을 알리는 미적 사건이며, "진실로 계급적으로 각성되는 인민의 노래이기 때문에 아름다운 것이요, 편篇에 가득 흘러넘치는 눈물이나 서름이 진실할 것"이라는 그의 주장은 그런 의미에서 자연스럽고 당위적이다.[35]

김상훈의 『시경』 이해는 무엇보다 반봉건 의식에 철저하다. 유학사儒

學史에서 『시경』은 사서삼경四書三經의 하나로 공자의 진리관 도道를 영혼에 육화하는 절대문자였으며, 우중愚衆을 계몽하고 정도正道로 이끄는 바른 노래였다. 하지만 통치의 기술로 본다면, 그것은 하위주체들을 지배하고 통제하는 폭력적 권력 체계의 일종이다. 『시경』을 민중의 궁핍한 삶을 담보로 한 '정치의 심미화'의 기호로 바꿔 읽을 가능성이 생겨나는 지점이다. 사실을 말하건대, 『시경』 고유의 미적 유희성을 배제한 채 계급주의 미학에 집중하는 김상훈의 태도는 민족의 보편성을 근거로 계급모순을 봉인하는 '민족주의문학'의 역상逆像으로 보아 무방하다.

하지만 지배의 문자로 타락한 『시경』을 그것의 기원 민중에게 되돌려 주는 일은 탈식민의 관점에서 볼 때 그 의미가 매우 각별하다. 지배집단에 의한 『시경』의 식민화는 하위주체들의 노래와 언어를 빼앗고 금지하는 행위가 아닐 수 없다. 그래서 민중 발화의 금지는 계급 차별의 성문화 및 폭력적 지배기술의 탄생으로 재해석될 수 있다. 그런데 이 말을 뒤집으면 어떤 사태가 벌어질까. 하위주체의 『시경』에 대한 주권 회복은 그들의 상실된 말을 되찾는 것이며 그들 자신이 주체로 빛났던 시대로 귀환한다는 것을 뜻한다. 김상훈의 『시경』 읽기는 무엇보다 하위주체의 귀환을 열망하는 선언문의 일종이다. 그 귀환은 과거가 아니라 미래를, 권력과 재화로부터의 소외가 아니라 그것들의 충만한 사용을 지향한다는 점에서 유토피아적인 동시에 혁명적이다.

이 지점에 서면, 김상훈이 왜 '서사시'와 '담시譚詩'의 계발로 나아갔으며, 반봉건의 '가족' 서사와 혁명주체로 거듭나는 빈농의 형상화에 주력

---

35 김상훈, 「시경詩經에서 보는 계급의식」(『문학평론』, 1947. 4), 신승엽 편, 앞의 책, 220
  ~229면.

했는지가 보다 분명해진다. 그는 서사시 「가족」(백우사, 1948)의 창작 이유를 "나와 내 주위에 있는 가장 가까운 사람들의 모습을 허식 없이 시 안에 등장시키고 또 그들이 전형적인 오늘 이 땅의 가족들이기를 기원하"기 위한 것으로 들었다. "민족 전체가 공감하는 신화나 운명을 노래"한 원래의 서사시에 미달했으며, "너무도 무력한 사람들을 취급하였고 또 지나쳐 주관에 치우쳤"다는 한계를 먼저 말하면서 말이다. 이렇듯이 그의 '서사시'와 '담시' 창작은『시경』에서 계발받은 바 하위주체의 구체적인 생활과 정서, 계급 의식을 현재로 도래시키기 위한 미적·이념적 충동의 일환이었다. 반제·반봉건의 과제가 당면한 현실이었듯이, 해방기의 하위주체는 여전히 일제 잔재와 봉건의 악습 아래 긴박된 상황이었다. 그것을 격파하기 위해 지배의 기호『시경』을 탈식민과 혁명의 기호로 재전유했던 것이다.[36]

물론 김상훈은 하위주체의 탈식민과 해방을 위해, 또 상실된 말과 정서의 복권을 위해 시 쓰기에만 멈추지 않았다. 이용악의 "문화공작대로 갔다가 춘천에서 강릉서 돌팔매를 맞고 돌아온 젊은 시인 상훈도 진식이도 기운 좋구나"(「빗발 속에서」)라는 시구에 보이듯이, 김상훈은 '동맹'의 '문화공작대'로도 부지런히 참가했다. '문화공작대'[37] 활동은 인민에의 복무를 직접 체험하고 가치화하는 작업이니만큼 어떤 점에서는 강고한 이념의 주장보다 그것을 수월하게 전파하고 내면화할 수 있는 문학예술의 대중화 방법이 보다 중요할 수 있었다. 김상훈의 '서사시'와 '담시'가 '가족'과 '연애'의

---

36 김상훈의 '서사시'와 '담시' 창작이 갖는 문학사적 계보와 의미맥락에 대해서는 최두석, 앞의 글, 111~112면 참조.
37 '동맹'의 '문화공작대' 활동에 대해서는 신형기, 앞의 책, 112~115면 참조.

서사 및 그것의 극화(劇化)에 주목할 수밖에 없는 까닭이, 또『시경』을 민중적
전통 계승의 전도된 텍스트로 취했던 연유가 이로써 해명된다.

    나는 이제 두살백이다

    지주의 맏아들에서 가난뱅이의 편으로 태생하였다

    살부치기를 모조리 작별하고

    앵무새처럼 노래부르든 버릇을 버렸다

    나는 아무것도 없다 아무것도 모른다

    다만 조국을 사랑하는 한가지 길밖에

    인민을 위한 인민의 나라를 세우는 것밖에

    나는 이래서 시를 쓴다 그리고 가장 자랑스럽다

　　　　　　　　　　　—「나의 길」(『대열』, 백우서림, 1947) 부분

　‘자기이해’를 위해서는 자아정체성의 변화적 지속에 필요한 ‘자아서
사’의 구축이 권장된다. 거기에 수반되는 자아의 성찰과 기획은 통합된
자아감을 확보하는 수단이자 또 그것의 잠재성과 한계를 통찰하는 해
석학의 일종이다. ‘자아서사’의 일부로서 계급과 언어 전환을 선언하는
「나의 길」은 해방기 당시의 혁명사상에만 빚지고 있지 않다는 점에서
보다 유의미하다. 그것은『시경』에 대한 해석과 가치의 전도, 지배계급
의 기호로 타락한『시경』의 민중적 기호로의 재영토화 과정에서 탄생
한 것이기도 하다.

　그런 의미에서「나의 길」에 담긴 김상훈의 ‘고백’은 주관적 혁명 의

식의 낭만적 발화로만 제한할 수 없다. 그보다는 "지주의 맏아들"이기를 포기하고 "인민을 위한 인민의 나라"에 완전히 복종함으로써 '진정한 자기'로 거듭나게 되었음을 말하는, 다시 말해 주체의 재건을 확인하고 알리는 행위에 가깝다. 김상훈이 이상적 인민과 자아의 선험적 성취를 위해 '시간과의 대화', 특히 벌써 그랬던 본원적 과거의 현재화를 주도면밀하게 수행한 것이라는 평가는 그래서 가능한 것이다.

3. 친밀성의 균열과 재편—가족·연애·혁명

좌·우파를 막론하고 해방기의 핵심과제를 들라면, 일제 잔재의 청산과 봉건 유습의 타파를 먼저 꼽아야 한다. 반제·반봉건으로 표상되는 그것의 1차 목표는 민족적·계급적 차별과 지배의 혁파였다. 봉건주의와 제국주의는 전근대와 근대로 대별되는 정치 체제이며, 영주와 부르주아, 농노와 프롤레타리아, 신민과 시민 등으로 체제의 주체들이 달리 구성된다. 양자의 결정적 차이라면, 그것들이 속한 전근대에서는 신神이나 마법이 지배했다면, 근대에서는 삶의 합리화, 곧 탈마법의 실현이 핵심과제였다는 것이다. 삶의 탈마법화는 진·선·미의 각 영역이 자기원리와 욕망에 따라 구성·실현된다는 것, 다시 말해 세 가지 영역의 독립성 보장과 자율성 실현이 공식화되었음을 의미한다. 이 사태는 집단적 이념보다 개체적 욕망을 중시하는 개인의 탄생과 더불어 그것을 보장하는 핵심 원리로서 신분제로부터의 해방을 불러들였다. 여기에 봉건제를 타파한 역사적 모더니티의 긍정성과 잠재성이 존재한다.

그러나 역사적 모더니티를 관통하는 계몽이성과 그것을 성장 원리로 삼은 제국주의가 '자연'과 '야만'에 대한 식민화를 가속하며 식민주의의 전지구화에 주력했음은 주지의 사실이다. 사회진화론과 만국공법을 토대로 제국주의는 문명에 의한 야만의 지배, 식민지에 대한 인종적·문화적 차별, 식민지 하위주체의 배제와 착취를 세계의 통치술로 문법화했다. 이런 폭력적인 방식의 제국과 식민지의 서열화는 제왕(가부장)의 천부天賦적 권위에 기댄 전근대의 통치술이 부르주아 발發 도구적 이성의 가면술과 접합되면서 더욱 세련되고 정교해졌음을 암시한다. 가부장제적 통치술의 온존과 정교화는 그것의 출현 이후 지배자와 피지배자에게 내재해 있던 일종의 식민과 피식민의 정신 상태[38]가 각 시대에 적합한 형식으로 이월·변형되었기 때문에 가능한 것이었다.

조선의 식민화는 고루한 봉건 유습 위에 제국주의의 폭력성이 더해진 이중의 억압과 배제의 정치학이었다. 그런만큼 식민 통치의 와중에서 도둑처럼 찾아온 해방 후 반제·반봉건의 과제는 혁명적 구호의 집단적 발화와 계급투쟁만으로 성취되기 어려운 성질의 것이었다. 근대성의 성취와 그것의 사회주의적 초극을 동시에 목표하는 부르주아 민주주의 혁명(인민 민주주의 혁명)은 그런 점에서 필연적이었다. 그 과정에서 노동자와 농민, 도시 빈민 등 하위주체들의 계급적·정서적 연대가 문화전선의 핵심적 과제로 떠올랐던 것이다.

---

38 아쉬스 난디, 이옥순 역, 『친밀한 적』, 신구문화사, 1993, 29~32면.

김상훈의 시에서 흥미로운 것은 봉건제의 타파와 근대성의 성취, 양자를 동시에 초극하는 진보적 민주주의의 과제를 '향토'의 전근대적인 가부장제(지주제) 타파와 도시에서의 혁명적 가정의 재구성을 매개로 수행해 갔다는 사실이다. 그 자신 "지주의 맏아들"이며, 당대를 지배하던 주요 모순의 하나가 지주와 소작농 사이의 갈등이었다는 점, 그 비율이 여전히 압도적인 농민계급을 혁명의 주체로 전환하지 않고서는 사회주의 혁명의 과업이 진행될 수 없다는 주·객관적 상황이 시인을 기존의 가부장제 해체와 새로운 혁명 가족의 구성으로 이끌었을 것이다.

시인 개인의 가부장제 및 지주제와의 결별, 즉 "지주의 맏아들에서 가난뱅이의 편으로 태생하"(「나의 길」)는 자아 서사의 충동은 무엇보다 "'아버지'로 상징되는 과거와의 결별을 통해, 이념적 주체로"[39] 거듭나기 위한 자기이해와 갱신의 욕망에서 발원한 것이다. 이런 개인적 욕망은 '아버지', 다시 말해 가부장제적 팔루스의 이름으로 구축된 봉건적 가치에 대한 집단적 거부와 그것을 대체하는 민주적 가정의 건설 욕구로 심화·확장됨으로써 혁명의 과업으로 거듭나게 된다. 그러나 이 과제는 새로운 가족에 대한 주관적 열망이 아무리 강력하더라도 기존 가부장제의 봉건적·식민주의적 폭력성과 억압성에 대한 객관적인 접근과 분석 없이는 거의 실현 불가능한 것이다. 김상훈이 향토의 지주와 소작농 간의 갈등을 경제적 지배와 피지배의 관계로 단순화하지 않고, 전근대적인 경제 외적 강제, 즉 신분제의 지속적 개입과 그를 통한 인간성 착취의 폭력성을 전면화한 것도 봉건주의와 식민주의가 야합한 당대

---

39 이기성, 「해방기 시에 나타난 가족주의와 국가주의」, 『상허학보』 26, 상허학회, 2009, 175면.

가부장제의 기이한 폭력성 때문이다.

'가족'은 자아의 생명과 그 물질적 기반을 충족하고 보장하는 가장 기초적인 친밀성의 구조라 할 만하다. '자애'와 '효'로 대별되는 세대 간의 사랑과 유대가 자아정체성의 형성과 유지, 긍정적 변화에 없어서는 안 될 요소로, 또 '가족'이 '향토'와 '국가'를 구성하는 기초 단위로 간주되는 까닭의 저변에는 서로가 서로를 위해 헌신하고 양보하는 친밀성의 원리가 자리 잡고 있다. 물론 친밀성은 무엇보다 가족의 안전과 보호를 감당할 수 있는 가부장의 선한 능력의 유무에 의해 더욱 강화될 수도 더욱 악화될 수도 있는 가변적인 성질의 것이다. 후자의 경우는 엥겔스가 말했던 현대적 가족의 성격, 그러니까 "사회와 국가에서 광범위하게 발전한 온갖 모순을 축소판의 형태로 내포하고 있"[40]는 갈등의 場에서 더욱 두드러진다. 이것의 기초적 형태로서 가부장제는 특히 금권과 성[性]적 욕망의 과잉, 또는 그것의 현격한 결여에 직면할 때 더욱 파행적이고 폭력적인 구조로 돌변하기 마련이다.

김상훈의 『가족』에 수록된 「가족」은 이상의 문제를 친밀성의 파괴와 재구조의 형식으로 서사화한 장시長詩의 일종이다.[41] 그는 지주와 소작농의 갈등 및 해소를 성[性]의 착취와 연애의 파탄, 하위주체의 계급적 각성과 붉은 연애, 가족의 혁명적 재편이라는 일련의 사건과 서사에 담아 형상화해 간다. 이 가운데서도 핵심적인 요소는 '연애'인바, 이것은 주

---

40 프리드리히 엥겔스, 김대웅 역, 『가족·국가·사유재산의 기원』, 아침, 1987, 65면.
41 김상훈은 「가족」을 서사시로 지칭했으나 여기서는 민족의 영웅을 노래하는 원래의 서사시 epic와의 차이를 고려하여 '장시'로 통칭하고자 한다. 한편 『가족』에 같이 실린 「소을ᄼᄼ이」는 어리고 무능력한 "검고 적은 신랑"과 혼인, 고된 시집살이 끝에 남편 살해의 혐의를 뒤집어쓴 후 야반도주했던 '소을이'가 해방 후 "민주주의를 부르짖고 다니"게 된 내력을 그리고 있다. 주체적 삶이 박탈된 여성의 혁명적 갱생을 그린 시라 하겠다.

동인물들의 사랑과 결별, 가족의 해체와 재구성을 추동하는 원동력에 해당한다.

「가족」은 지주 '황 참봉'이 '복례' 가족의 소작을 거두겠다는 소식을 듣고 복례의 할머니가 '황 참봉'의 집으로 찾아가 청원을 거듭하다 끝내는 자살하는 사건으로 시작된다. 하지만 소작농의 생사를 거머쥔 '황 참봉'의 횡포는 더욱 결정적인 지점에서 궁핍하되 단란했던 '복례'의 가족을 파탄내기에 이른다. 그것은 모두가 짐작하는 대로 그들의 최대 약점인 생존권(금권), 그러니까 토지를 대가로 한 '경제외적 강제'의 폭력적 수행을 통해서이다. 할머니 손녀 '복례'를 소실로 들이겠다는 제안이 그것이다.

> 닭잡는 소리 밥짓고 술을 걸르는 소리
>
> 영문 모르고 황공, 불안해진 모습들
>
> 王者는 친절하다. 가지가지 호의를 배설하며
>
> 夕後에야 신성한 야욕은 드러났다
>
> "자식을 하나 더 봐야겠오
>
> 논도 집도 돈도 줄 터이니
>
> 福禮를 나의 소실로 주구려……."
>
> 아아 이 잔인한 王者! 너는 권력을 가졌구나
>
> 아무리 몸부림을 쳐도 정복되고 말리라
>
> 정복되고 말리라 빈한한 가족들아!

지주에 의한 소작농의 착취, 그 중에서도 여성에 대한 성적 착취는 봉건주의적·식민주의적 폭력을 대표한다. 지주는 성적 욕망의 충족과 금권의 안정적 지속을 위해 성性과 금金의 교환을 지배와 통치의 기술로 적극 활용한다. 하지만 이런 책략은 지주와 소작농 간의 모순과 갈등을 온존한 상태에서 행해지는 위선적인 관계 개선의 일환이라는 점에서 지극히 문제적이다. 실제로 '황 참봉'이 '복례'를 취함으로써 발생하는 심각한 사태는 맏아들 '위우渭雨'와 '복례'의 순박한 사랑, 바꿔 말해 "사회와 도덕과 이해가 미처 거리를 일러주지 못한 이 천진한 무지"를 파탄낸 것이었다. '황 참봉'의 남근주의, 곧 성적 욕망이 그의 가족과 '복례'의 가족을 동시에 허무는 비극적 상황을 불러온 것이다.

그러나 그 근원을 따진다면, '위우'와 '복례'의 패배는 '황 참봉'의 개인적 폭력성을 넘어 봉건주의와 식민주의에서 일상화된 팔루스적 특성들, 즉 공격과 달성, 통제와 힘의 기술[42]이 작동한 결과라 할 수 있다. 그런 점에서 '황 참봉'은 '위우'와 '복례'의 인간성과 내밀한 욕망을 충족시키기는커녕 그것을 파괴하는 '친밀한 적'으로 도래한 반동인물이라 할 수 있다. 지주 '황 참봉'의 반인간적 내력과 면모는 "양반들의 죄스러운 역사"를 묘사한 장면들, 이를테면 "전복典服자락 밑에 흉계를 감추고~심상히 동료를 옥으로 보내는" "패망 왕조의 유습"과 "비녀婢女들 혼전히 살을 바치고 / 적서嫡庶의 싸움은 서리가" 나는 "해심海心보다 심암深暗한 가지가지 비화秘話"에 잘 투영되어 있다.

지주의 악마성을 총괄하는 '황 참봉'의 반인간성과 '친밀한 적'으로의 권력 작동은 그러나 '아직 아닌' 형식일 수 있다. '친밀한 적'의 진정한

---

42 아쉬스 난디, 이옥순 역, 앞의 책, 36면.

파괴성과 공격성은 권력자에게 항抗하거나 그 권력이 내부적 인물에게 도용당할 때 발생하는 법이다. '외디푸스'의 진정한 비극은 자신을 버린 부왕父王이 '친밀한 적'이었다는 데서 발생하지 않는다. 오히려 그 자신이 부왕과 모친의 '친밀한 적'이었다는 것, 곧 아비를 죽이고 어미를 간姦한 천륜지정의 배반에서 발원하는 것이다. 과연 김상훈은 「가족」을 서사시의 형식으로 구상한 시인답게, 그리고 가족사적 비극의 절정이 어디서 기원하는가를 독서 체험으로 인지한 지식인답게, '황 참봉'의 소실 '설희雪姬'의 둘째 아들 '위득渭得'에 대한 열애 및 그 '위득'과 사촌누이 '갑순甲順'의 근친적 애정을 '황 참봉'을 거꾸로 겨누는 '친밀한 적'으로 설정하고 있다. 이런 서사시적 구조의 차용은, '친밀성'에의 금지를 위반한 탓에 몰락한 영웅의 비극적 운명을 빌려, 타락의 극치를 달리는 '황 참봉'의 가부장제적 권력과 그것의 주요한 근원 봉건제의 몰락을 기정 사실화하려는 의도[43]에서 취해진 것으로 이해된다.

가부장제와 지주제의 타락을 확증하기 위해 가족과 관련된 성의 착취와 연애의 파탄을 서사화하는 태도는 오로지 지주계급의 해체를 정당화하기 위한 미적 장치가 아니다. 오히려 그 심층부에는 기존의 권력제도를 넘어서고 해방의 서사를 완결하기 위해서는 성의 자율성 회복과 상실된 연애의 복원이 요청된다는 서사 충동이 꿈틀거리고 있다. 두 조건의 충족

---

43 김상훈은 사촌누이와 사랑에 빠진 '위득'의 내면을 다음과 같이 묘사한다. "너무나 답답한 영원한 비장秘藏 / 주검으로 환산되는 격애激愛의 범죄 / 위득은 몸부림쳤다 / 천지가 한 번 뒤집어져야 했다." 결국 둘은 조선을 탈출, 만주에서 사랑의 도피 행각을 벌이는데, 그 결정적 원인 가운데 하나는 황군皇軍 입대를 강제하는 "'명예의' 소집영장"이 발부되어 전선에 나가게 된 것에 있다. 타자를 '죽임'으로써 '죽음'에 처하느니 '사랑'으로서 '죽임'에 처하는 편이 훨씬 정당하다는 윤리적 감각이 발현된 선택인 것이다. '위득'의 행보는 '위반의 사랑'을 제외하고는 원산철도공장 징용에서 벗어나 협동당 별동대로 나아간 김상훈의 그것과 꽤나 유사한 것처럼 읽힌다.

속에서야 상호 보족적인 친밀한 가족의 재구성이, 또 그것의 혁명적 전환이 가능해지기 때문이다. 과연 김상훈은 해방 후의 서사를 구성함에 있어 대중들의 혁명운동에의 열정적 참여 못지않게 사랑의 회복과 가족의 재편성에 미적 관심을 집중한다. 물론 사랑과 가족 회복의 서사는 아직까지는 이념적 열정의 산물일 뿐 모순의 척결에 의해 그 실재성이 확보된 실체적 진실은 아니라는 점에서 그 한계가 분명하다. 하지만 하위주체들의 혁명에의 자발적 참여나 이념을 공유하는 타자와의 연대성을 계도하는 형식으로는 상당히 매혹적인 서사임을 아주 부인하기는 어렵다.

사랑이고 그런 것보단

民主主義만이 내겐 소중합니다

연애를 부정하진 않습니다

그러나 우리에겐 흔히 방해스러우니까요

만용과 이기주의는 愛人을 안고

소시민의 주택으로 도망가 버리니까요

사랑 때문에 일을 잊어버리고

동무를 팔고 조직도 파괴해 버리니까요

인민의 승리 없이 무슨 행복이 있을라구요……

'위우'의 연인에서 그 아비의 첩실로 전락했던 '복례'가 해방 후 '위우'를 만나 건네는 말의 일절이다. 그녀의 발언은 혁명적 존재 전환의 계기가 전제되지 않는 한 작가의 주관적인 이념으로 포장된 상태를 넘어서기 어렵다. 그녀가 '위우'에게 "민주노선"의 "길동무" 요청, 다시 말해 "연애보다 먼저 혁명을 배"우자고 제안할 수 있는 까닭은 혁명 이념에의 낭만적 감염 때문이 아니다. 그것은 "농노의 딸"에서 "지주의 수욕獸慾에 짓밟"힌 성의 피해자로, 또 '실공장'과 '약공장'의 노동자로 전전하는 가운데 획득된 자기이해와, 특히 해방 후 거기에 더해진 자아-서사의 기획, 그러니까 해방의 열정과 자유의 정념이 겹겹이 작용한 결과의 것이다.

　① － 아아 이 혁명과 함께 커가는 가족이여

　　渭雨의 눈에는 태양같이 이글거리는 힘의 상징

　　낡은 것은 허물어진다

　　遲遲하게 喘息을 보존한 냄새나는 封建

　　정녕 저것은 망하고야 마는 것

　　보라! 새것이 벌서 성장하지 않었느냐……

　② 태풍아

　　백만 사람의 항의를 전하는

　　물끓듯 이는 민중의 바른 의지야

　　이 慣死에도 비길 고통하는 청년의 몸부림을 구하라

　　시간아 이 무능한 양심을 안고 몸부림치는

　　한 사람의 이탈을 위하야 어서 濃縮하라

　"혁명과 함께 커가는 가족"은 봉건적 · 식민주의적 가부장제 아래의 '친밀한 적'을 타파하고 상호 신뢰와 소통의 '친밀성'을 회복하는 방법적 원리를 대변하는 구절이다. 가부장에의 권력 집중과 그에 의한 권력의 남용을 넘어선 가족 전체의 성장과 충만을 위한 권력의 분배와 그것에의 공동 참여. 이것은 특정 가족의 과제가 아니라 한 공동 운명을 구성하는 집단과 민족, 국가 모두에 해당하는 것일 터이다. 가령 인용한 ①과 ②에서는 "지주의 맏아들" '위우'의 긍정적인 자기부정 못지않게 "민중의 바른 의지"가 성취한 혁명적 상황으로서 "새 것"의 물결이 강조되고 있다. 프롤레타리아 의식의 내면화는 결국 그 자신의 물적 토대에 대한 변환을 이끈다는 점에서 이 지점의 '자기이해'는 보다 공적이며 집단적인 성격을 내포한다.

이렇게 확장된 '혁명 가족'의 탄생은 1920년대 식민지 조선을 강타했던 '붉은 사랑'의 감각과 경험을 환기하는바 있다. 그 기초를 이루는 "(붉은—인용자) 연애는 우리들 인간성을 높이며 우리들의 새로운 사회를 위하여 싸우는 능률을 증가하는 것이 아니면 아니 된다"[44]는 명제는 각성된 하위주체 '복례'(들)의 발화가 아니고 그 무엇이겠는가. 따라서 얼마 뒤 몰아닥칠 '위우'와 '복례'의 '붉은 사랑'은 피습되어 수감된 '돌쇠'의 고난에 동참하기 위해 거리에 나섰다가 극우파의 돌팔매에 숨진 돌쇠 어머니의 "사랑의 피"와 동질의 것이다. 둘의 '붉은 연애'를 이념의 공통성에 기반한 친밀성의 회복과 재편으로 간주할 수 있는 결정적인 이유인 것이다.

물론 '위우'와 '복례'의 '붉은 연애'는 1920년대의 그것, 그러니까 사유재산제의 타파를 제외하고는 가족제와 일부일처제의 소멸, 성性의

---

44 김옥엽, 「청산할 연애론—과거 연애론에 대한 반박」(『신여성』 5-10, 1927.10, 8면), 권보드래, 『연애의 시대』, 현실문화연구, 2003, 199면.

근본적 평등 등의 목표[45]를 공유하지 않는다. 남녀의 동지적 결속은 혁명이념을 확대 재생산하는 가족의 형성을 의미할지언정 인간법 위에 계상된 가족제도의 폐지나 성의 무차별적인 평균화를 뜻하는 것은 아니었다. 만약 해방기 당시 「가족」 내의 '붉은 사랑'과 그것을 통한 '친밀성'의 재발견이 대중의 지지를 획득했다면, 그것은 혁명 이념과 새로운 가족상像의 합리적인 결합 때문이지 기성의 가족제도, 특히 가족에의 편입과 일부일처제를 모두 거부하는 극단적인 '자유 연애'에 대한 매혹 때문이 아닐 것이다.

과연 「가족」의 종결부에서 '위우'는 "당신이 말한 대로 길동무가 되리라"라고 고백하며, 이에 대해 '복례'는 "화심花心과 같이 붉"은 '웃음'으로 화답한다. 이 지점에서 중요한 것은 그들 '붉은 사랑'의 현실화 여부가 아니다. 비록 그들의 관계가 혁명적 동지애로 방향을 튼다 해도 그 '붉은 사랑'의 진정성에는 아무런 영향도 끼치지 않는다. '혁명의 길동무'가 된 이상 그들의 '친밀성'은 연애 파탄 이전의 그것으로 되돌려진 셈이며, 나아가 그들의 미래를 기획하는 주요한 삶의 통로로 주어지는 셈이기 때문이다. 이런 점에서 '위우'와 '복례'의 사랑은 '친밀성'에서 시작되어 '친밀성'으로 종결되는 형식이다. 물론 그 서사적 구도는 '친밀성' 자체가 아니라 그것을 구성하는 개인성과 집단성, 내밀한 연정과 강고한 혁명성의 엇갈린 진행과 배치를 통해 완성된 것이라는 점에서 그 의미가 더욱 풍요롭다.

---

45 위의 책, 202면.

4. 친밀성에의 귀환과 공동 감각의 확충 – 지역어의 발화

해방기 문학계를 강타한 핵심 주제의 하나는 민족어의 귀환문제였다. 일제 식민기 '국어'는 당연히 '일본어'였으며 '조선어'는 모어의 지위를 점차 빼앗겨 가는 지역어에 지나지 않았다. 하지만 '조선어'를 둘러싼 언중言衆의 성격도 꽤 다양해서 하나의 범주로 묶는 일이 생각보다 쉽지 않다. 문인들의 경우, 오로지 조선어만 사용한 자, 조선어를 사용하다 일제 말의 언어 정책에 따라 일본어를 함께 쓴 자, 조선어를 버리고 일본어로 문학어를 바꾼 자, 처음부터 일본어를 사용한 자 등으로 나뉠 수 있다. 해방 후 이런 언어 사용의 행태는 문학 능력의 수월성과 무관하게 민족과 반민족, 친일과 반일을 가르는 윤리성과 저항성의 표지로 둔갑하는 아이러니한 상황에 맞닥뜨리게 된다. 이와 더불어 최근 학계의 관심이 점점 커져가는 이중언어의 문제 역시 조선어로의 귀환에 골몰해야 했던 작가들의 고뇌를 자극하는 항목이었다. 두 경우를 잠깐 일별한다면 아래와 같다.

먼저 이중언어의 문제. 이것은 조선어와 일본어 병용의 이중언어의 상황을 조선어 단독의 상황으로 어떻게 변주할 것인가가 문제의 핵심이었다. 이중언어 상황은 식민화가 상당히 진행되어 모든 공식교육을 일본어로 받았던 작가들, 예컨대 스스로 일본어 사용의 문제를 민감하게 성찰했던 김수영이나 한국어를 익히기 위해 국어사전을 통째로 외웠다고 전해지는 장용학 같은 해방 후 등단한 작가들에게서 문제의 심각성이 두드러졌다. 이런 경우는 적어도 식민시기에 창작 활동을 경유하지 않았다는 점에서 '언어를 통한 시국협력자'의 비판에서 비교적 자유로웠다. 하지만 이들은 일본어 감각에 의한 민족어 활용의 제한, 이를테면 토착어의 능숙한 구사나 민족적 정서의 풍요로운 발현 부족, 외국문화 및 문물의 영향이 두드러진 관념적인 한자어와 근대어에의 경사와 같은 문제점에 지속적으로 시달려야 했다.

언어의 활용이라는 기술적인 측면이 강조되는 이중언어 문제와 달리, 식민시기 일본어로의 창작은 민족의 윤리 및 개인의 양심과 직결되는 문제였다. 이것을 둘러싼 대표적 쟁론 가운데 하나가 1945년 12월 개최된 봉황각 좌담회였음은 주지의 사실이다. 김남천, 이태준, 한설야, 이기영, 김사량, 이원조, 한효, 임화와 같은 참여자의 면면이 암시하듯이, 본 좌담회는 해방기 진보적 조선문학의 방향과 논리를 설정하기 위한 이념적·미학적 담론의 장場이었다. 당연히 일제 잔재의 청산 문제를 필두로 식민시기 시국 협력에 대한 자기비판의 문제가 탁상에 올려졌다. 총독부 관제 행사에의 참여를 제외한다면, 역시 시국 협력의 혐의는 일본어 창작 여부에서 제기될 수밖에 없었다. 가장 극한적인 대립은 토착적인 조선어의 가능성을 밀고 나갔던 이태준과 일본어 소설로 내지內地에서 등단, 식민지 조선과 '자이니치在日'(일본 거주 조선인을 이르는 말)의 궁핍한 현실을 핍진하게 묘사했던 김사량에게서 표출되었다. 이태준의 윤리성은 "조선작가로 최후까지 조선어와 운명을 같이하려" 했다는 점에서 구해졌다. 그러나 김사량은 일본어 사용 여부보다 "문화인이란 최저의 저항선에서 이보퇴각, 일보전진하면서 싸우는 것이 임무"라는 행동과 실천에 윤리성의 초점을 맞추었다.[46]

상허와 사량의 논쟁을 종합한다면, 식민시기 가장 이상적인 조선어

사용은 모어로서의 토착어를 중심으로 일제에 대한 비판적 성찰과 저항을 감행한 경우에 존재할 것이다. 이런 경우는 거의 흔치 않았던바, 윤동주의 『하늘과 별과 바람과 시』의 서문을 붙이면서 "재조才操도 탕진하고 용기도 상실하고 8·15 이후에 나는 부당하게도 늙어간다"라고 한탄한 정지용이 그런 실천의 어려움을 대변한다.

이상의 해방기 조선어로의 귀환 과정에서 발생한 민족어 문제는 그가 태어나고 자라난 경상남도 거창지방의 말로 쓰인 김상훈의 「북풍北風」과 큰 연관성이 없을지도 모른다. 그러나 식민시기 '일본어 : 조선어'의 구도는 해방 후 조선어의 분할, 즉 '표준어 : 지방어'의 구도로 다시금 재현된다. 조선어 상의 보편성과 특수성의 문제라 할 수 있는데, 조선 인민 또는 조선 민족에게 보편적으로 통용되는 표준어를 사용할 것인가 아니면 계급과 지역의 특성을 반영하는 지방어를 존중할 것인가.

민족 문화의 인민적 성격을 강조하되 그것이 조선과 그 인민 전체를 아우르는 보편타당성을 갖기 위해서는 조선의 공용어로서 표준어 사용이 강조될 수밖에 없다. 이것은 보수 우익의 경우에도 마찬가지여서, 지역 색채와 정서를 강조하는 특수한 경우를 빼놓고는 표준어가 대체로 상용되었다. 그러나 공교육의 수준이 여전히 하위를 맴도는 현실에서, 또 민중들의 경우 문자 문화보다 구술 문화가 우세한 형국에서, 작가들의 출신지 언어를 제한적으로 사용해보는 것은 보편적 '민족 문화'나 진보적 '혁명 문화'에 반하는 언어행위로 귀결되지 않는다. 오히려 그것들의 성취를 촉진하는 효율적인 언어 수행일 수 있다. 요컨대 '친밀

---

46 이태준과 김사량의 문장 및 해방기 언어 문제에 대한 자세한 논의는 김윤식, 『해방공간 한국작가의 민족문학 글쓰기론』, 서울대 출판부, 2006, 89~127면 참조.

성'의 재현과 확장에 기여하는 기호로 지방어는 새로 재편되고 가치화
되는 것이다. 우리는 김상훈의 「북풍」에서 이런 친밀성의 구조와 역할
을 어느 정도나 발견할 수 있을까.

> 바램이 억시 부든날 밤인대
> 오매가 날로 앙고 울다가 큰오매 한태 들킸늬더.
> 큰오매는 지집이 울어서 집안에 재수가 엄닥고, 오매를 어서 나가락고 문
> 밖에 밀치 내고, 발을 굴니고, 욕을 해싹고, 죽자 사자하듸더.
>
> 큰오매는 오매를 딴드로 살로 가락고 카늬더.
> 말이사 안애도 큰아배도 속으로 그래 상각고 있지뭐 그룽깨내 사춘형아
> 도, 오매가 울만, "가만 고만이지 와 저카꼬……" 이카민서도 쎄를 차지요.

지역어 사용은 향토성과 민중성의 재현에 크게 기여한다. 물론 민중
성의 근본은 계급성 구현에 있는 것이므로 표준어나 지방어의 선택에
의해 그 효과가 크게 좌우되지는 않는다. 다만 지방어는 지역민의 생활
현실을 실감 있게 제시하고 또 사건이나 서사의 현장성을 드높이는 데
기여하는 것만큼은 확실하다. 지방어의 사용은 따라서 사실성의 효과
를 벗어나 보다 근원적인 차원에서 접근할 때 그 의미와 가치가 보다 분
명해질 것으로 생각된다. 역시 하위주체의 자기이해와 자기-서사에 수
반되어 마땅한 탈식민의 관점에서 접근한다면 지방어 사용은 또 다른
의미의 이념성과 실천력을 드러내게 될 성싶다.

스피박은 인도 소작농의 현실을 말하면서 그들은 "스스로를 재현할

수 없다. 그들은 재현(대표)되어야만 한다"라고 적은 바 있다. 소작농의 자기재현, 곧 주체의 언어를 둘러싼 피식민성과 식민성을 구조화하면서, 결국 소작농은 지주 혹은 지배자에 의해 재현될 수밖에 없음을 강조하는 진술인 것이다. 이런 주체의 재현 불가능성은 "이해관계의 동일성이 하나의 공동체 감정, 즉 국민적 연계들이나 정치적 조직을 생산하는 데 실패"하게 하는 주요 원인이다. 결국 소작농, 곧 말의 피식민자들은 재현자의 권위와 권력, 그것을 포괄하는 힘센 언어에 협조하거나 저항하는 형태로서만 자기를 드러낼 수 있을 뿐이다. 그럴 경우 하위주체들의 이념과 정서는 재현자의 그것에 따라 충분히 왜곡, 굴절될 가능성이 커지기 마련이다.

하위주체들의 언어 상황을 참조한다면, 지방어로 시 쓰기는 비록 시인이라는 재현자를 빌린 것이기는 해도 억압된 지역민의 말과 이념, 정서를 그 기원으로 소급하는 동시에 미래화하는 작업일 수 있다.[47] 수탈과 착취의 서사를 여러 방면에서 구조화하더라도 그 내용과 형식에서 민중적 호소력이 미약하다면 그것은 혁명운동에 크게 기여하지 못할 것이다. 친밀한 언어는 혁명 이념의 용이한 이해와 정서적 내면화에 얼마간의 유용한 효과를 발휘할 것이다. 물론 그 효과는 다음과 같은 명제

---

47 스피박은 하위주체들의 스스로에 대한 재현 불가능성을 근거로 그들의 자율성과 저항성을 인정하지 않는다. 하위주체들은 지배 담론의 틀 속에 갇히게 되면서 전투성, 저항성, 반대성을 작동시키지 못한다는 것이다(박종성, 『탈식민주의에 대한 성찰』, 살림, 2011, 66면). 하위주체들에 대한 혁명 시인의 대리 발화는 이런 한계를 극복하는 효과적인 언어장치일 수 있다. 하지만 스피박의 입장을 따른다면 역시 자율성의 문제는 해결되지 않은 채로 남겨지는 것이며, 만약 혁명 이념을 지배 담론의 일종으로 해석한다면 하위주체들의 그에 대한 재해석의 움직임 역시 불가능한 것이 되고 만다. 본고에서는 스피박 이론에 대한 오해를 무릅쓰고 하위주체에 대한 진보적 시인의 대리 발화의 잠재성과 가능성을 더 크게 주목하고자 한다.

로 귀속되어 마땅하다. "계급의식은 가족을 구조적 모델로 삼는 공동체 감정이 아니라, 국민적 연계와 정치적 조직에 속하는 공동체 감정과 더불어 존재한다".[48]

「북풍」은 "무슨 히"(회—인용자)에 가담했다가 죽음을 당한 "아배"(父)와 그 일로 큰 집에서 쫓겨난 "오매"(母)와 '나'의 비극을 시적화자 '나'가 고백하는 방식을 취하고 있다. 단순히 고난의 고백에 그치지 않고 '오매'의 공장 출근과 '나'의 배움까지 서사화함으로써 자기-서사의 완결 가능성, 다른 말로 리얼리즘적 전망을 어느 정도 확보하고 있다. 물론 '친밀한 적'에 의해 파괴되는 가족사의 비극이 사회 현실의 구조적 모순보다는 자아의 고백을 통해 제시됨으로써 그 객관성의 제고에 제한을 가하고 있다는 사실을 아주 부인할 수는 없다. 하지만 그 고백의 진정성은 오히려 혈연의 친밀성에 밀착한 가족주의의 한계를 넘어서 이념의 친밀성을 함께 나누는 '혁명 가족'의 가능성을 엿보게 하는 힘이 되어 준다.

하지만 김상훈의 시적 이력을 되짚어 보건대, 지방어의 실험은 여러모로 제한적이었던 듯하다. 우선 지방어 시 쓰기가 「북풍」 하나로 종결되었다는 사실이 그것이다. 그 지방어가 효과를 발휘하는 지역은 극히 제한적이었던 데 반해, 혁명 이념은 시공간의 보편성을 획득하지 않으면 안 된다는 대중화의 문제가 더 크게 부상한 까닭일 것이다. 다음으로 토속성 강한 지방어는 표준어에 비해 생활 현실과 감정의 구체화에서 훨씬

---

48 이상의 인용과 인도 소작농(서벌턴)에 대한 논의는 가야트리 스피박, 태혜숙 역, 「서벌턴은 말할 수 있는가?」, 로절린드 모리스 편, 『서벌턴은 말할 수 있는가?』, 그린비, 2013, 65~67면.

유리하다. 그렇지만 지방어는 외부에서 유입 또는 번역된 혁명사상이나 지식의 전파에서 탁발한 효과를 발휘하기 어려웠다. 이런 점들은, 지방 어로 시 쓰기를 하나의 실험으로 멈추게 한 결정적 요인일 것이다.

그럼에도 우리들은 김상훈의 지방어로 시 쓰기가 제기한 문제와 의미 를 함부로 간과할 수 없다. 한국시에서 토착어 지향은 대체로 서정주, 박목월 등의 전통서정시의 몫으로 돌려진다. 민족의 보편성과 정서의 공통성이 강조된 결과인 것이다. 궁핍한 현실의 핍진성과 그것의 역설 적 충만함을 동시에 드러내기 위해 지방어와 표준어의 혼용을 시어의 문법으로 취한 시인은 백석이었다. 하지만 김상훈은 이런 전통들을 괄 호친 채 하위주체들의 상실된 말을 복원, 미래화하기 위해 그들의 말 속 으로 자기 시를 던져 넣었다. 여타의 계급주의 시편은 대개 표준어를 준 용함으로써 언어의 공공성과 혁명성을 강화해 갔던 것과 결정적으로 대 비되는 국면이다. 시적 분량이 소소하다 하여, 또 그 미적 성취가 충분 치 못하다 하여, 이런 시적 모험은 슬며시 지나칠만한 것인가. 「북풍」의 화자 '나'는, 그 시편을 약간 변주하여 말한다면, "내사 오매(우리들-인 용자) 모르구로 / 손을 불며 ('아니다'라고-인용자) 씨늬더"라고 은밀히 고 백 중인지도 모른다.

5. 해방기 김상훈 시학의 의미와 가치

해방기는 말 그대로 해방의 시공간이었던가? 일제 및 친일 권력의 이중 억압에 제동이 걸리는 한편 새로운 국가 만들기의 가능성이 열렸다는 점에서 표면적으로는 그렇다 할 수 있다. 그러나 남북을 막론하고 새로운 (식민)권력으로 미국과 소련이 등장했으며 또 그들과 결속된 친미·친소 정권이 전全조선을 장악해 간 역사적 현실은 해방의 진정성에 의문부호를 찍게 한다. 이런 현실은 특히 하위주체의 관점에서 말한다면, '친밀한 적'들의 교체와 개입의 서사로 해방 전후사를 감각하게 한다. 스피박이 하위주체(서벌턴)를 말할 수 없는 타자들로 규정한 것도 따지고 보면 이런 식민주의의 지속과 온존 때문일 것이다.

그들 자신이 아니라 지배자의 언어를 통해서 주체를 재현하고 자기이해를 추구해야 하는 하위주체들의 비극은 따라서 어떤 방식으로든 자기의 말을 회복하고 갱신하지 않는 한 불가능한 것이었다. 김상훈은 "지주의 맏아들에서 가난뱅이의 편으로 태생하"(「나의 길」)기를 열렬히 희원했는바, 이것은 각성된 하위주체로 거듭나기 위한 존재 전환의 몸짓이었다. 이를 두고 필자는 '식민' 청년에서 '해방' 청년으로의 길로 일러왔다. 이 자아-서사는 시인 자신의 미래 기획이기도 했지만, 조선 하위주체들의 말과 권력을 되찾기 위한 타자성 지향의 투기이기도 했다.

그의 시적 자아-서사가 의미 깊은 까닭은 무엇보다도 이념적 구호의 남발로 시의 효용성을 밀어가지 않았다는 사실에 있다. 해방기 남한의 혁명운동은 객관적 상황의 열악함, 곧 친미 정권의 수립과 불완전한 토지개혁, 반공 전진기지로의 재편과 같은 상황의 도래로 인해 더욱 화급하고 보다 폭력적인 형태를 점차 띠어갈 수밖에 없었다. 김상훈은 이런 상황을 고려하면서도, 전 인민의 팔할을 차지하던 농민계급의 혁명화에 시의 내용과 형식을 초점화시켰다. 『시경』과 서사기를 탁월한 전통으로 참조하는 한편 봉건제를 통과해 온 민중들에게 익숙한 가족주의의 친밀성과 모순성을 다양한 서사의 방식으로 드러냄으로써 혁명 미학의 대중화를 기도하는 태도는 그것을 대표한다. 그가 취한 서사들은 지식과 학습의 소산이 아니라 그의 향토에서 벌어졌거나 그랬을 법한 이야기들이라는 점에서 민중들의 호소력을 자극하기에 충분한 것이었다. 그 서사의 진실성을 더욱 제고하기 위한 미적 전략이 「북풍」에서 시적 언어로 지방어를 선택한 일일 것이다.

물론 지나치게 '향토'의 가족주의 서사에 집중하는 한편 지주와 소작농, 지주 가족 내의 갈등을 극대화시키기 위해 파격적이되 비윤리적인 연애담을 취하는 방식은 문학 특유의 허구적 개연성을 맹신한 결과일 수 있다는 회의를 불러일으키기도 한다. 농민에서 노동자로의 전환 과정에서 주어졌을 계급의식의 획득 역시 즉자적인 성격을 벗어나지 못하고 있다. 하위주체들의 혁명운동에 대한 참여가 여전히 가족주의의 지평 내에서 발생하는 것도 이와 무관치 않겠다.

하지만 김상훈은 해방기 본격적인 활동을 시작한 신진 시인으로서는 매우 드물게 혁명 시학의 미적 기율의 구축에 집중한 시인임에 틀림없다. 그가 조직한 시적 서사들은 당시의 어떤 소설 못지않게 봉건적 식민주의에 관통당한 조선 민중의 삶과 영혼을 실체화하고 있다. 또한 그들의 맞은편에 서 있는 지주계급의 폭력성과 예견된 몰락을 여러 방향의 구체적 사례를 통해 입체화하고 있다. 이런 미적 성취는 혁명 이념 우위의 해방기 현실에서 되돌아 볼 만한 시적 모델로 기억되어 마땅한 것이겠다.

제2부
해방기 매체 연구

해방 직후에 발간된 잡지, 『상아탑』을 읽다 | 이현식
한국문학에 대한 에세이 2

해방기 종합지 『민성民聲』 연구 | 전지니
창간~1947년 중반까지의 발행본을 중심으로

해방기 국어 교재를 통해 본 국어와 정전의 형성 | 문혜윤

해방 직후에 발간된 잡지,
『상아탑』을 읽다

한국문학에 대한 에세이 2

이현식

1. 과거를 읽는다는 것

일상에서 누리는 시간의 길이는 시대와 장소가 바뀐다고 해서 변하지 않는다. 아인슈타인의 상대성이론이 말하는 엄밀한 물리학적 의미를 제쳐두고 상식적인 차원에서 보자면 그렇다는 것이다. 한국에서의 한 시간이나 미국에서의 한 시간, 조선시대의 한 시간이나 대한민국시대의 한 시간은 대체로 같다고 해도 잘못된 말은 아니다. 이런 기준을 개인에게 적용해도 마찬가지이다. 나의 한 시간이 너의 한 시간과 다를 수 없다.

그러나 개인에게는 저마다 인생의 결정적 순간이 있다. 예컨대 일생을 함께 할 배우자를 결정하는 순간이라거나 밥벌이를 할 직장을 선택해야 하는 시간 등은 일생을 결정지을 만한 사건들이다. 물리적으로 같은 양의 시간이라 하더라도 한 사람의 일생을 좌우할 결정적 국면의 시간적 밀도는 더 촘촘할 수 있다.

개인도 그렇지만 국가나 민족과 같은 공동체도 다르지 않다. 한국근현대사에서 19세기 말 20세기 초는 우리의 자주적 근대화가 과연 성공하느냐 실패하느냐를 가르는 절체절명의 역사적 시간이었다. 우리는 끝내 자주적 근대화에 실패해 식민지의 운명을 겪었고 그것은 더 나아가 분단과 전쟁의 먼 원인이 되고 말았다. 이 시대의 시간적 밀도를 평상시의 그것과 똑같다고 말하기는 힘들다.

이와 마찬가지로 해방 직후 3년이라는 시간은 한국현대사의 운명을 가른 결정적인 시기였다. 우리는 해방 직후의 역사적 과제를 제대로 해결하지 못함으로써 통일된 민족국가 수립에 실패했고 그것은 급기야 분단과 전쟁을 거쳐 오랜 기간의 독재 체제를 겪어낼 수밖에 없게 했다. 해방 직후의 3년이란 시간은 천금과도 바꾸기 어려운, 우리 공동체에게는 결정적인 국면이었다. 지금까지도 남북한은 물론 동아시아 국제 질서의 불안한 균형은 해방 직후에서 빚어진 갈등에 상당 부분 원인을 두고 있다.

그런 점에서 해방 직후라는 시기는 한국현대사의 시원始原이다. 그 이후의 역사가 전개되어 온 유전적 형질이 그 안에 녹아 있다고 해도 과언이 아니다. 우주를 구성하는 물질의 근원을 알아내기 위해 과학자들이 빅뱅의 순간을 탐사하거나 인간 생명의 근원을 알아내기 위해 DNA를 연구하듯이 한국현대사의 근원에는 해방 직후라는 시기가 원점처럼 자리 잡고 있다.

해방은 결국 3년 남짓한 시간이 지나면서 남과 북이 위도 38도를 기준으로 이념과 체제를 달리하는 저마다의 정부를 수립하는 것으로 끝을 맺었다. 이런 상황은 마침내 전쟁을 불러왔고 수백만의 인명이 살상되는 비극을 겪은 뒤 휴전선으로 바뀌었으나 분단이라는 현실은 근본적으로 해소되지 않았다. 이제 남과 북의 정부가 각기 수립된 지 70년을 맞고 있다.

사람이 나이가 들어가면서 자기 인생을 돌이켜 보면 회한이 남듯이 공동체의 역사도 마찬가지이다. 그러나 공동체는 개인과 달리 일회적인 삶으로 종국을 고하는 것이 아니다. 공동체의 역사는 오래 지속되기 마련이므로 회한으로 끝내버릴 일이 아닌 것이다. 우리가 역사를 되돌아보고 미래를 전망하는 이성적 행위를 하는 것은 그래서이다. 그것은 궁극적으로 존재의 의미를 탐색하는 작업이기도 하다.

해방 직후에 잠시 발간되었다가 사라져버린 작은 잡지인 『상아탑象牙塔』에 관심을 두는 것 또한 이런 문제의식의 연장선 위에 있다. 해방 직후라는 무정부적이면서도 혁명적인 공간에서 발간되었던 잡지 『상아탑』은 그 존재가 독특하기 때문이다. 흔히 해방 직후라는 시기는 좌와 우의 이념대립이 격심했던 시기로 알고 있는데 『상아탑』은 좌도 우도 아닌 문화의 순수성을 내건 잡지였다. 그 실험은 긍정적이건 부정적이건 생각할 거리를 오늘날 우리에게 던져주고 있다.

2. '해방'은 무엇이었을까

"해방은 도둑같이 뜻밖에 왔다"는 말은 함석헌의 『뜻으로 본 한국역사』에 나오는 유명한 말이다. 이 말은 해방을 맞는 우리의 상황을 여러 각도에서 상징처럼 드러내고 있다. 도둑은 예고하고 찾아오지 않는다. 그렇듯 역사의 어떤 순간들은 도둑처럼 찾아오곤 한다. 한국전쟁이나 5·16쿠데타도 그렇다. 개인의 인생도 그 안에서 영향을 받는다. 어느 날 무슨 일이 우리에게 닥칠 것인지는 알기 어렵다. 그래서 우리는 매일 매일 새로운 삶을 산다고도 할 수 있다. 그런데 중요한 것은 그런 상황에 대처하는 역사 주체들의 태도와 자세일 것이다.

'해방이 도둑처럼 왔다'는 건 어떤 준비도 없이, 어떻게 대처하면 좋을지 그 방략조차 마련하지 못한 채 그것을 받아들였다는 뜻이다. 더구나 그것은 한반도 안에서 일어난 사건을 넘어서 2차 세계대전의 종전과 그것을 처리하는 과정에서 세계 열강들끼리 세력 다툼과 적절한 타협 속에서 벌어진 일이었다. 요컨대 해방은 우리 민족 공동체의 주도적 통제 영역 안에서 일어난 사건이 아니었다는 것이다. 갑자기 들이닥친 해방을 우리는 주체적으로 받아들일 자세를 갖추지 못했다.

그러니 해방 직후 벌어진 일련의 사태가 혼란의 연속이었을 것이라는 점은 쉽게 예상할 수 있다. 따라서 거의 무정부나 다름없는 상황에서 온갖 욕망과 전망, 기획과 의도가 한 데 뒤섞여 얼크러지는 상황이 연출될 수밖에 없었다. 정치에 관심 있는 일부에만 해당되는 일이 아니라 거의 대부분의 사람들의 기초적인 삶의 질서까지 뒤흔드는 상황이었기에

서로서로 남의 일일 수 없었다. 주인을 잃은 재산들이 갑자기 우수수 생겨나고 그걸 어떻게 분배해야 하는가를 놓고 갑론을박할 때, 더구나 그것을 합리적으로 중재하고 조정할 권위조차 아직 뚜렷하게 보이지 않을 때 사람들은 정상적 사리 판단과 행동을 하기 어렵게 되는 것이다. 이렇게 생활의 기초적인 요건과 질서가 흔들리는 상황에서 어느 누구나 방관자 같은 자세를 유지하기는 어렵다. 해방은 정치적인 사건이면서도 개개인의 일상이 얼마나 정치적일 수밖에 없는가를 가장 명징明徵하게 드러낸 역사의 시간이었다.

그런데 흔히 해방 직후는 좌와 우의 이념적 대립이 극렬한 갈등을 빚은 시기로 기억한다. 이 시기를 다룬 많은 역사책에서도 그렇고 문학사 연구에서도 마찬가지이다. 해방기에는 냉전 체제가 형성되면서 이념의 격렬한 갈등이 일어났고 그것 때문에 분단도 전쟁도 일어난 것이 아니냐는 것이 대체적인 설명이다.

그러나 그렇다고 해서 이런 현상이 1945년 8월 15일 해방된 직후부터 곧바로 벌어진 것은 아니었다. 처음에는 모두 해방의 감격과 환희에 들떴지만 점차 현실이 눈에 들어오기 시작하면서 과연 어떻게 혼란된 현실을 정리하고 새로운 질서를 만들어갈 것인가를 놓고 정치적인 해법이 서로 엇갈리면서 갈등이 대두되기 시작했던 것이다. 더구나 북위 38도선을 경계로 남과 북에 미국과 소련이 진주하고, 과거에는 전혀 겪어보지 못했던 국토 단절이라는 상황은 그런 혼란과 갈등을 몇 배로 증폭시켰다. 남한만 놓고 보더라도 정치적인 영향력을 행사했던 세력은 해방 직후 여운형을 중심으로 한 건국준비위원회로부터 시작해서 박헌영 중심의 조선공산당, 송진우 등의 보수 우익 인사가 중심이 된 한국민주당, 그리고 45년 10월에 미국에서 입국한 이승만, 11월에 중국에서 입국한 김구 중심의 임시정부 그룹 등이 복잡하게 얽혀 있었다. 여기에 남한에 대한 절대적 영향력과 권력을 갖고 있으면서도 상황 판단에는 가장 뒤처진 미군정까지 더하면 해방 직후 남한의 정치적 상황은 앞을 내다보기 어려운 혼란기였다. 환희와 감격이 물러간 뒤 통일된 민주국가의 수립과 새로운 생활질서의 수립은 고차방정식을 푸는 것과는 비교할 수 없는 난제에 난제가 겹겹이 쌓인 형국이었다.

잡지 『상아탑』이 발간되는 것도 이 무렵인데 『상아탑』을 읽어보려는 것 또한 이런 상황과 무관하지 않다. 『상아탑』은 왜 창간되었고 어떤 역할을 자임했을까, 그리고 그것의 현실적 효과는 무엇이었을까를 당시의 상황과 결부지어 생각해 보려는 것이다. 그것은 어쩌면 문학이, 혹은 문화를 표방하는 잡지가 사회에서 어떻게 의미 있게 존재할 수 있는가를 따져보는 일과 무관하지 않다.

3. 『상아탑』 훑어보기

잡지 『상아탑』은 역사가 짧은 출판물이다. 1945년 12월 10일 첫 호가 나오고 1946년 6월 25일 7호가 나온 뒤에는 더 이상 발간된 것을 찾기 어려우니 7개월 정도 존재했던 셈이다. 그래도 해방 직후라는 시기에 7호까지 나왔다는 것은 창간호가 곧바로 종간호가 되는 경우도 많왔던 당시 사정을 감안하면 오래 버틴 것일지도 모른다.

그런데 『상아탑』은 조남현 교수가 2012년 서울대학교 출판문화원에서 출간한 『한국문학잡지사상사』라는 1,100면이 넘는 두툼한 저서에서도 다뤄지지 않았다. 이 책은 근대 초기부터 시작해서 한국전쟁 전까지 나온 모든 문학잡지를 총망라해서 해제를 한 것인데 어쩐 일인지 『상아탑』은 다뤄지지 않았다. 참고로 해방 이후부터 한국전쟁 전까지 새로 나온 잡지는 이 연구서에 의하면 모두 33종이었다. 『상아탑』까지 더하면 모두 34종의 잡지가 나왔던 셈인데 5년도 채 되지 않은 기간에 문예지만 34종이 창간되었다는 것은 가히 이 시기가 문학의 시대라 불러도 족할 정도로 잡지의 홍수를 이루던 때였음을 말해 준다. 그만큼 사람들은 뭔가를 주장하고 싶어 했고 억눌렸던 문화적 욕구가 일시에 분출된 때였다.

아무튼 『상아탑』이 조남현 교수의 저서에서 누락된 이유는 정확히 알 수 없다. 그러나 의도적으로 잡지를 누락시킬 특별한 이유가 없을 것이라는 점에서 연구자가 이 잡지의 존재를 몰랐거나 실수였을 것이라고 추측할 수밖에 없다. 그렇다고 『상아탑』이 연구자들도 모를 만큼 희귀 잡지여서 학계에 보고조차 안 된 건 아니었다.

『상아탑』을 실질적으로 주재했던 것은 해방 직후 활발한 비평 활동과 창작 활동을 했던 김동석金東錫(1913~?)이었다. 그는 인천 출신으로 경성제대와 대학원에서 영문학을 전공한 영문학자이자 평론가, 시인, 수필가였다. 해방 직후 『예술과 생활』, 『부르조아의 인간상』이라는 평론집을 출간했으며 한국전쟁 전에 월북하여 휴전협정 시에 북측의 통역장교로 얼굴을 드러낸 뒤, 그 이후의 행적은 알려지지 않았다. 김동리와의 논쟁을 통해 좌파의 입장을 대변한 것으로 많이 알려져 왔다.

『상아탑』은 오늘날 대략 A4 용지 크기의 인쇄물로, 분량이 작을 때는 4면, 많을 때는 16면으로 발간되었다. 잡지라고 부르기에도 옹색할 정도의 소형 간행물이었던 셈이다. 흥미로운 점은 "상아탑"이라는 제호 옆에 주간週刊이라고 간기刊期가 뚜렷하게 인쇄되어 있다는 점이다. 그러나 주간이 제대로 지켜진 것은 딱 한 차례였다. 창간호 뒤의 2호가 1주일 뒤인 12월 17일에 나오고 분량은 4면이었다. 3호는 이로부터 거의 한 달 뒤인 1946년 1월 14일에 나왔으며 역시 4면이었다. 4호는 거의 보름 뒤인 1월 30일에 나왔는데 이때도 4면이었다. 그런데 4면 끝부분에 사고社告로 5호부터는 월간으로 전환한다는 안내문이 실려 있다.

월간으로 전환된 5호는 두 달을 건너 뛰어 4월 1일에 출간되었고 총 16면이었다. 6호는 한 달 뒤인 5월 10일에 역시 16면으로 나왔으며 7호는 앞에서 말한 대로 6월 25일 16면으로 나왔다. 특이한 것은 7호 제호 옆에 주간主幹 이름이 처음으로 명기되어 있다는 점이다. 김동석과 경성제대 동창으로 중문학을 전공했던 배호裵澔가 주간으로서 이름을 올리고 있다. 그 전에는 따로 주간의 이름을 명기하지 않았었기에 이채롭다.

우선 이 잡지가 간기를 주간으로 정한 것부터 보자. 지금껏 문예지를 표방하면서 발간 간격을 주간으로 뚜렷하게 드러낸 것은 『상아탑』이 아마 처음이 아닌가 한다. 발간 주기를 아무 생각 없이 붙이지는 않았을 것이다. 그렇다면 왜 주간지를 표방했을까. 해방 직후라는 상황에서 정국의 상황과 문단의 움직임에 발 빠르게 대응하려는 태도가 없지 않았을 수도 있다. 그러나 『상아탑』은 문예지라는 성격이 확고했으므로 문

단 소식지라거나 정치적 담론을 전면에 내세운 매체는 아니었다. 잡지
의 내용을 봐도 속보성을 지향하는 신문은 아니었다.

잡지의 전체적인 편집 체제를 보면 첫 면에 일종의 사설 격인 시론時
論이 전면全面을 장식하고 뒤 이어 평론과 시, 소설, 수필, 번역, 기타 예
술 관련 글들이 실려 있다. 분량은 네 면이었지만 신문처럼 편집을 해서
내용을 최대한 담아내려 했다. 시론은 해방 직후 격동하는 정치적 상황
에서 주로 문화 영역의 시사적인 화제를 다룬 논설이나 칼럼의 성격이
었다. 이것을 빼고 나면 여느 문예지와 다를 것이 없어 보인다. 즉 주간
으로서 시의성 있게 대처하자는 것이 잡지 발간의 주된 목적은 아니었
던 것으로 보인다. 그렇다면 주간지를 표방한 것은 아마 단행본으로서
볼륨감을 갖추기 어려운 데다가 제작 비용 등을 감안해서 가볍게 가려
는 취지였던 것이 아니었을까 짐작된다.

그런데 전혀 달리 생각해 볼 여지도 있다. 2차세계대전이 끝나고 일제가
물러나면서 당시 한국 사회는 정치, 경제, 사회적으로 여러 난관을 겪고
있었으므로 개인이 잡지를 낸다는 것은 쉬운 일은 아니었다. 그런데 김동
석이 그런 상황에서 잡지를 내겠다고 마음먹었을 때 자신이 지향하는
이상적인 잡지의 형태를 상정하지 않았을 리 없다. 김동석은 『상아탑』이라
는 잡지를 창간하면서 새로운 국가에서 문화가 어떤 모습을 하고 문예지가
어떤 역할을 하면 좋을까를 생각했을 것이다. 『문장』이나 『인문평론』
같은 잡지도 보았을 터였고 일본의 문예지는 물론이고, 영어에 능통했던
그로서는 동시대의 서양 문예지도 여러 경로를 통해서 보았을 가능성이
많다. 창간호에 실려 있는 번역 서평, 「꿈틀거리는 자유—*Smouldering Free-
dom*을 읽고」는 롱맨Longman출판사에서 1945년에 나온 책의 서평을 번역

한 것인데 이를 보아도 김동석이 당시 영문 잡지나 신문을 보고 있었을 가능성을 암시해준다.

그렇게 보면 『상아탑』의 외양은 『뉴욕타임즈』의 북리뷰와 비슷해 보인다. 흔히 'NYTBR'(NEW YORK TIMES BOOK REVIEW의 약칭)로 불리는 이 매체는 『뉴욕타임즈』의 북섹션인데 타블로이드판으로 주 1회 발간된다. 서평 전문지로 지금도 유명세가 높다. 확인되지는 않았으나 김동석의 번역 서평도 'NYTBR'에 근거한 것일지도 모른다. 'NYTBR'은 위키피디아에 의하면 1896년 10월 창간되었다고 한다.

『상아탑』은 한국이나 일본의 전통적인 잡지의 외양과는 많이 다르다. 물론 면수가 많지 않으므로 완전한 형태의 책 모양을 갖추기 어려웠을 것이라는 특수성도 감안해야 하지만 매주 한 번씩 발행하던 'NYTBR'을 지향했을 법하다고 추정하는 것도 터무니없는 생각은 아니다. 『상아탑』도 'NYTBR'처럼 처음에는 주간을 계획하고 있었다는 점이 이런 추정에 더욱 힘을 실어준다. 주간으로 문예지를 발간한다는 게 좀처럼 상상하기 힘든 당시 상황에서 'NYTBR'을 모델로 했다면 그랬을 수도 있겠다는 이해는 하게 만든다.

잡지의 외양만이 아니라 내용 역시 상대적으로 문화나 예술에 대한 본격적인 글들이 대부분이다. 첫 면을 제외하면 이점은 더욱 뚜렷해진다. 본격 문학 평론이나 예술 장르에 속하는 비평적 에세이, 번역, 외국 문학 관련 글들과 함께 시, 소설, 수필 등의 창작물이 지면을 메우고 있다. 상대적으로 해방 직후의 정세에 대응하는 시사적 성격의 글들은 첫 면을 제외하고는 거의 실리지 않았다.

예컨대 문학평론의 경우도 본격 평론의 성격이 강한 글들이 대부분이다. 이들은 거의 모두 김동석이 쓴 글들인데 이태준, 임화, 정지용, 유진오 등에 대한 작가론적 성격이 강한 것으로, 행간에 해방 정국에 대한 얘기가 없는 것은 아니지만 그것이 목적이라기보다는 작가에 대한 비평적 접근이 핵심인 것들이다. 다른 장르의 글 역시 연극평이나 연주회평들이고 외국문학은 루쉰魯迅이나 D. H. 로렌스에 대한 글이어서 해방 직후 문화적 현안을 직접 언급한 것은 아니었다.

『상아탑』의 이런 성격은 창간호부터 7호까지 일관되었다. 해방 직후라는 특별한 상황에서 문화만을 고집하고 시류에 편승하지 않으면서 문화의 여러 현장에 대한 비평적 에세이와 다양한 글을 실은 잡지는 많지 않았다. 전체적으로 글의 내용이나 질 역시 일정한 수준을 지켜가면서 문화예술 분야의 전문성 있는 인사들이 필진으로 참여하고 있었다.

그렇다고는 해도 주간지 체제로 제작과 발매를 지속해 나가기는 쉽지 않았을 것이다. 원로 문학평론가인 유종호는 중학생 때인 해방 직후에 고향인 충주 시골집에 있던 『상아탑』이라는 잡지를 보고 김동석이라는 평론가를 처음 알게 되었다고 했다. 2017년 가을 유종호 교수의 자택에서 이루어진 면담에서 충주 시내 한 서점에서 국어 교사였던 아버지가 사온 종이 몇 장짜리 신문 같은 것을 흥미롭게 봤다고 술회하였다. 이런 사실을 감안해 보면 『상아탑』이 전국적으로 유통되고 있었던 것 같기는 하다. 종이 사정이 형편없던 해방 직후 상황에서 종이의 질도 상대적으로 고급스러운 것을 사용했다.

그런데 이런 형식의 주간지를 차질 없이 지속적으로 제작하려면 규모 있는 출판자본이 아니면 거의 불가능에 가깝지 않았을까. 『상아탑』이 창간호와 2호만 제대로 주간으로 나오고 그 이후에는 불규칙적으로 나오게 된 것은 그런 이유가 있었을 것이다. 그럼에도 불구하고『상아탑』을 매주 발간하려고 했던 데에는 주간主幹 격인 김동석의 의지가 컸을 터이다. 실제로 창간호에 실린 6편의 글 가운데에서 김동석이 쓴 것이 세 편(창간사와「예술과 생활」이라는 이태준론, 앞에서 언급한 번역 서평이 그것인데 번역자 이름이 동석冬石으로 되어 있다)이고 나머지는 배호의 루쉰 소개 글, 오장환과 박두진의 시가 각각 한 편씩 실려 있었다. 조금 과장해서 말한다면『상아탑』은 김동석 개인의 역량에 전적으로 의지하고 있었다고 해도 될 정도였다.

실제로『상아탑』은 마지막 호인 7호를 제외하고는 김동석이 편집의 전권을 쥐고 만들었다고 할 수 있다. 첫 면에 실려 있는 문화적인 논설의 글은 무기명이긴 해도 모두 김동석이 쓴 것이었다. 이 글들은 김동석의 평론집인『예술과 생활』에 게재된 순서도 다르지 않게 실려 있다. 김동석 자신이 썼다는 것을 단적으로 입증해주는 사실이다.

『상아탑』7개호에는 논설, 평론, 시, 소설, 수필, 번역 등을 망라해서 모두 57편의 글이 실려 있다. 3호에만 유일하게 '현미경'이라는 제하에, 조선중앙문화협회에서 발간한『해방기념시집』에 대해 비판적으로 논평한 짧은 글이 기사 형식으로 실려 있다. 이 글을 제외하면 1호부터 7호까지 모두 57편의 글 가운데에 김동석이 쓴 것이 16편으로 거의 30%에 이른다. 김동석은 논설, 평론, 번역, 수필 등 전천후로 글을 실었다.

필진 역시 모두 김동석과 가까운 사람들이었다. 김동석을 제외하고 가장 많은 글을 쓴 사람이 김동석의 중앙고보, 경성제대 동문이었던 중문학자 배호였다. 번역을 포함해 모두 5편의 글을 실었다. 인천 출신으로 김동석과 동향이었던 함세덕이 연극 평을 한 편 실었고 역시 경성제대

동문이자 박문서관을 운영해서 친분이 있었던 노성석이 한 편, 김동석과 수필집을 함께 낸 김철수가 시와 수필을 포함해 세 편의 글을 실었다.

이외에 조선의용대 마지막 분대장으로 유명한 김학철의 소설, 『삼사문학』 동인이었던 신백수申百秀의 소설, 루쉰의 번역소설이 각각 한 편씩 실려 있고 창작은 시가 주류를 이루고 있다. 현역 작가로는 신인인 김학철의 소설이 실려 있다는 것이 이색적인데, 김학철은 1945년 11월부터 1년간 서울에 있었다. 2018년 2월 22일 원광대학교에서 열린 '동아시아 식민지문학 국제회의'에서 오무라 마스오 교수가 발표한 「해방 직후 서울 체류 시기의 김학철」에 의하면 당시 김학철을 격려한 문학계의 여러 인사 가운데 김동석의 이름도 올리고 있다. 김학철 생전에 인터뷰한 것에 기초하여 작성한 논문이므로 이 시기에 김학철이 김동석을 만났을 가능성이 높고 그 인연으로 『상아탑』에 소설까지 싣게 된 것은 아닌가 추정해 볼 수 있다. 이를 제외하고 창작은 거의 시가 대부분인데 잡지의 분량이나 해방 직후 시詩가 상대적으로 많이 발표되었던 분위기, 혹은 김동석 개인의 의지가 반영된 결과일 것이다.

『상아탑』에 시를 실은 사람들로는 오장환, 박두진, 박목월, 조지훈, 김철수, 김장한金章漢, 피천득, 전두남全斗南 등이고 서정주가 자작 해설의 산문을 한 편 실었다. 이 외에 김순오金舜梧가 D. H. 로렌스의 일대기를, 김동표金東杓가 예술 교육으로서의 연극론을 실었고, 음악평론가로 오랫동안 활동하다가 2016년 타계한 박용구朴容九의 연주회평이 하나 실려 있다. 마지막 호는 신백수 추모 특집으로 『34문학』의 동인들이었던 이시우李時雨와 정현웅鄭玄雄이 신백수와 관련한 글을 각각 실었다. 신백수 추모 특집이어서인지는 몰라도 마지막 호는 확실히 배호가 주간이

되어 내용이 달라진 느낌이다. 『상아탑』에 글을 쓴 사람들 가운데 김장한, 전두남, 김순오, 김동표는 그 이력을 알기 어려운 사람들이다. 그 이전이건 이후이건 이들의 활동사항이 현재로서는 확인되지 않는다.

　박두진 시인과의 생전에 인터뷰를 한 기억을 떠올려 보면, 일제 말기 한 상갓집에서 김동석을 처음 만나 계속 교유하게 되었고 안양 석수동 문화주택에 가서 저녁 대접도 받았다고 했다. 이런 사실로 미루어 박두진과 그 주변의 조지훈, 박목월, 오장환도 비슷한 인연으로 『상아탑』에 시를 싣지 않았을까 추측된다. 오장환은 박두진과 함께 경기도 안성초등학교를 같이 다녔던 인연이 있었다. 그런데 『상아탑』에 실린 이들의 시가 모두 대표작이 되었다는 점은 흥미롭다. 박두진의 「해」, 박목월의 「나그네」, 조지훈의 「완화삼」 등이 모두 『상아탑』에 처음 실려 있다. 오장환의 대표작 「병든 서울」도 『상아탑』에 처음 선을 보인 작품이다. 잡지 편집자로서 김동석의 감식안을 짐작할 수 있는 대목이다.

4. 안이한 순수성―『상아탑』의 시론時論

　그런데 눈여겨 볼 것은 『상아탑』이 발간된 1945년 12월부터 이듬해 6월까지의 시기가 좌우의 이념적 대립이 본격화되는 국면이라는 점이다. 무엇보다 중요한 것은 1945년 12월 모스크바에서 열렸던 미국, 영국, 소련의 외무장관 회담이었다. 2차 세계대전 이후의 문제들을 정리하기 위해 열렸던 이 회의에서 조선에 대한 5년간의 신탁통치가 실시된다고 발표되었는데 이를 놓고 보수 우익은 반탁으로, 좌익은 찬탁으로 입장이 정리되면서 좌우 대립이 본격화되기 시작했다. 신탁통치의 시행에 대한 논의를 본격적으로 할 건 아니지만 당시로서는 신탁통치가 또 다른 식민지로 가는 과정이라고 많은 사람들이 받아들였고, 이를 둘러싸고 1946년 벽두부터 격렬한 논쟁이 벌어지기 시작해 우익은 이승만과 김구를 중심으로 '대한독립촉성국민회'를 결성(1946.2.8)하고 좌익은 '민주주의민족전선'을 출범시킴(1946.2.15)으로써 본격적인 대결 국면에 들어서게 되었다. 급기야 좌와 우는 해방되고 처음 맞는 3·1운동 기념 행사마저 제각기 개최할 정도였다. 여기에 1946년 5월 8일 '조선정판사 위폐사건'이 발생하면서 조선공산당이 위조지폐를 발행했다는 혐의를 받아 미군정의 검거와 탄압을 받는 계기가 되었다. 좌와 우의 대립 속에 조선공산당에 대한 전면적인 탄압이 미군정에 의해 시작되던 때가 이 무렵이었다.

문화계에서도 '조선문학가동맹'이 1945년 12월 결성되고 전국문학자대회가 1946년 2월에 열렸으며 이에 맞서는 '전조선문필가협회'와 '조선청년문학가협회'가 1946년 3월과 4월에 결성되어 문화계에서도 좌우 대립은 본격적으로 표면화되어 가고 있었다. 『상아탑』이 발간되던 기간은 공교롭게도 이렇게 좌와 우가 진영으로 재편되던 와중이었다.

그러면 이 시기에 김동석은 왜 하필 잡지를 내려고 했던 것일까? 이 대목에서 우리는 김동석이 되어 볼 필요가 있다. 도둑처럼 해방을 맞았고 며칠이 지나 38선을 기준으로 남쪽으로는 미군이, 북쪽으로는 소련이 진주한다는 소식이 들려 왔다. 사회적으로 존경받았던 여운형을 중심으로 건국준비위원회가 결성되었으나 말 그대로 질서 있는 건국 준비는 총독부의 방관자적 태도로 제대로 진행되지 않았다. 해방으로 인한 환희는 잠시였고 이남은 점차 혼돈의 구렁텅이로 접어들고 있었다. 노선과 이익에 따라 정치세력은 좌와 우로 갈라질 조짐이 보이기 시작했다. 공동체가 해결해야 할 과제는 산처럼 쌓여 있었으나 정치 세력은 서로 이합집산을 거듭했고 그 과정에서 국가를 수립하기 위한 생산적 논의는 사라지고 있었다.

생각해보면 잡지라는 매체는 사회에 대해 어떤 형태로건 메시지를 던지는 행위이다. 잡지는 편집 기획의 방향, 글의 내용, 필진의 구성 등을 통해 그것이 구현하려는 이념이나 지향점을 대중들에게 드러냄으로써 한 사회나 시대에서 의미 있는 역할을 한다. 일종의 문화적 실천으로도 이해될 수 있는 것이다. 더구나 해방 직후라는 혼란기에서는 더욱 그런 의미가 강하다. 김동석은 적어도 문화적인 측면에서는 해방 직후의 상황에서 자기 목소리를 내고 싶었던 것으로 보인다. 그의 왕성한 집필 활동이 이를 뒷받침한다. 제대로 된 국가 아래에서 어떻게 문화를 만들어야 할 것인지를 고민하는 문화인이라면 나 몰라라 손을 놓고 있었을 수는 없었다. 김동석은 이런 상황에서 건강한 문화인들을 모으고 사회를 향한 문화의 목소리를 내고 싶었을 것이다. 그런 유력한 실천행위가 김동석에게는 잡지 발간이었던 셈이다. 모모한 단체를 만드는 것보다 글을 쓰는 문학인으로서의 정체성이 강했을 그로서 잡지 발간이 매력적으로 보이기도 했을 것이다.

그런데 왜 잡지 제목이 '상아탑'이었을까? 상아탑은 주지하는 바와 같이 순수 학문이나 예술지상주의를 가리키는 말이다. 해방 직후라는 상황을 생각할 때 어울리는 제호로 보이지 않는다. 이와 연관해서 창간호 첫 면에 일종의 발간사 격으로 실려 있는 논설은 김동석의 문제의식을 압축해 놓은 것이라서 유의해서 볼 필요가 있다. 1945년 12월 10일자 창간호의 「문화인에게―『상아탑』을 내며」라는 글을 보자.

> 고려교향악단이 한국민주당 결성식에 반주를 하고 경성삼중주단이 프로예술을 표방하게 된 것이 다 그들 문화인이 약한 탓이다. 불연이면 불순한 탓이다. 음악가는 무엇보다 순수해야 할 것이 아니냐! 제위에 오르라니까 더러운 소리를 들었다고 강물에 귀를 씻은 이도 있고 불의를 피하여 산속으로 달아나 고비고사리만 먹다가 굶어 죽은 이도 있다. 이것이 '동양의 양심'이다. 조선의 문화도 이렇게 양심을 가진 예술가와 학자가 남몰래 슬퍼하며 기뻐하면서 창조를 게을리 하지 않았기 때문에 가늘면서도 길 수가 있었던 것이다. 혁명가와 더불어 이러한 문화인들이야말로 현대 조선 인텔리겐차의 정수精髓분자라 할 수 있다. 조선의 문화는 이들 손에 달려 있다. 문화라는 것은 경제와 정치란 흙에서 피는 꽃이기 때문에 상업주의가 단말마의 발악을 하고 있는 이때에 상아탑을 지키기는 불가능에 가깝다. 하지만 양심적인 문화인이 단결하여 경제적인 협위脅威와 정치적인 압박과 싸워나가면 반드시 조선의 인민이 지지할 때가 올 것이다.

이 인용 부분 앞에서 김동석은 해방 이후 조선의 지식인들이 일부는 혁명적 운동으로 일부는 자본과 지주地主의 주구走狗로 분화되었다고 지적하면서 그럼에도 불구하고 대다수 양심적인 인텔리들이 갈 길을 정하지 못한 채 생활전선으로 뛰어들고 있다고 진단하고 있다. 생활에 치이거나 정치에 휘둘리는 것이 해방 직후 대다수 문화인들의 현실임을 지적하고 있는 것이다. 이런 상황에서 김동석은 동양적 양심을 지켜 경제적 고통을 감내하고 정치 놀음에 휩싸이지 않으면서 문화인으로서의 순수성을 지켜나가자고 주장하고 있는 것이다. 문화의 순수성의 표징으로서 '상아탑'을 제호로 내걸었음을 짐작할 수 있다.

이 때문인지 흔히 해방 직후의 김동석을 두고 처음에는 순수문학을 옹호했던 사람으로 평가하는 경우가 종종 있어 왔다. 1949년 김동리와 김동석이 『국제신문』 지상紙上에서 벌였던 이념 논쟁 때문에 문단이 좌우로 나뉘어 격렬하게 싸웠다고 하면서 김동석이 초기에는 문학의 순수성을 옹호하다가 변신했다는 지적도 있다. 이런 평가는 조연현, 김광섭 등 청년문학가협회에서 활동했던 문인들을 중심으로 한동안 널리 퍼졌다. 여기에 더해 순수문학에 대한 개념이 1960년대 순수, 참여 논쟁 때문에 그가 사용한 '순수문학'에 대한 오해가 그 이후에는 더욱 확대된 감도 없지 않다. 간단히 얘기하면 김동석이 초기에는 순수파였다가 나중에는 이념적인 좌파로 선회한 것이 아니냐는 것이다.

그러나 '문화의 순수성'에 대한 그의 신념은 문화의 자율성을 지칭한 것이었지 좌냐 우냐 하는 정치적 이념의 문제는 아니었다. 그는 문학이 직접 정치에 복무하거나 선전의 도구로 사용되는 것에 대해서는 강한 거부감이 있었다. 그는 문화의 정치적 예속에는 단호하게 반대하면서도 문화가 어떻게 역할을 해야 건강하게 사회에 기여할 수 있는지를 잡지를 통해 몸소 실천하고 있었다.

예컨대 김동석은 정치적 진보성에도 불구하고 문학과 문화의 영역은 그런 정치적 잣대로 갈라 치지 않았고 진영 논리에도 갇히지 않았다. 잡지『상아탑』에 참여한 필진들이 이를 입증한다. 그렇다고 오해해서는 안 될 것이, 정치에서는 진보적이지만 문학에서는 좌와 우를 모두 아우른다고 해석되어서도 안 된다. 그것이 바로 문학이나 문화의 자율성에 대한 충분한 이해를 하지 못하고 진영 논리에 빠져 판단하는 것이다. 예컨대 서정주의 글이 실렸다고『상아탑』이 친일파 잡지였다거나 정치적 노선이 애매한 사람들이 글을 실었다고 해서 잡지의 성격을 절충파니 중간파니라고 평가하는 것은 문제가 있다.

좌건 우건 문화인이면서 그런 정치 논리에 기대어 문화 활동을 하는 일체를 김동석은 반대한 것이었다. 그런 정치 지향성의 문인을 배제하고『상아탑』에서는 오로지 문학의 관점에서 필자를 선정하고 글을 실으려 노력했다. 김동석은 그런 정치적 프레임 자체를 거부한 것이고 그런 사고방식이 해방 직후라는 상황에서 새로운 나라의 문화를 만들어 나가는 데 도움이 되는 건 아니라고 판단한 것 같다.

문화나 문학의 자율성을 그가 힘주어 말하는 것도 그런 관점에서 비롯된 것이다. 문학은 문학의 잣대와 기준이 있는 것이며 그것이 곧바로 정치적 노선과 일대일로 대응하는 건 아니라는 생각이었다. 김동석이 당시 사회와 정치를 읽어내는 정세 인식 측면에서는 일관되게 진보적인 노선을 취하면서도 잡지『상아탑』을 주재하고 편집할 때는 입장이 다른 것처럼 비칠 수 있는 것은 그런 이유 때문이었다.『상아탑』첫 면의 문화적 논설들은 그런 점에서 이 시기 김동석의 문화적 관점과 사회적 견해를 알게 해주는 중요한 글들이다.

이렇게 보면 해방 직후라는 상황에서 정치와 경제가 어려운 현실을 꿋꿋하게 이겨내고 문화의 자율성을 지키자는 뜻에서 제호를 '상아탑'

으로 내걸었음을 짐작하게 만든다. 즉 다른 것에 침윤되지 말고 양심적 자세로 문화의 순수성을 스스로 지켜가자는 뜻이 컸을 것이다. 해방 직후야 말로 자칫 잘못하면 문화가 정치에 예속되거나 경제적 수단으로 전락할 수 있기 때문에 더 의도적으로 문화의 자율성을 내세운 것이라 해석되는 것이다.

그런데 이 무렵의 김동석은 조금 더 버티다 보면 상황이 정리될 것이라고 기대했던 것은 아닌가 짐작되는 대목도 있다. 즉 경제적 상황도 점차 안정이 되고 정치적 국면도 정리될 것이라고 생각했던 것 같다. 그런 까닭에 문화인들에게 어렵고 힘들더라도 버텨 보자라고 얘기할 수 있었던 것이다. 1945년 12월 17일에 발간된 2호의 시론 「학원의 자유」나 1946년 1월 14일에 발간된 3호의 시론 「예술과 과학」에서 김동석은 여전히 의기양양한 자세를 보인다. 일제가 물러간 뒤 우익 진영이 옛 경성제대에 들어앉은 것도 최종적으로 그렇게 현실이 결정된 것으로 받아들이지 않고 있다. 즉 학교가 제자리를 잡아갈 것이라는 기대를 하면서 논설을 펼치고 있다. 특히 「예술과 과학」에서는 다음과 같은 언급도 하고 있다.

우후죽순 같던 정당이 좌우 양익으로 정리되고 이 좌우의 균형을 얻은 통일정권, 즉 진보적 민주주의 정권을 수립하는 것이 화룡점정畵龍點睛으로 남은 과제인 오늘날 활자로 표현된 조선 문화는 시방 혼돈에 빠져있지 아니한가 의심된다.

김동석은 이제 곧 진보적 민주주의 정권이 통일된 국가를 수립할 것이라는 믿음을 갖고 있었다. 조선의 문화가 혼돈에 빠져 있지만 이 또한 오래가지 않을 것이라는 믿음도 엿보인다. 해방이 된 지 불과 4~5개월 지난 마당에 이런 상황 인식이 무리라고 보기는 어렵다.

그런데 여기에서 조금 더 세부적으로 생각해 보아야 할 것이 있다. 앞에서 살펴본 것처럼 『상아탑』이 발간되던 시기는 해방 직후, 그것도 좌와 우가 첨예하게 대립해가던 시기였다. 이런 시기에 문화의 순수성을 통해 자율성을 지키려 했던 것은 분명 김동석만의 강점이라고도 할 수 있다. 문화가 갖고 있는 특수성을 몰각한 채 정치 조직의 하위 부속물처럼 문화가 전락하는 것을 막고 문화는 문화 본연의 자세를 지켜야 하고 자기 역할이 있음을 내세우는 것은 의미 있는 일이었다.

그러나 중요한 것은 문화의 자율성이라는 것이 어떻게 지켜질 수 있고 해방 직후의 국면에서 그것이 조금 더 실천력을 가지려면 어떻게 해야 하는가라고 물어보는 일이다. 요컨대 단순한 주장과 실천적 이론은 다를 수 있다는 것이다. 문화적 자율성, 순수성을 강조하는 논리가 구체적인 역사적 국면에서 효과를 발휘하기 위해서는 그것을 읽는 사람들이 논리에 설득되어 어떤 형태로건 실천하도록 만드는 담론의 구조여야 했다. 그래야 그런 논설이 해방 직후라는 상황에서 의미 있는 영향력을 발휘할 수 있는 것이다. 자칫 주장은 있으나 이론은 없고, 지저분한 진흙탕에서 홀로 벗어나 오불관언(吾不關焉) 당위론만 설파하는 것은 자기 위안일 수도 있겠기 때문이다. 짧은 칼럼 형식의 글에서 어떻게 구구절절이 그런 얘기를 할 수 있겠냐는 반론은 허용되지 않는다. 글은 길고 짧은 것이 본질은 아니다. 짧다고 해서 말해야 할 핵심적인 내용이 빠질 수는 없다. 길다고 모든 내용이 들어가는 것도 아니다. 사고의 깊이와 구체성은 글의 짧고 긴 것에 좌우되는 것은 아니다.

그렇게 본다면 김동석이 문화의 순수성을 옹호하기 위해 양심 있는 문화인들의 단결과 인내를 내세운 것은 다소 허망하다. 상황이 곧 바뀔 수 있다고 믿어서인지는 몰라도 논리는 지나치게 당위적이거나 개인윤리에 기대고 있다. 문화의 양심을 지키자는 것, 자신의 이익만을 위해 민족을 배신하는 모리배들은 곧 척결될 것이라는 판단은 사태를 안이하게 바라본 것은 아닌지 의심스럽다.

1946년 1월 30일 『상아탑』 4호에 발표된 「상아탑」이라는 글에서도 문화단체가 어설프게 정치 무대에 나서면 서툰 배우처럼 된다면서 문화인들이 힘을 합해 상아탑을 키우자고 외치고 있으나 그 방법론은 보이지 않는다. 상아탑이야말로 문화의 순수성을 지킬 수 있는 공간인데 모리배가 날뛰는 현실에서 어떻게 이것을 지킬 수 있는지 방향만이라도 제시해야 할 텐데 논리는 더 이상 진전되지 못한다.

그런데 이런 막연한 문화의 순수성 옹호는 5호부터 바뀌기 시작한다. 5호는 4호가 발간된 지 두 달만인 4월 1일에 나온다. 그동안 정세는 더욱 엄혹해져 신탁통치 문제를 놓고 좌와 우가 확연하게 갈라져 대립하기 시작했고 김동석도 2월에 출범한 진보 진영의 통일전선 조직체인 '민주주의민족전선'의 대의원으로 참여한다. 경성제대 영문과 출신으로 영어에 익숙했던 그는 3월 초에는 이 단체 산하 전문위원회 중 외교문제위원회의 연구위원에 이름을 올린다.

그래서였을까? 5호에 실린 「전쟁과 평화」라는 글은 보수 우익에 대한 대타적 의식이 조금 더 명확해졌고 미래에 대해 낙관하기보다는 위기의식이 강화되고 있다. 그는 친일파와 민족반역 세력이 오히려 미국과 소련의 충돌을 원하고 있고 원자탄을 사용해서라도 38선을 없애 달라는 주장을 하는데 이는 위험천만한 일이라고 주장한다. 그는 약소민족으로서 전쟁이 얼마나 끔찍한 일인지 직시하고 있었다. 이 글에서는 보수 우익 진영에 대한 경고의 목소리가 뚜렷해졌을 뿐만 아니라 통일된 민족국가 수립에의 기대가 점차 우려로 바뀌고 있다.

그렇기는 해도 김동석의 생각의 틀이 근본적으로 뒤바뀐 것은 아니었다. 6호의 「민족의 양심」, 마지막 호인 7호의 「애국심」에 나타난 그의 주장은 이렇다. 즉 '이런 시대일수록 문화가 중요한데 문화를 지키기 위해서 문화예술인들은 민족적 양심의 사표가 되겠다는 자세를 가져야 한다. 그런 마음가짐으로 좌고우면하지 않고 창조와 연구를 게을리 하지 않는 것이 이 시대의 가야할 길이고 그것이 곧 애국심이다'라는 것이다.

요要는 주변 상황에 휘둘리지 말고 올곧게 마음을 먹고 연구와 창작에 열심히 임하자는 것인데, 말은 맞지만 이런 주장은 이른바 공자님 말씀 같은 것이어서 솔직히 말하면 울림이 없다. 양심을 갖기는 왜 어려운가, 양심을 가지려면 어떻게 해야 하는가, 수많은 이권과 욕망에 휘둘리지 않고 스스로를 지키려면 어떻게 해야 하는가에 대해서는 고민하지 않은 채 단순히 양심을 가져야 한다고 주장하면, 공부 안 하는 학생에게 공부 열심히 하라는 말과 마찬가지로 하나마나 한 주장이다. 좌우의 이념대립 아래에서 어떻게 양심을 지켜나갈 수 있을지에 대해서도 이렇다 할 언급은 없다.

김동석의 해방 직후 문화적인 성격의 시론은 그런 점에서 당위론에 치우친 감이 많다. 좌우의 대립은 더욱 격렬해지고 국제적인 정황은 남북의 통일된 민주정부 수립에 우호적이지 않았다. 더구나 정권욕에 사로잡혀 이런 상황을 이용하는 세력까지 있었던 처지에서 김동석이 주장하는 양심과 순수는, 심하게 말하면 세상물정 모르는 선비의 자기위안의 언어에 불과한 것이었다.

아쉬운 것은 이런 문화의 순수성이나 자율성의 문제를 그가 깊이 있게 파고들어 자신만의 설득력 있는 담론으로 만들어내었더라면 한국의 비평사가 더욱 풍요로웠을 텐데 그렇지 못했다는 점이다. 『상아탑』이 더 이상 발간되지 못했던 것도 이런 담론 지형이 확보가 되지 못했기 때문이 아닐까 한다. 즉 자기만의 독자적인 담론의 체계를 갖고 있었다면 김동석은 어떻게 해서라도 잡지를 계속 발간했을 지도 모른다.

5. 『상아탑』의 한계

『상아탑』은 1946년 6월 25일 7호를 마지막으로 더 이상 나오지 않는다. 이미 이때는 조선의 국내 정세도 점차 좌우의 대립이 명확해지고 세계적으로도 냉전 체제가 강화되고 있었다. 1946년 윈스턴 처칠이 미국의 미주리 풀턴에서 연설하면서 공산권을 향해 '철의 장막'이라는 용어를 사용해 비난을 퍼붓기 시작하고 있었다. '철의 장막'이란 말 자체에 이미 좌와 우라는 진영의 논리가 개입되어 있는 것이었다.

국내에서는 우리 민족 스스로 새로운 통일국가 건설이 가능할 것이라는 기대는 점차 스러져가고 있었다. 이승만은 지방을 순회하며 자기의 정치 세력을 규합해 드디어 1946년 6월 정읍에서 단독정부수립을 제안하고 있었다. 다른 한편으로는 좌우합작을 위한 여러 노력이 무위로 돌아가면서 정국은 심상치 않게 돌아가고 있었다.

더 이상 잡지만 만들고 있기에는 상황이 여의치 않았다. 문화적 자율성 역시 제대로 된 국가가 서고 정상적으로 정치가 작동할 때 가능한 이야기이지, 국가와 정치가 심각한 위기에 처하거나 비정상적으로 작동할 조짐이 뚜렷할 때라면 가당치 않은 이야기였다. 문화적 자율성의 토대가 근본부터 무너지는 일이기 때문이었다.

김동석은 해방 직후라는 역사적 격변기에서 예술가들이 양심을 잃지 않고 고통을 감내하면서라도 문화적 순수성을 지킨다면 그 꿈이 이루어질 수 있을 것이라고 생각했다. 그러나 어찌 보면 이는 순진한 생각이었다. 양심은 어떻게 지킬 수 있는 것일까, 과연 문화의 순수성은 개인 주체의 개별적 다짐만으로 옹호되고 실현될 수 있는 것일까를 물어야 할 순간에 그는 『상아탑』을 더 이어가지 못했다. 사회적으로 혼란스럽고 궁핍했던 여건 탓도 있었겠지만 현실의 엄혹함을 고려하지 못한 그의 순진한 희망이 『상아탑』을 버텨 나갈 힘을 주지 못한 것이다.

해방기 종합지 『민성民聲』 연구*

창간~1947년 중반까지의 발행본을 중심으로

전지니

1. 해방기, 출판의 전성시대 속 『민성』의 등장

8·15해방은 식민통치의 종결과 범아시아적 해방의 가능성을 제시했지만, 동시에 조선 신탁통치의 시작을 예고했다. 서울에 미군정청이 설치되고 김일성이 조선공산당 북조선 분국을 설치하는 사건은 8·15 직후 불과 두 달 안에 일어났다. 혼란 혹은 혁명기라고 이름붙일 수 있는 5년의 시간[1] 동안 민중은 자발적으로 거리로 나서기도 했으며, 이 시

---

* 이 글은 2015년 발표한 논문(「해방기 종합지 『민성民聲』의 매체전략 연구—창간~1947년 중반까지의 발행본을 중심으로」, 『한국근대문학연구』 31, 한국근대문학회, 2015)을 수정한 것이다. 논문이 학회지에 실린 지 2개월 후 잡지의 전체 서지사항을 밝힌 오영식의 글(「『민성』 총목차—해방기 대표 잡지 『민성』에 대하여」, 『근대서지』 11, 근대서지학회, 2015)이 발표됐으며, 수정 과정에서 이 글을 중요하게 참고했음을 밝혀 둔다.

1 이 글에서는 해방기를 1945년 8·15해방부터 6·25 직전까지로 규정한다. 이는 1948 년 남한에 단독정부가 수립됐음에도 불구하고 이 시기는 남북 모두 건설·건국의 시기 로 규정될 수 있으며, 해방 후 5년간을 '평화적 민주건설시기'로 호명하는 북한의 시기

기 수많은 단체들이 결성됐다 해체되는 수순을 밟았다. 이 같은 흐름에 발맞춰 해방 후 출판업 또한 전성시대를 맞았다. 한국어 서적의 수요 증가에 부응해 신생 출판사들이 우후죽순 생겨났으며,[2] 전문성과 지역성을 갖춘 신문과 잡지가 쏟아져 나왔다가 곧 자취를 감추기도 했다.[3]

애초 『민성보(民聲報)』라는 이름의 주간지로 출발했던 『민성』은, 이 같은 전환의 시기 속에서 출발했다. 1945년 12월 출발을 알린 『민성』은, 한국전쟁이라는 벽을 넘지 못하고 1950년 6월 종간됨으로써 해방 5년의 시작과 끝을 함께 하게 됐다. 창간호의 주간은 임병철이었으며, 인쇄 및 발행은 계속해서 고려문화사가 담당했다. 『민성』은 대략 5년이라는 시간 동안 폐간 위기를 맞아 편집진이 대폭 교체되는 위기를 맞은 것을 제외하고는 총 46호[4] 동안 비교적 안정적으로 발간됐다. 그러나 전쟁 중 발행인 유명한이 사망하고 고려문화사까지 폭격으로 인해 와해됨으로써, 식민지시기 협력의 과오를 벗어나기 위한 목적으로 출발하여 전후까지 이어진 『신천지』[5](1946.1 창간, 1954.10 종간, 통권 69호 종간)와 달리, 해방기의 특수성을 대변하는 종합지로 남게 됐다.

『민성』은 해방기 남한에서 "의심이 갈 정도로 많은 부수인 10만 부

구분과 조응한 것이기도 하다.

2 해방 직후인 1945년 9월부터 12월까지 새롭게 출판 등록을 한 출판사의 수는 45개에 달한다는 기록이 있다. 오영식, 『해방기 간행도서 총목록 1945~1950』, 소명출판, 2009, 136면.

3 1947년도판 조선연감에 따르면 당시 잡지수는 124종에 이른다. 『한국잡지총람─한국잡지 70년사』, 한국잡지협회, 1972, 95면.

4 편집진에 따르면 1950년 6월까지 46호가 발행됐고, 오영식 역시 잡지의 출판 서지를 밝히며 총 46호가 발행됐다고 밝힌다. 오영식, 앞의 글, 646면.

5 서상진은 총독부 기관지 『매일신보』가 『서울신문』으로 바뀌는 과정에서 친일 행적의 허물을 벗으려는 목적으로 이 잡지를 발행했다고 설명하기도 한다. 서상진, 「잡지를 보면 역사가 보인다」, 순천시립연향도서관 전시 도록 중, 2004.1.14~2.28, 13면.

를 찍"었던, 당대 최고의 발행부수를 자랑하던 잡지였다. 역시 상업적으로 성공한 종합지이자 경쟁지였던 『신천지』[6]가 서울신문사의 전국적인 판매망을 활용했다면, 고려문화사는 "특정 목표 독자층을 겨냥한 경영의 다각화"를 통해 경영의 안정화를 꾀했다.[7] 그리고 『민성』이 높은 발행부수를 자랑하는 가운데, 물가 폭등과 유례없는 용지난 속에서 폐간의 고비를 넘을 수 있었던 기반에는 고려문화사의 안정적인 지원이 있었던 것으로 보인다. 고려문화사는 『민성』 외에도 어린이를 대상으로 한 『어린이 신문』, 『우리 동무』와 함께 연극, 영화 등을 아우르는 종합예술지 『신성』 등을 발간했던 해방기의 대표적 출판사였다. 창간호부터 종간호까지 『민성』의 발행 겸 편집을 맡았던 유명한은 유한양행의 설립자인 유일한의 동생이었는데, 실질적인 출판 업무는 부이사장인 이강렴이 맡았던 것으로 알려진다.[8]

『민성』은 애초에 민족주의적 입장에서 인민을 계몽하고 여론을 환기한다는 것을 천명하며 출발했다. 발간 주체는 창간호의 권두언을 통해 "우리 민족의 공명정대한 여론의 공기公器가 되고 우리 민족의 활로를 가르치는 지남指南이 되려한다", "문화 사업을 통하여 우리 민족의 번영과 우리 문화사 위에 거대한 족적을 남길"[9] 것이라며 그 출판 의도를 밝힌다.[10] 창간호의 표지에는 김구의 모습이 담겼으며, 언론의 사회적 책임을

6　강상운은 『신천지』에 대해 "소위 중간적인 색채와 중립적인 내용으로서 종합지로 풍부한 행세를 하고 있다"고, 『민성』은 "이 역시 종합지로서 신천지와 그 쌍벽을 이루고 있"다고 설명한다. 강상운, 「해방 4년간의 잡지계」, 『출판대감』, 조선출판문화협회, 1949, 7면.
7　이봉범, 「잡지 『신천지』의 매체전략과 문학」, 『한국문학연구』 39, 동국대 한국문학연구소, 2010, 216~217면.
8　『민성』의 발행 부수 및 고려문화사에 대한 설명은 오영식, 앞의 책, 130~144면을 참조했다.
9　「창간호를 내면서」, 『민성』, 1945.12, 2면.

강조했던 편집진은 이후에도 '민중의 소리'에 주목할 것을 호소했다.

그간 국문학계에서 해방기 매체 연구는 한국전쟁 이후까지 발행된 『신천지』[11] 그리고 『백민』, 『문예』[12] 등의 문예지를 중심으로 이루어져 왔으며, 『민성』에 대한 연구는 상대적으로 미진한 상황이다. 관련 연구로는 이 글 외에 오영식이 『민성』의 총목차, 필진 등을 정리하며 잡지의 성격을 언급한 것이 전부다.[13] 이는 『민성』이 전쟁이라는 또 다른 전환을 넘지 못했던 것 외에, 좌익 잡지라는 선입견이 작용했거나 아직 고려 문화사에 대한 본격적인 조명이 이어지지 않았던 것 등과 관련지을 수 있을 것이다.[14] 더불어 표지에 '불온'이라 낙인찍혀 있는 단정 이전의 『민성』은 열람이 용이하지 않았던 것을 감안할 수 있다.[15]

이 글의 경우 『민성』이 해방 이후 전환 혹은 혼란기의 부침을 생생하게 다루었던 매체였음을 염두에 두고, 잡지의 편집 방향 중 특히 세 가지 측면에 주목한다. 먼저 발간 주체가 잡지를 통해 '인민의 목소리People's voice'를 표방했으며 '민성화보'라 이름 붙여진 화보 및 풍자만화를 통

---

10 천정환은 『민성』의 창간사에서 "우리"와 "민족"에 주목해 두 단어가 좌우 양 진영이 공
    유할 수 있는 단어였다며 이 단어가 잡지가 지향한 포괄성과 중도성을 상징한다고 설명
    한다. 천정환, 『시대의 말 욕망의 문장』, 마음산책, 2014, 34면.
11 『신천지』에 대한 연구는 다음을 참조하였다. 김준현, 「1940년대 후반 정치 담론과 문학
    담론의 관계」, 『상허학보』 27, 상허학회, 2009; 이봉범, 앞의 글; 김준현, 「단정 수립기
    문학장의 재편과 『신천지』」, 『비평문학』 35, 한국비평문학회, 2010.
12 해방기 문예지에 대한 연구는 다음을 참조하였다. 이봉범, 「잡지 『문예』의 성격과 위상」,
    『상허학보』 17, 상허학회, 2006; 김한식, 「『백민』과 민족문학」, 『상허학보』 20, 상허학회,
    2007; 서형범, 「기관지와 문예지의 길항」, 『한국문학논총』 65, 한국문학회, 2013; 이민영,
    「1947년 남북 문단과 이념적 지형도의 형성」, 『한국현대문학연구』 39, 한국현대문학회,
    2013.
13 오영식, 앞의 글, 645~705면.
14 『민성』의 이념적 성향에 대해서는 본론에서 보다 구체적으로 논의로 한다.
15 '불온'이라 낙인찍힌 1947년 중반 이전의 『민성』은 국립중앙도서관 특수자료실에서
    확인할 수 있다.

해 인민과 인민의 적을 이미지화하는 지점을 염두에 둔다. 『민성』은 여타 종합지와 비교할 때 당대의 실상을 시각화하는 작업에 주력했는데, 화보와 만화는 『민성』을 동시대의 여타 잡지들과 구분짓는 특징으로, 인민의 실체와 현실을 시각화하여 제시하는 방법이었다.[16] 두 번째로 편집진이 '민성'란을 따로 꾸려 인민의 목소리를 제시하고 해방기의 인민 표상을 창출하고자 했다는 점을 논의한다. 『민성』의 '민성' 섹션은 인민의 목소리를 빌려 미군정을 비롯한 당대 위정자들에 대한 불만을 노골적으로 토로하는 장場이었다는 점에 주목하는 것이다. 마지막으로 편집진이 특집호를 구성하면서 당대의 이슈를 다루는 방식을 검토하면서 해방기 매체가 인민의 정치, 문화를 어떤 식으로 구축해 나가고 있는지를 읽어보려 한다.

주지할 점은 주간지가 월간지로 변경되고 도중에 잡지의 판형이 변경된 것 외에도,[17] 『민성』이 미군정의 검열 속에서 미소공동위원회의 결렬과 단독정부수립으로 나아가는 과정에서 매체의 성격이 극적으로 변모하고 있다는 점이다. 발행 초기 김일성의 초상을 표지에 싣는 등 좌익적 색채를 분명하게 드러내기도 했던 『민성』이 해방기라는 정치, 사

16　당시 『영화시대』나 『신성』 등 동시대 발행된 영화잡지에도 영화 컷이나 배우들의 모습을 담은 특집 화보가 게재된다. 그런데 『민성』의 경우 유명인의 사진을 싣는 대신, 화보를 통해 조선의 인민상을 구축하고 해외 인민들의 모습을 담아냈다는 점에서, 곧 화보에 담긴 이미지의 주체와 잡지의 호명대상이 동일하다는 점에서 구분된다.

17　애초 매주 수요일 발간을 예정으로 하면서 주간지로 출발했던 『민성』은, 2권 9호(통권 9호, 1946.8 발행)를 맞아 월간지로 변화하며, 애초 타블로이드판으로 발간됐으나 4권 3호(통권 24호, 1948.3 발행)부터 일반 잡지 크기의 판형으로 바뀌었다. 2권 9호 편집후기에는 "금호부터 주간을 월간으로 고치고 면수를 늘리기로 했습니다. 지금의 편집인원과 인쇄능력과 종이입수로는 타블로이드판 12면을 1주일에 한 권씩 내어놓기가 곤란함을 해량 바람"이라는 사고가 실려 있다. 「편집후기」, 『민성』, 1946.7, 20면.

회적 격동기에 명맥을 유지할 수 있었던 것은, 고려문화사의 지원 외에도 이 같은 지속적인 변화의 시도가 수반되었기에 가능했던 것으로 보인다. 창간호에 실린 『민성』의 광고는 잡지 성격을 '주간 종합잡지', 곧 정치, 경제, 문화, 해외 정보, 학예 등을 연재하는 종합잡지로 규정하고 있으며,[18] 사회 전반을 아우르고자 하는 편집 방향은 이후 종간호까지 계속됐다. 그러나 편집진의 개편이 있기 전후인 1947년 중반을 기점으로, 잡지가 호명하는 인민의 범주와 이들의 정치, 문화를 구성하는 방식은 판이해진다.

이봉범은 『민성』의 방향 변화를 1947년 전반 '북조선 특집'(3권 1 · 2 합병호(통권 14호), 1947.2 발행)을 기획한 후 폐간 위기를 겪게 된 사건과 관련짓는다.[19] 북조선에 대한 호의적 기사가 잡지의 폐간 위기를 초래했다는 지적은 충분히 납득 가능하며, 실제로 '북조선 특집'호 표지에는 '불온' 도장이 선명하게 새겨져 있다. 그러나 『민성』의 대대적인 편집 개편이 이루어진 시점은 '임정臨政이 서면?'을 특집으로 기획했던 통권 17호(3권 5 · 6 합병호, 1947.7 발행) 이후였다.[20] 1947년 5월 미군정은 미소공위 개최를 비판하는 언론을 취체하겠다는 의사를 분명히 하고,[21] 같은 해 9월 미군정장관이 "민심을 현혹할 목적으로 허위보도를 할 경우 허가 취소 혹은 정지할 수 있는 법률 제정을 요청"[22]하는 등 언론 통

---

18 『민성』, 1945.12, 11면.

19 이봉범, 「상상의 자주적 통일 민족국가 : 북조선, 1948년 체제─북조선기행기와 민족주의 문화지식인의 동향을 중심으로」, 『한국문화연구』 47, 동국대 한국문화연구소, 2014, 271면.

20 「북조선 특집」호를 발행한 이후에 통권 15호와 16호는 비교적 안정적으로 간행된다.

21 김복수, 「미군정의 언론정책과 언론통제」, 『한국언론학회 학술대회 발표논문집』, 2005, 23면.

22 박용상, 「한국의 언론법사」, 『관훈저널』 38, 관훈클럽, 1983, 174면.

제가 노골화되는 상황에서 좌파 언론 매체의 정간과 폐간이 이어지는데, 『민성』의 성격 변화 역시 이 같은 흐름과 맞물려 있는 것으로 보인다. 따라서 이 글은 17호가 『민성』의 매체 전략에 있어 전환점이 된 결정적인 계기였다고 간주하고, 앞으로 창간호부터 이 시기까지 잡지의 주요 필진과 매체 전략에 대해 분석하고자 한다.

2. 전반기 『민성』의 편집진과 매체의 지향점

『민성』의 발행인이자 고려문화사의 이사장이었던 유명한은 "일즉이 외지에 유학하여 선진 외국문화에 욕⑯한 분으로 문화 사업에 대한 이해와 열성이 클 뿐 아니라 조선의 실업계에 있어서도 큰 존재를 나타내"는 이로 평가받았으며, 해방 이후 외국의 문화 및 경제 방면을 시찰하기 위해 미국, 구주 등을 순방하기도 했다. 그 외 『민성』의 이사진으로는 출판계 종사자 이강렴, 언론계에 몸을 담았고 전조선문필가협회의 일원으로 활약하기도 했던 임병철, 언론 출판계에서 오랜 경험을 지닌 김창집, 경리 방면에 경험을 가진 황석하 등이, 편집진용에는 임병철 외에 박계주, 채정근, 김영수, 최영수, 조풍연, 윤석중, 박영준 등의 문인이 이름을 올렸다.[23]

---

23 「해방 4년 동안의 문화업적 찬연 — 고려문화사의 꾸준한 노력」, 『출판대감』, 조선출판문화협회, 1949, 10면.

이 중 전반기 잡지의 편집진을 살펴보면, 창간호부터 통권 5호까지의 주간은 임병철이 맡았으며 그는 이후『동아일보』편집국장으로 자리를 옮겼다.[24] 통권 7호에는 임병철이 자의에 의해 해임됐으며 편집국장 대리는 채정근, 잡지 주간은 박계주가 맡게 됐다는 사고가 실려 있다. 이 중 북조선 주재 문학가들의 인맥을 동원해 이들의 글을『민성』에 싣는데 기여했던[25] 채정근은, '북조선 특집호' 발행 직후인 통권 15호를 끝으로 편집인의 자격을 상실했다.[26] 그는 이전 통권 12호의 편집후기에서 이승만 박사가 UN 총회에 조선 사정을 알리러 떠났을 때, 이왕이면 북조선의 김일성도 같이 갔다면 더 효과가 있었을 것이라는 아쉬움을 표하기도 했다.[27] 또한 주간 박계주는 '임정이 서면?' 특집 직후인 '신추 新秋 증대호'부터 더 이상 잡지 주간으로 이름을 올리지 않았으며, 동호부터는 소설가이자 극작가인 김영수가 채정근을 대신해 잡지의 편집국장을 맡게 됐다. 이어 통권 21호부터는 임학수가 별다른 설명 없이 해임된 박계주를 대신해 주간을 맡았다. 임학수는 1950년 초반까지『민성』의 주간을 담당했으며, 편집국장은 김창집과 박영준으로 이어졌다.

곧 초창기부터『민성』을 주관했던 인물은 임병철과 박계주, 채정근이며, 이 중 임병철이 통권 5호를 끝으로 유한양행을 떠났다는 점을 감안하면 이 글에서 논할 특집과 화보[28] 등 전반기『민성』의 특징을 분명히 보여주는 작업을 진행했던 것은 박계주와 채정근이었다. 따라서 발

---

24 오영식, 앞의 책, 140면.
25 이봉범, 앞의 글, 271면, 주 19번 참조.
26 편집국장을 사퇴한 이후에도 채정근은『민성』에 기고를 계속한다. 대표적으로「오페라 춘희를 싸고도는 화제의 진상」(『민성』, 1948.6) 등이 있다.
27 「편집후기」,『민성』, 1946.12, 24면.
28 특집은 통권 6호부터, 화보는 통권 10호부터 실리고 있다.

행인, 인쇄소 등 다른 요소들과의 영향관계를 고려하더라도, 박계주와 채정근의 정치적 성향과 전반기『민성』의 특성을 관련지어 고찰할 수 있을 것이다. 이 중 북조선 주재 문인들과 친분이 있었고 전쟁 중 월북 했다고 알려진 채정근과 달리, 대중소설가로 평가받는 박계주와『민 성』의 정치적 성향과의 연결고리를 찾기란 쉽지 않아 보인다. 그런데 박계주는 전후 예술원 파동 과정에서 김동리로부터『민성』이란 적색지 의 편집자로 중상모략을 했고 전쟁 당시 괴뢰 집단에 아부했다는 비판 을 받은 적이 있다.[29] 또한 그가 주간에서 물러난 이후에도『민성』에 소 설「지옥의 시」[30]를 연재했고 좌담회와 수필 등을 통해 계속해서 지면 에 등장했던 사실을 감안하면,『민성』을 설명하기 위해서는 채정근과 함께 해방기 박계주의 정치적 포즈에 대해 논할 필요가 있다.

이봉범에 의하면 박계주와 채정근은 해방 후 최초의 "범문화지식인 의 성명발표"였던, 좌우를 초월한 자주적 통일국가 수립의 염원을 담은 '108인 문화인 성명'에 참여했다.[31] 여기서 성명의 실효성 여부와 상관 없이, 박계주와 채정근이 단정 수립을 앞두고 좌우를 초월한 지식인의 공동 성명에 참여한 것은, 초창기부터 줄곧 민중의 소리에 입각해 자주 적 독립국가의 필요성을 역설한『민성』의 지향점[32]의 연장선상에 있는 것으로 보인다.

주목할 점은 해방기 여러 필진들이 실명이 아닌 필명으로 매체에 글

---

29 김동리,「예술원 실현과 예술운동의 장래」(『현대공론』, 1954.6), 김철,「한국보수우익문
　　 예조직의 형성과 전개」,『실천문학』 18, 실천문학사, 1990, 38면.
30 박계주,「지옥의 시」, 1949.8～1949.11.
31 이봉범, 앞의 글, 301・311～312면.
32 백두산인,「대한과 조선」,『민성』, 1946.6, 1면.

을 기고했음을 감안하더라도, 『민성』의 경우 필명을 사용하는 일이 더욱 빈번했다는 사실이다.[33] 동전생東田生이라는 필명으로 여러 매체에 글을 발표한 오기영 외에도, '삼목귀' 섹션을 담당한 천연자, 통일전선이 완수되지 못하고 미소공위가 들어서는 상황을 비판적으로 성찰한 H. P生, 「인물단평」을 연재한 C. I. C生, 「직언록」을 쓰기도 했던 백악산인白岳山人[34] 등 『민성』에는 고정 필자가 필명을 사용하는 일이 유달리 잦았다. 물론 필명의 사용이 빈번한 것은 필자의 성향과도 관련되는 문제이기에 미군정하 검열의 문제와 직결시키기에는 무리가 있지만, 반복적인 필명의 사용을 미군정기 『민성』이 지닌 불온성을 보여주는 근거 중 하나라 간주할 수 있을 것이다.

주목할 점은 경우에 따라 한 명의 필자가 실명과 필명으로 같은 호에 동시에 글을 게재하기도 했다는 점이다. 동전생이라는 필명과 오기영이라는 실명으로 『민성』, 『신천지』 등의 잡지 한 호에 동시에 글을 발표한 오기영 외에도, 주간 박계주는 박진朴進이라는 필명과 서운曙雲이라는 익히 알려진 호[35] 대신 천연자天淵子라는 이름으로 기고를 계속한 것으로 보인다.[36] 특히 그는 '삼목귀' 섹션을 통해 미군정하 예술운동의 수난을

---

33 단적으로 『민성』 1946년 6월호에는 권두언을 쓴 백두산인 외에, 동전생, 백선권, 이미륵, R생, K생, 천연자, 구산학인 등 대다수의 필자가 필명으로 글을 게재한다.

34 시인 김환金煥이 '백악산인'이라는 필명을 사용했지만 『민성』에 글을 기고했는지의 여부는 확인할 수 없다. 그 외 H. P生이 누구인지에 대해서는 확인하기 어렵다.

35 「아호 별호 급 필명 예명 일람표」, 『출판대감』, 조선출판문화협회, 1949.

36 천연자를 박계주와 동일인으로 보는 이유는 '삼목귀'와 3장에서 논할 '민성'란이 마지막으로 게재된 시기와 '임정이 서면?' 특집호 이후 박계주가 주간에서 사퇴한 시기가 일치하기 때문이다. 그리고 애초 이 글의 초출(해방기 종합지 『민성民聲』의 매체전략 연구―창간~1947년 중반까지의 발행본을 중심으로」, 169면)에서는 천파생 역시 박계주의 필명으로 간주했다. 그런데 이후 발표된 『민성』의 서지사항 관련 논의에서, 오영식은 천파생을 '이상호'의 필명으로 보았다. 해당 호(통권 17호)의 목차에는 이상호, 본문

지적하고 미소 양국을 제외한 자주적 독립의 필요성을 역설했으며,[37] 1946년 4월 발행된 『민성』에는 천연자라는 필명으로 미군정을 비판하는 동시에 본사 측을 대표해 실명으로 제1회 소설가 좌담회에 참여하기도 한다.[38] 이외에도 1946년 8월호 '일본 전쟁범죄인 공판 특집'에서는 실명으로 연합국에 간도와 대마도의 조선 편입을 요구해야 할 것을 역설했으며, 소설가 강용흘을 맞이하는 좌담회에는 채정근과 함께 참석했다. 동시에 그는 같은 호에 천연자라는 이름으로 '삼목귀'를 실어 미군정하의 현실을 문제 삼는다.[39] 여기서 같은 호에 복수의 이름을 사용하는 것은 잡지가 지향하는 또 다른 독자인 대중독자에게 두 가지 방식으로 '완전자주독립국가' 건설의 필요성을 역설하는 효과를 가져올 수 있었으리라 보인다. 또한 3개월간 휴재 후 편집 방향의 개편이 있기 전까지 미군정의 정책과 정면으로 대치되는 글들이 주로 확인키 어려운 필명으로 실렸음을 감안한다면, 초창기 매체의 비판적 성향과 필명의 사용을 관련지어 보는 것이 가능할 것이다.

『민성』은 종합지로서 정치, 경제, 사회, 문예 등의 제반 분야를 포괄적으로 다루면서 지식층 독자를 대상으로 하는 동시에, 일반 대중독자들에게 호소하기 위해 다각적으로 기사를 취재한 것으로 알려진다.[40]

에는 천파생으로 표기되어 있다는 이유이다. 이 글에서는 오영식의 설명이 설득력이 있다고 판단해, 초출의 내용을 수정했음을 밝힌다.

37 천연자, 「삼목귀」, 『민성』, 1946.4, 2면; 천연자, 「삼목귀」, 『민성』, 1946.6, 2면.

38 「해방 후의 조선문학: 제1회 소설가 좌담회」, 『민성』, 1946.4, 4~5면. 이 좌담회에서는 순수를 표방하지만 실상 정치적 성향을 강하게 표출하는 김동리를 중심으로 한 청년 문학가대회에 대한 비판도 개진됐다.

39 박계주, 「일본전범공판과 조선의 요구」, 『민성』, 1946.9, 1면; 「강용흘 씨를 맞이하여 내외 문화를 말하는 좌담회」, 『민성』, 1946.9, 14~15면.

40 「해방 4년 동안의 문화업적 찬연—고려문화사의 꾸준한 노력」, 『출판대감』, 조선출판문화협회, 1949, 10면.

그러나 개편이 있기 전까지 보다 급진적 측면에서 자주독립국가의 필요성을 논했다는 점은 동시기 경쟁지였던 『신천지』와 구분되는 『민성』의 특성이었다. 두 매체는 채정근, 오기영 등의 필진을 공유하고 자주독립과 함께 새로운 인민 문화 건설을 내세웠지만, 같은 시기 『신천지』의 경우 '대중잡지'를 표방하면서 "우리는 애당초 좌익도 우익도 아니었"다며 식민 문화를 청산하고 독자를 계몽하는 잡지로서의 역할을 강조했다.[41] 특히 『신천지』가 민족 의식의 고취를 역설하는 동시에 세계 각국의 동향에 보다 민감했다면, 초창기 『민성』은 중도적 입장을 공식적으로 천명하는 대신 일관되게 신탁통치의 폐해와 미군정하의 현실을 비판하면서 같은 화두를 다루어도 '여론', '민의'에 입각할 것을 강조했다.

이 글은 이를 감안하여 앞으로 『민성』의 특징이라 할 수 있는 화보와 연재물, 특집기사 등을 검토하면서 미군정하 검열로 인해 폐간 위기를 넘어 잡지의 성격이 대대적으로 개편되기까지, 『민성』이 인민을 어떤 방식으로 구성, 호명하는지를 살펴볼 것이다. 이는 잡지의 성격을 재단하는 것을 넘어, 궁극적으로 당대 인민 담론의 실상을 파악하는 것까지를 목적으로 한다.

---

41 「본지가 일년 동안 거러온 길」, 『신천지』, 1947.2, 5~7면.

3. 해방 후 '인민'의 호명과 형상화 방식

1) 화보와 표지 구성, 풍자성의 강화

이 절에서는 『민성』을 해방기 다른 종합지와 대별시키는 특징인 화보와 표지의 경향성을 검토하고, 이를 잡지가 추구한 여론정치와 관련지어 읽어보기로 한다. 화보와 풍자만화를 해방기 『민성』만의 특이성이라 단정할 수는 없지만, 잡지에 게재된 이미지에 나타난 인민의 형상을 편집진이 구축하고자 했던 '민성'의 방향과 관련짓는 것이 가능하리라 보기 때문이다.

『민성』에 본격적으로 화보란이 배치되기 시작한 것은 창간 1주년이 지난 2권 10호(통권 10호, 1946.9 발행), 곧 '일본 전쟁범죄인 공판 특집' 호부터이다. 주간지로 발간될 당시 12면에 불과했던 『민성』은 월간지로 변형되면서 면수를 늘리기 시작하는데, 이 같은 시도와 맞물려 화보 또한 비중 있게 배치되기 시작한다. 첫 번째 '민성화보'에는 과거의 부하에게 머리를 맞고 욕설을 듣는 전범 도조 히데키東條英機, 천황의 궁전 앞에 모여 쌀을 달라 시위하는 일본 민중, 남성과 동등한 권리를 주장하거나 미군과 춤을 추는 일본 여성 및 전범 재판의 현장을 담은 사진 등이 실렸다. 처음 기획된 화보는 특집 구상을 염두에 두고 전범의 처참한 말로를 조명하고 있지만, 동시에 전후 자기 목소리를 내기 시작한 일본 여성과 미군이 점령한 일본 사회의 단면을 제시했다. 미군정 지배가 가져온 일본 사회의 변화를 가감 없이 독자에게 보여주고자 한 것이다.

이후 '민성화보'는 꾸준하게 잡지의 한 부분을 차지했으며, 동시에 국내 인민의 상황으로 시선을 돌리기 시작한다. '미국과 소련 특집'으로 마련된 2권 11호(통권 11호, 1946.10 발행)에서 화보란을 채운 것은 '남조선 민요民擾'에 관한 사진들이었다. 당시 민요의 현장을 이만큼 생생하게 실은 잡지는 찾아볼 수 없는데, 『민성』의 편집진은 학생대가 대구 경찰서를 포위한 광경, 전소全燒된 영천구청, 불에 타서 골재만 남은 영천서의 사진을 실음으로써 미군정과 인민의 대립을 가시화했고, 이를 '인민항쟁'으로 규정한 남로당의 주장에 힘을 실었다. 당시 편집진은 독자가 충격을 받을 수 있는 사진을 실은 것에 대해 다음과 같이 설명한다.

> 특집 관계로 태백산 학술조사, 노마만리, 이충무공 난중일기초 등을 다음 호로. 남조선 민요 화보는 센세이션을 위하서 실은 것이 아니라 우리의 반성을 촉하자는 뜻에서 실었다. 오해 말기 바란다.[42]

편집진은 대구 인민항쟁 관련 화보를 기획한 것이 결코 센세이션을 노린 것이 아님을 강조했다. 하지만 이 같은 변명에도 불구하고, 전국 독자들에게 미군정과 인민의 극한의 대립을 이미지로 제시한 것은 미군정의 폐해를 고발한 그 어떤 기사보다 큰 파장을 일으킬 수 있었던 것으로 보인다. 같은 호의 화보에는 남한의 민요 외에도 모로토프 의장의 파리 강화회의 연설이나 미국서 발명된 소형 트랙터 같은 국제 기사의

---

42 「편집후기」, 『민성』, 1946.10, 24면.

사진들이 실려 있지만, 종국에 화보가 독자들에게 제시하고자 했던 것
은 지면 상단에 배치된 인민들의 항거였다.

연이어 2권 12호(통권 12호, 1946.12 발행) 화보는 학생 사상자만 140
명에 이르렀던 영등포 열차 사고를 조명했다. 화보란에는 아들의 죽음
앞에서 목 놓아 우는 어머니와 주인 잃은 물품들 및 이들의 관을 담은
사진이 실리면서 민중의 슬픔과 분노를 담았다. 이와 함께 같은 호 화보
에는 나치 전범의 말로와 함께 미국 무연탄 노동자 파업의 지도자인 쫀.
L. 루이스의 사진이 게재되어 독자가 국제적인 노동자 파업의 흐름을
읽도록 했다. 이어 같은 달 발행된 2권 13호(통권 13호, 1946.12 발행)의
화보는 지난 달 북조선 인민위원회 선거 후 평양 김일성 광장에서 열린
'민주 첫 선거 세계사적 승리 경축대회'와 북조선 임시인민위원회의 풍
경 및 10월 혁명 기념 아치 등을 담았다. 일전에 남조선의 민요를 다룬
화보와는 대조적으로, 인민의 지지를 얻어 체제를 확립해 가는 북한의
모습을 긍정적으로 담은 화보는 남한과 북한 인민의 현실을 대조시켜
효율적으로 제시하고 있었고, 이 같은 전략은 미군정의 언론정책과 마
찰을 빚을 수밖에 없었다.

그럼에도 화보는 계속 이어졌다. '북조선 특집'으로 기획된 이듬해
신년호인 3권 1·2호(통권 14호, 1947.2 발행)의 화보는 여전히 북한에 대
한 관심을 표명하고 있다. 화보는 소련으로 출발하는 '방소訪蘇문화사
절단'과 소련에 도착한 사절단의 행적, 북한에서 공연하는 소련 배우
및 북한에서 개봉된 소련 영화와 재북 작가 남궁만의 〈복사꽃 필 무렵〉
의 공연 장면을 담았다. 이와 관련하여 〈복사꽃 필 무렵〉이 무료로 상
영되고 있으며, 공연 스태프로 북한 인민들이 참여하고 있다는 설명을

통해 인민이 주축이 된 북한의 예술 활동에 대한 지대한 관심을 표명했다. 이처럼 인민이 주체가 된 북한 예술 활동을 담은 화보는, 모리배가 극장을 점령하고 미군정의 취체 하에서 예술인들이 아우성을 치는 남한의 상황과 대비될 수 있었다.[43]

이어 3권 3호(통권 15호, 1947.3 발행)의 화보에는 국제 상황과 관련된 사진들이 전면에 배치됐다. 그럼에도 국제 문제 관련 화보는 남한의 사정과 전혀 무관하지 않았다. 인도 독립운동을 둘러싼 힌두교도와 무슬림교도의 대립, 전승국이면서도 미국과 소련의 지배를 받는 중국의 '쓰라린 표정', 시위하는 일본의 노동계급, 총과 죽창을 들고 네덜란드로부터의 독립운동에 나선 인도네시아의 혁명군 모두가 군정의 지배로부터 이탈하고자 하나 좌익과 우익으로 양분되어 합일점을 찾지 못하는 조선 인민의 현실과 맞닿아 있었다. 편집진은 몇 장의 사진을 통해 종전 후에도 제국의 통치를 받고 있는 제3세계 국가들의 상황을, 남한의 상황과 관련지어 독자에게 제시했던 것이다.

그리고 앞서 언급한 것처럼, '임정이 서면?' 특집호인 3권 5·6호(통권 17호, 1947.7 발행)를 발간한 이후 『민성』의 매체 전략은 극적으로 변화하는데, 당호의 화보에는 검열의 흔적이 생생하게 남아 있다. 사진 설명 중, "3천만이 갈구하는 조선 민주주의 임시정부는"에 이어지는 다음

---

43 『민성』에는 이미 남한의 극장과 대비되는 북한의 극장 상황을 예찬하는 기사가 실리기도 했다.
　　"평양 부내의 극장은, 서울시의 극장들이 모두 소위 「공장종업원」이라는 명목하에 전 일본인 소유자의 「부하」의 손에 들어가고, 극장예술에 직접 활동하는 극단과 연극인들은 일본인 소유자 시대보다 더한 착취를 받고 잇는 것과는 달라, 모두 극장예술지도층으로 조직된 평남극장 관리위원회에서 통할하고 잇다." 홍순목, 「삼팔선도 이북암행기」, 『민성』, 1946.1, 8면.

부분은 지워져 있으며, 당시 편집후기는 "공위에 보내는 인민의 소리를 넣지 못한 것은 유감이다"[44] 라고 전했다. 그리하여 독자는 잡지의 편집진이 인민의 소리를 대신하여 표명하고자 했던, '삼천만이 갈구하는 임시정부의 방향'의 실체를 추정할 수밖에 없었지만, 동시에 지워진 부분을 임의대로 채워나가는 상상력을 발휘할 수 있었다.

〈그림 1〉 '임정이 서면?' 특집에 실린 화보, 사진 설명 중 일부가 삭제되어 있다

〈그림 2〉 '미국과 소련 특집'에 실린 남조선 민요에 관한 화보

이후 『민성』의 편집 방향은 대대적으로 전환되고, 대략 3개월 후 발행된 '신추 증대호'(정확한 권호 수 기재 안 됨, 통권 19호, 1947.10 발행)에 이르면 이제까지와는 다른 양상의 화보가 게재된다. 그간 남북한 인민, 약소국의 인민을 중점적으로 조명했던 '민성화보'는 웨더마이어 중장 환영회, 구라파 삼상회의 현장, 과거 제2대 미군정 장관을 거친 러취의 초상 및 그의 장례 행렬을 담았다. 이처럼 연합국 위정자들의 근황과 활동을 제시하는 것에 머무른 당호의 화보는 그간의 특색을 잃어버렸고, 이

---

44 「편집후기」, 『민성』, 1946.7, 36면.

후의 '민성화보'가 때로는 운집한 시민들의 모습을 조명하기도 하지만, 애초 여론정치의 주체로 편집진이 호명하고자 했던 인민의 형상은 화보에서 완전히 사라져 버렸다.

화보와 관련하여 잡지의 표지에 주목해보면, 창간호 『민성』의 표지를 장식했던 것은 중도파로 분류할 수 있는 김구의 초상이었으며, 이후 표지 속의 인물은 김일성, 조만식으로 이어졌다. 같은 시기 발간된 종합지 『신천지』의 표지를 무궁화나 10층 석탑 등 민족의 상징과 관련된 정물이 장식했다면, 『민성』의 경우 굳이 분류하면 좌익, 혹은 북한 측 인사들이 조선 인민을 대표하는 인물로 표지를 담당하게 됐다. 통권 10호 이후에는 국제 정세와 당대 사회 문제를 단적으로 드러내는 사진, 그리고 풍자만화가 표지에 실렸다. 다음은 창간호부터 잡지의 대대적 개편이 있었던 직후인 3권 10호(통권 19호(추정), 1947.10 발행)까지 잡지의 표지 변화를 정리한 것이다.

〈표 1〉『민성』 통권 1~19호까지의 표지 변화

통권	권호	표지	특기사항(표지설명)
1호	1권 1호	김구의 초상	김구의 앞모습을 담은 반신(半身) 초상
2호	2권 1호	김일성의 초상	스탈린 최고훈장을 찬 김일성 장군
3호	2권 3호[45]	조만식의 초상	조선 민주당수 조만식 선생(한홍택 화)
4호	2권 4호[46]	손병희, 안창호 등의 초상	독립운동가의 초상(한홍택 화)
5호	2권 5호	김두봉의 초상	김두봉의 초상(한홍택 화)
6호	2권 6호	미국대표 아놀드 소장, 소련대표 스티코프 대장의 초상	미소공동위원 대표의 초상(한홍택 화)
7호	2권 7호	박헌영, 이승만의 초상	박헌영과 이승만의 초상(한홍택 화)

통권	권호	표지	특기사항(표지설명)
8호	2권 8호	고분출토품, 경주안압지	경주고분에서 발굴한 청동기의 명문 탁본 (銘文 拓本), 경주 안압지의 광경
9호	2권 9호	전쟁 중 학도병이 그린 그림	태평양 고도에서 강제 출정을 당해갔던 우리 학도병이 일본 항복 후 비오다풀 감옥에서 미군 구조선에 구원된 기념으로 미군에게 그려드린 壁布
10호	2권 10호	38도선의 미군과 소련군의 사진	美蘇軍도 이같이 교환하던 38도선이언만— 사진은 적십자 여사원의 따뜻한 차에 미소군 경비원의 차거운 맘도 녹아버리던 광경인데, 지금엔 38도 장벽이 철폐되기는커녕 도리어 날로 높아가는 상만 싶으니, 언제나 맘놓고 내 겨레를 만나러 오갈 수 있을 건가. 장벽 건너의 겨레여 잘 있는가?
11호	2권 11호	백악관과 크레믈린궁의 사진 및 미 국무장관과 소련외상의 초상	「자유요리」와 「공산요리」를 만들어내는 2대 주방과 2대 요리사 上은 민주주의의 대본산인 華盛頓의 백악관과 미 국무장관 뻰즈 씨 下는 공산주의의 대본영인 莫斯科의 크레믈린궁과 소련외상 몰로토프 씨
12호	2권 12호	전재동포의 사진	雪寒에 떠는 전재동포에게 따뜻한 손길을! 해방의 감격을 안고 고국강산을 찾아왔건만, 따뜻한 손길을 보내는 이는 적고나! 슬프다. 엄동설한 속에서 떨며 밥짓노니 헐벗고 굶주린 2백 5십만의 귀국동포는 이 밤을 어디서 자려는고 요정의 가무성은 높되 한 푼의 동정을 주려는 이 앳으니 이것이 내 고국이요 내 동포였던가!
13호	2권 13호	장개석과 모택동의 초상, 조선의용대의 사진	(상) 우는 중앙정부 장개석 씨, 좌는 중공 지도자 모택동 씨 (하) 桂林에서 찍은 「조선의용대」의 사진. 이 중에는 일본군으로서 의용대에 포로가 되어 혁명운동에 가담한 일본병사도 있다. 위의 깃발의 뜻은 『조선의용대는 일본군 포로를 환영한다』는 뜻

통권	권호	표지	특기사항(표지설명)
14호	3권 1·2호	북한과 소련의 예술 교류 현황 사진	모스크바 작가 구락부에서 쏘련 작가와 회견하는 우리 작가들 평양 을밀대에서 북조선에 온 쏘련 문인과
15호	3권 3호	(상) 모스크바 사상회의와 서로를 향해 돌진하는 미국과 소련 (하) 선거장에 들어가지 못하는 전재민과 문맹인	(상) 두 갈래 국제노선, 사상제군! 어서 회의가 끝나야 어느 쪽으로든 핸들을 돌리지, (金龍煥 화) (하) 주택없는 전재민은 선거에도 꼘 아웉, 안해「저기서도 우릴 사람으로 안친다우. 한 군데서 90일을 붙어 살어야 권리가 있다는데, 우리는 어디……」 남편「집만 있어도 안된대. 글도 알어야지! 젠장 누군 배우기 싫어 안 배웠나…… 가난뱅이 괄쎄하는 게 민주주의인지 원!」(雲甫 화)
16호	3권 4호	(상) 간디와 서로를 물어뜯는 조선 민족 (하) 공위 재개를 앞둔 조선의 상황	(상) 깐디 옹의 단식변,『나는 그런 고기 안 먹겠다…… 여보소 조선민족은 이런 짓들 하지 않소?」(熊超 화) (하) 막달 지난 임부, 막달이 지난 임부에게 공위의 의사는 다시 왔다. 이번엔 틀림없이 민주주의 임시정부의 옥동자를 제발 낳아주소. 우리는「단정」이라는 반쪽아의 분만은 죽어도 싫소.(南仁 화)
17호	3권 5·6호	조선의 주인이 된 인민을 그린 만화	이런 날은 가까웠다 조선인민=그간 수고하셨습니다. 안녕히들 가십시오. 미소양국=천만에요. 어서 무럭무럭 자라서 세계 민주화에 손을 맞잡읍시다.(옥동자 순산에 늙은 부부는 닐투한다) (南仁 화)
18호[47] -신추증대호	3권 ○호	공위의 파행 속에 괴로워하는 조선	등을 돌리고 담배만 피우는 어른들(미소 공위) 속에서 괴로워하는 어린 아이(조선)
19호	3권 10호	농부의 사진	수확 후 기뻐하는 농부의 사진

창간호부터 편집 방향의 개편이 있었던 직후인 19호까지, 『민성』의

---

45 목차에는 2권 3호로, 판권지에는 2권 2호로 기재되어 있다.

46 목차에는 2권 3호로, 판권지에는 2권 4호로 기재되어 있다.

47 1947년 10월에 발행된 신추 증대호의 경우 몇 호인지가 기재되어 있지 않으며, 따라서 정확한 호수를 파악하는 것이 불가능하다. 필자는 신추 증대호를 18호로 보고 있다.

표지는 수차례의 변화 과정을 거친다. 앞서 언급한 것처럼 7호까지는 편집진이 주목하는 인물들의 초상이 주로 게재됐다. 표지를 담당한 이는 서양화가 한홍택이었으며, 이 시기까지 김일성, 조만식, 김두봉 등 북한 측 인사들의 초상이 잡지 전면에 실렸다. 그런데 김구를 비롯해 손병희, 안창호 등 독립운동가의 얼굴을 담은 것은 발행 주체가 좌우를 초월한 중도적 시각을 표방하는 과정으로 이해할 수 있지만, 식민지시기 독립운동의 이력이 있음을 감안해도 스탈린 훈장을 찬 김일성이나 북조선 노동당 결성의 주축이 됐던 김두봉의 초상을 담은 것은 북한에 대한 편집진의 관심과 함께 궁극적으로 인민의 여론에 입각한 정치문화를 모색하려는 움직임과 결부될 수 있었다. 이어 한홍택이 마지막으로 담당했던 『민성』의 표지에는 박헌영과 이승만의 초상이 동일한 비중으로 배치됐다. 이 지면 속에서 두 사람은 각각 남과 북을 대표하는 인물로서 등장했다.

2권 8호에 고적의 사진이 표지에 담긴 이후, 다음 호의 표지를 장식한 것은 전쟁 중 학도병이 그린 그림이었다. 표지를 통해 잡지의 색깔이 더 분명히 드러난 것은 38도선의 미, 소군의 사진을 삽입한 2권 10호부터였는데, 이때부터 표지에는 편집진이 전하고자 하는 메시지가 부연 설명을 통해 장황하게 삽입되기 시작한다.

2권 11호의 표지는 냉전의 주축인 백악관과 크레믈린궁의 사진과 함께 미 국무장관과 소련 외상의 초상이 배치되어 국제적 냉전질서를 단적으로 형상화했다. 이어진 2권 12호에서는 전재동포의 사진이 전면에 실렸다. 그리고 편집진은 요정의 가무성歌舞聲이 높아져가는 가운데 전재동포에게는 도움의 손길이 이어지지 않는 현실을 개탄하며, 남한 사회의 현실을 적극적으로 문제삼았다. 이어 중국 특집호로 기획된 2권 13호에서는 중국 내전의 주축인 장개석과 모택동 외에 과거 조선의용대의 사진이 게재됐고, 북조선특집으로 마련된 3권 1·2호에서는 소련과 북한 예술인들과의 활발한 문화 교류를 방증하는 사진 두 장이 실렸다.

3권 3호부터 편집 방향의 전환을 알린 신추 증대호까지의 표지에서 주목할 점은, 풍자만화가 전면에 배치됐다는 점이다. 3권 3호의 표지는 모스크바 사상회의의 성과 없는 진행과 서로를 향해 돌진하는 미국과 소련 및 전재민과 문맹으로 대변되는 소외된 자들이 선거장에도 진입할 수 없는 남한의 현실을 문제 삼았다. 이어 다음호 표지는 늦게나마 다시 시작된 제2차 미소공위에 대한 기대를 담았으며, 1947년 7월에 발간된 3권 5·6호의 표지에 실린 만화는 미소 공위 이후 양 대국이 조선을 떠나고 신생 조선이 자립하리라는 희망을 그렸다. 풍자만화를 담당한 것은 운보 김기창, 웅초 김규택 등이었으며, 이들은 미소의 대립상과 조선 인민의 현실을 대비시켜 묘사하는 데 주력했다. 특히 만화 속에서 인민의 형상은 무력한 부부와 아이, 수술대에 드러누운 산모, 그리고 힘차게 손을 흔드는 건강한 노동자 등으로 그려졌다. 그리고 '임정이 서면?' 특집호 직후, 미소공위가 결렬되고 국제기사와 수필이 잡지를 채운 '신추 증대호'의 표지 속에서, 조선 인민은 등을 돌리고서 담배를 피우는 어른들(미국과 소련) 사이에서 괴로워하는 어린 아이로 묘사된다. 이 호를 끝으로 『민성』의 표지에서 풍자만화는 사라졌으며, 잡지의 표지는 특색을 잃어버렸다.

살펴본 것처럼 『민성』의 표지와 화보는 편집진이 간주하는 인민의 실체를 시각화하는 수단이었다는 점에서, 당대의 여타 잡지와 구분된

다. 편집진은 화보를 통해 미군정 치하 조선 인민의 투쟁사와 수난사를
시각화시켜 독자에게 제시하고자 했으며, 또한 표지를 통해 요동치는
국제 정세 속에서 방향성을 잃어버리고 방황하거나 재건의 주체로 거
듭날 수 있는 인민을 형상화했다. 이와 함께 잡지의 표지에는 북한 지도
자들의 초상이 전면에 배치되면서 3·8도선 이북에 대한 관심과 통일
에의 열망을 반영했다. 표지와 화보의 구성은 『민성』이 기획한 특집의
방향과도 직결되는데, 다음 절에서는 발간 주체가 기획한 특집의 변화
를 통해 잡지의 성격을 구명코자 한다.

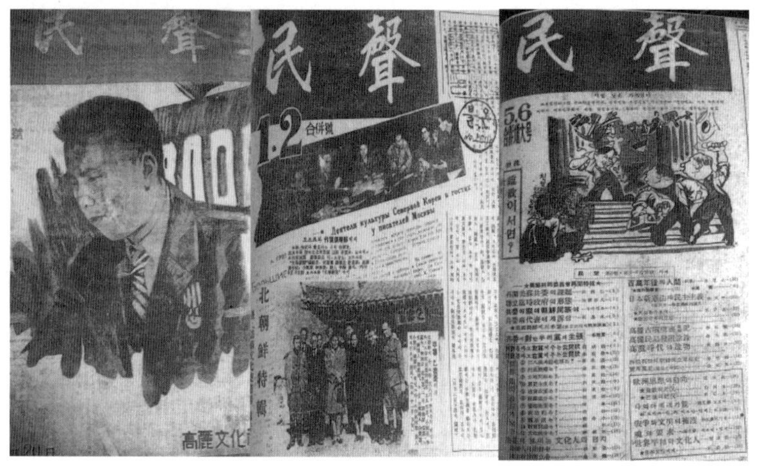

〈그림 3〉 잡지의 표지 변화 양상 : 김일성의 초상, 방소 문화사절단의 사진, 미소공위 재개를 다룬 만화

2) 특집의 기획, 북조선에 대한 관심

『민성』의 편집진은 창간호부터 종간호까지 다양한 특집을 마련했다.

특집은 당대의 담론생산자들이 주목하고 있는 사안에 대한 논의를 심화시키기 위한 편집진의 기획이었으며, 『민성』 외에 동시기 발행된 『신천지』 역시 여러 특집을 마련하여 독자의 관심을 환기하고자 했다. 그 과정에서 『민성』의 경우 특집의 마련에 따라 잡지 발행이 강제로 일정 기간 중단되기도 했다.

다음은 창간호부터 1947년 10월까지 잡지에 게재된 특집을 정리한 표이다.

통권	권호	특집
6호	2권 6호	문학 특집
9호	2권 9호	해방 1주년 기념 특집
10호	2권 10호	일본 전쟁범죄인 공판 특집
11호	2권 11호	미국 및 소련 특집
13호	2권 13호	중국문제 특집
14호	3권 1·2호	북조선 특집
16호	3권 4호	기독교와 사회사상 문제 특집
17호	3권 5·6호	임정이 서면? : 미소공동위원회 재개 특집

『민성』은 통권 6호부터 특집을 기획하였으며, 통권 24호(1948.3 발행)부터는 종간호까지 거의 매 발간본마다 특집을 실었다. 편집진은 '문학 특집'호부터 '미국 및 소련 특집'호에 이르기까지 여러 특집을 기획했으며, 다양한 필진들을 섭외해 당대의 화두에 대한 다양한 시각이 표명될 수 있는 장場을 마련했다.

첫 번째 게재된 특집인 '문학 특집호'에는 이태준, 김남천, 김동석 등 좌익문학계를 대표하는 문인들이 대거 필진으로 참여했다. 이 특집호에서 죽죽생竹竹生이라는 필명을 사용하는 필자는 이태준, 임화, 김남천, 이원조 등 문인의 정치 참여에 적극 찬성하며, 이들이 정치 노선에 뛰어드는 것이 훌륭한 정치를 건립하기 위한 것이라는 주장을 편다. 이 같은 필자의 입장은 문학 특집을 마련한 잡지 편집진의 입장을 대변하는 것이기도 했다. 특집과 관련해 『민성』이 마련한 제1회 소설가 좌담회에는 이원조, 이태준, 안회남 외에 과거 조선의용군에 몸을 담았던 작가 김학철 등이 참여해 리얼리즘과 로맨티시즘 및 문학의 순수성을 주장하는 청년문학가대회의 입장에 대한 반론을 전개했다. 참가자들은 공통적으로 민족주의적인 문학의 필요성을 강조했으며, 민족문학의 수립을 위해 "대담하게 현실로 인민 속으로 뛰어들 것"[48]을 주장하기도 했다. 이와 같이 『민성』의 문학 특집은 문인의 정치 참여의 정당성을 전제하고, 인민의 삶과 직결된 민족문학의 방향성을 모색하려는 기획이었다.

이어 '해방 1주년 기념호'에는 여러 필자가 필명으로 해방 1년간 남한의 실상에 대한 문제의식을 토로했다. 당호의 권두언은 해방 1주년이 지났음에도 민족 반역자가 처벌받지 않는 현실을 개탄하고 있으며, 동전생은 미소 공동위원회의 파행 후 남북이 합의점을 찾지 못하는 상황을, P.S.生은 인플레이션이 심각한 문제가 되는 와중에 모리배가 활보하는 실업계의 현실을 문제 삼았다. 이와 함께 교육계의 문제로는 교원이 부족한 현실이, 언론계에서는 신문과 잡지가 난립한 가운데 각 신문이 정당의 기관지 역할로 전락한 상황이 문제시됐다. 그 외 박문원, 이서향, 김정혁 등 예술계 인사들은 새로운 시대적 요청에 부응하지 못

---

48 이동규, 「혁명기의 새문학—문학자여 인민 속으로」, 『민성』, 1946.4, 11면.

하는 현실을 비판했다. 이처럼 해방 1년을 되짚는 이 특집은 미군정 통치하의 파행을 지적하면서, 공통적으로 통일임시정부의 수립을 갈망하고 있었다.

직후에 기획된 '일본 전쟁범죄인 공판 특집'에는 번역 기사가 주로 실렸다. 당시 「편집후기」는 전범 재판을 특집으로 싣는 이유에 대해 다음과 같이 설명한다.

> 극동전범재판은 우리의 가장 큰 관심사임에도 불구하고 아무 신문잡지도 취급하지 않음은 우리의 뉴-스綱이 그만큼 미력하다는 것을 말한다. 우리로서 섭섭한 것은, 인도와 같이 전범인 재판에 참여하지는 못하였을망정 범죄내용에 있어 검사가 일로전쟁에까지 소급 기소하면서 조선 침략이나 특히 3·1운동 때의 비인도적 범죄에 한 마디도 언급되지 않았다는 것이다. 『연합국은 일본을 50 내지 100년간에 관리해야 겠다』는 미군정의 말에도 우리 언론계는 불감증으로 대했으나, 우리는 일본의 재침입을 전혀 피안의 불구경으로 여길 수 없다."[49]

당대 언론이 전범재판을 제대로 다루지 않고 있음을 지적하며, 일본의 재침입을 경계하는 편집진의 발언은 언론으로서의 사명감에 입각하고 있다. 『민성』은 전범재판의 광경을 독자에게 가급적 자세하게 전달할 뿐 아니라 재판 과정에서 논의된 사안들을 구체적으로 다루면서 향후 조선이 나아가야 할 방향을 제시하려 했다. 이 특집에서 권두언을 쓴

---

49 「편집후기」, 『민성』, 1946.9, 24면.

박계주는 일본 전범재판에서 만주사변이 언급되고 있는 사실을 지적하며, 연합국에 간도와 대마도를 조선에 편입시킬 것을 요구해야 함을 역설했다.[50] 이와 함께 편집진은 전범재판의 상황을 담은 화보를 기획해 조선의 독자가 그 광경을 실감할 수 있도록 했다.

이후 마련된 특집은 '미국과 소련 특집'으로 냉전의 주축인 두 나라에 대한 독자의 이해를 넓히기 위한 기획이었다. 이 특집호의 권두언은 3차 대전에 대한 불안이 횡행한 가운데, 중요한 것은 민주주의나 공산주의가 아닌 세계의 평화임을 강조했다. 또한 특집호에는 미소 양국과 관련된 기사 외에 남조선 곳곳에서 발생하는 민요民擾를 문제삼으며, 미군정의 통치방식을 비판하는 기사들이 실렸다. 특집 관련 기사들이 주로 번역 기사였으며, 이 기획이 미국과 소련에 대한 이해도를 넓히기 위한 차원에서 마련되었음을 감안할 때, 양국에 대한 사전적 지식과 남조선의 민요를 다룬 기사를 병치한 당호는, 「편집후기」에서 역설한 것처럼 두 나라의 실정을 알고 현재 조선의 위기를 극복하자는 차원에서 마련됐다. 이후에 실린 '중국문제 특집'의 경우 역시 번역 기사가 그 중 대다수를 차지하는데, 일제 말기 조선과 유사한 상황에 놓였던 중국이 2차 대전 이후 현시하는 변화에 주목하자는 의도로 마련됐다.

『민성』의 폐간 위기를 초래했던 '북조선 특집'은 '중국문제 특집' 직후에 게재됐다. 초창기 『민성』은 통권 2호에 김일성의 초상을 표지로 싣는 것 외에 「김일성 장군 회견기」[51] 및 「북위 38도 이북 암행기」[52] 등

---

50 박계주, 「일본전범공판과 조선의 요구」, 『민성』, 1946.9, 1면.
51 한일우, 「김일성 장군 회견기」, 『민성』, 1946.1, 5면.
52 홍순목, 앞의 글, 6~8면.

을 게재해 '민족적 영웅' 김일성에게 대해 거는 기대와 함께 해방의 기쁨을 즐기는 북한 인민의 상황을 전하기도 했다. 북조선 특집호에는 북한 관련 기사 외에 '방소 문화사절단 보고' 관련 기사가 함께 실렸다. 편집진은 '중국문제 특집'호의 「편집후기」에 앞으로 북조선 관련 특집을 발표할 것이라며, "조선문화의 일익—翼으로 북조선을 알아야 한다고 믿는다"는 취지를 밝혔다.[53] 그러나 앞서 언급한 것처럼 이 특집에는 '불온' 딱지가 붙었고, 이후 『민성』은 북한에 대해 더 심도 있게 논의할 기회를 마련하지 못하게 된다.

그간 『민성』은 북으로 간 문인들의 근황을 꾸준하게 소개했는데, 이 특집을 기획하는 과정에서 특파기자 박찬식을 파견하여 북조선의 실상을 세세하게 전하며, 또한 김일성과 김두봉의 발언을 싣는 위험을 감행한다. 뿐만 아니라 한설야가 쓴 김일성의 인상기를 게재했고, 북한의 상황을 긍정적인 어조로 전하는 「북조선 답사기」를 싣는다. 한설야는 이 글에서 인민 대중을 위해 실천하는 지도자 김일성 장군을 예찬했고, 박찬식은 삼팔선을 넘는 지난한 과정으로부터 시작해 북한의 토지개혁과 인민위원회 선거에 대해 설명하는 등 인민을 위한 정치의 기틀이 잡혀가고 있는 북한의 모습에 주목한다. 이외에도 『민성』은 월북한 이기영 등 문인들을 모아 좌담회를 마련했고, 김일성 대학과 최승희 무용학교 등에 대한 탐방기를 실어 학원의 자유가 보장되는 상황을 독자에게 알렸다. 그러나 편집진은 탁치 문제를 계기로 연금생활을 하는 "조선의 간디"[54] 조만식에 대해 전하는 과정에서, 북한의 언론이 과거 조만식의

---

53 「편집후기」, 『민성』, 1946.12, 24면.
54 홍순목, 앞의 글, 7면.

대일협력 정황을 문제삼는 것에 대해 독자에게 알림으로써 김일성을 중심으로 일인 독재화되어가는 북한의 단면에 대해·서술하는 나름의 균형감각을 확보했다. 당호 「편집후기」는 특파기자 박찬식이 월북하는 과정에서 머리를 깎이고 형무소에 구금됐던 고초를 전하고, 동시에 이 특집을 발행하는 과정에서 도움을 준 북한의 문인들에게 감사 인사를 전한다. 더불어 방소 문화사절단의 활동을 북한의 매체와 동시에 발표하게 된 소감에 대해 덧붙인다.

김일성에 대한 예찬과 더불어 조만식이 연금생활을 하는 상황을 함께 전달함으로써 객관적인 시각을 유지하려 했음에도 불구하고, 이 특집이 미군정의 언론통제하에서 문제가 됐음은 당연한 일이었다. 그런데 당호가 '불온'으로 분류되고 잡지가 폐간 위기를 겪으면서 이후 얼마간 특집의 기획이 중단됐지만, 편집진은 「북조선 답사기」를 연이어 게재하면서 북한의 실상을 소개하는 작업을 멈추지 않았다.

이후 특집은 통권 16호의 '기독교와 사회사상 문제'로 이어진다. 이 특집은 공산주의와 기독교의 교류 가능성에 대한 고찰, 기독교의 입장에서 본 자유주의와 공산주의 등에 대한 논의를 담고 있었으며, 당호를 끝으로 채정근은 '부득이한 사정'으로 『민성』을 떠나게 된다.[55] 이후에도 채정근은 『민성』에 지속적으로 글을 기고하지만, 초창기부터 잡지의 편집에 참여했던 채정근의 이탈은 통권 17호 이후 『민성』의 방향 전환과 조응하는 것이기도 했다.

통권 17호에는 '임정이 서면? : 미소공동위원회 재개 특집'이 마련된

---

55 「편집후기」, 『민성』, 1947.5, 24면.

다. 잡지 편집진은 통일 임시정부수립의 필요성을 전제하면서 공위에 대한 좌익과 우익의 서로 다른 기대를 담아 사안에 대한 균형 감각을 유지하고자 했다. 이 특집에서 권두언을 쓴 무호정인無號亭人은 공위의 성공적인 마무리를 기대하는 동시에 앞으로 도래할 임시정부의 형태에 대해 제안했으며, 오기영은 공위가 미소 각자의 입장에서 벗어나 조선을 위한 조선 인민의 조선 국가를 수립하는데 주력해야 할 것이고, 이것이 세계 평화를 가져오는 길이라 주장했다. 또한 이헌구는 '조선 사람만의 조선'을, 김영건은 '주권이 인민에게 있는 민주주의적인 인민의 공화국'을 희구했다. 이외에도 필진들은 조선임시정부가 서는 상황을 가정하며, 행정기구와 토지문제부터 적산처분과 문화통합까지 다양한 분야에서의 해법을 모색했다. 이처럼 편집진은 미소공위의 재개에 희망을 걸고 임시정부의 방향성을 구체적으로 탐색하지만, '임정이 서면?' 특집호 발행 후 대략 3개월간 잡지의 발행이 중단된 이후, 애초 『민성』이 지향했던 독립국가와 임시정부에 대한 기대는 더 이상 지면을 통해 확인할 수 없게 된다.

3) '민성民聲'란의 배치, 인민의 목소리의 구성

창간 당시 『민성』의 권두언이 매체를 통해 여론을 환기할 것을 표방했던 것과 흡사하게, 당시 축사를 쓴 인물 중 한 사람인 백남운은 "민주주의 정치는 여론정치이고 여론이란 민의의 반향이며, 이는 그 구체적 민성民聲을 통하여 표현되는 것"이라며 '민성을 표현하는 언론기관으로서의 사명'에 대해 역설한다.[56] 민주주의 정치를 여론정치로 간주하고, 그 과정에서 민의를 대변하는 언론기관의 사명을 강조하는 백남운의 축사는, 애초 편집진이 지향했던 잡지의 매체 전략을 대변하는 것이기도 했다.[57]

여론을 환기하겠다는 목적과 조응해 꾸준하게 잡지의 한 귀퉁이를 담당한 '민성'란[58]은 통권 2호부터 게재됐다. 당시 '민성'이 비판한 부분은 해방 후 조선인을 천대하는 미군정청, 난립하는 주점 및 무허가 가옥과 노점 문제였다. 과거 일본 관리와 다를 바 없는 미군정청 관리의 불친절, 난립하는 주점과 노점에 대한 당국의 방치 등은 당대 민중이 느끼는 불만과 맞닿아 있었는데, 이는 궁극적으로 조선인에 대해 고압적인 태도를 유지하며 여러 사회 문제를 방치하는 미군정에 대한 비판으로 이어지게 됐다.

이후 '민성'란은 통권 6호에 다시 실리게 된다. 그리고 이제는 독자가 스스로를 직접 지칭하는 고유명사 '○○生'[59]을 통해 사회 전반의 문제들이 보다 적극적으로 토로되기에 이른다. 여기서 '농민생'은 이승만의 공약과 달리 대지주, 대자본가를 위한 해방 후 남한의 토지정책을 비난하며, '답답생'은 극심한 인플레이션에도 불구하고 신新화폐 정책을 쓰지 않는 당국을 비판한다. 북한에 비해 여전히 미진한 토지개혁과 인

---

56 「본지 창간과 각계의 격려」, 『민성』, 1945.12, 2면.
57 창간호의 축사에는 백남운 외에 조선어학회의 이극로, 평양인민정치위원 위원장 조만식, 소설가 이태준 같은 인사들이 참여했다.
58 박지영은 『민성』의 '민성'란이 독자들의 사회적 목소리를 담고자 하는 취지에서 마련됐다고 설명한다. 이신철 외, 「민성－1945년 서울에서 창간된 종합지」, 『동북아 한인 언론의 발자취』, 성균관대 출판부, 2013, 320면.
59 편집진은 2권 9호부터 '민성' 섹션에 "투고 환영投稿歡迎"을 덧붙이며, 독자의 참여를 적극 권장하고 있다.

플레이션을 관망하는 미군정의 정책을 보다 직접적으로 문제삼기 시작한 것이다. 이어 통권 8호에 게재된 '민성'에는 보다 지엽적인 문제들도 토로됐다. 그 중 '경미생憬美生'은 미국 유학생 선발 과정에서의 원칙을 강조하고, '라디오생'은 조선방송국의 우리말 방송과 미국의 연예 방송이 빈번하게 혼선을 빚는 문제를 지적하며 시정을 요구한다.

이어 통권 8호에 실린 '민성'은 해방 후의 사회 문제를 네 가지로 나누어 지적하고 있는데, 이 중 하나는 검열로 지워졌기에 그 내용의 확인이 불가능하다. 당대 인민의 목소리를 가감 없이 표출하고자 했던 '민성' 섹션은 지면 하단에, 상대적으로 눈에 띄지 않게 배치됐음에도 불구하고 종종 검열의 대상이 되곤 했다. 9호의 '민성'에는 검열로 지워진 것 외에 경성전기 직원들이 우선적으로 전차를 이용하는 것을 비판하는 '돈암생敦岩生', 시민에게 일정시대처럼 반말로 하대하는 군정경찰의 무례함을 지적하는 '일양민一良民' 및 국어에 대한 지식이 부족한 조선 관리들을 꾸짖은 '조선사람'의 목소리가 담겼다. 당호에서 미군정 치하의 관리-경찰의 권위의식과 교양을 문제삼은 '민성'은, 이어진 9호에서 왜색을 적극적으로 문제 삼는다. 이 장에는 해방 1주년이 되어도 버젓이 왜정명倭町名이 사용되는 현실을 개탄한 '답답생', 거리에 범람하는 왜문자에 대한 현기증을 토로하는 '반일파', 여전히 일본말을 국어인 듯 사용하는 이들을 비판하는 '우울생', 마지막으로 애국부인으로 행세하지만 실제로 전재민을 내쫓고 재산을 증식하는 인물을 비난하는 '전재민'의 입장이 담겼다. 이와 같이 '민성'은 당대 논란이 됐던 사안 및 일반 민중들이 거리에서 느끼는 모순을 적극적으로 문제 삼으면서 인민의 견해를 토로하는 장으로 자리매김했다.

이후 통권 11호의 '민성'란은 다시 검열의 제재를 받았다. 글 제목과 논의의 앞부분 및 필자소개가 지워진 이 목소리는, 지워지지 않은 부분을 통해 교과서 검정에 관한 견해임을 짐작할 수 있음에도 그 정확한 내용을 파악하는 것은 어렵다. 그 외에 여전히 한글 대신 일본 문투를 사용하는 문제를 지적하는 '돈암생', 민주경찰을 표방하지만 실상 인민과 분리되어 있는 국립경찰을 비판하는 '솔직생', 그리고 외화의 번역에서 국어 어법이 틀린 부분을 문제 삼으면서 국어를 소홀히 하는 태도를 지적하는 '관중대표'의 문제의식이 담겼다. 이 중 교과서 검정의 문제를 지적한 부분만이 삭제된 것은, 검열 주체의 입장에서 군정청이 직접 관여한 교과서와 관련된 비판을 더욱 껄끄럽게 받아들였기 때문으로 보인다.

〈그림 4〉 **통권 11호 '민성'란에 남아 있는 검열의 흔적**

이어 통권 12호의 '민성'에는 친일파가 애국자로 득세하는 현실을 지적하는 '우국소생' 외에 가짜 의사가 범람하는 상황을 지적하는 '악단동인'의 문제의식이 실렸으며, 통권 13호에는 외국의 서적과 신문 유입을 바라는 '문화생', 인도의 보수가 늦어지는 상황을 문제삼는 '보행자' 외에 해방 후 일 년이 지났으나 여전히 슬픈 세월을 보내는 이들을 안타까워하는 '소사생' 등의 목소리가 담겼다. '민성'은 해가 바뀐 후에도 계속 연재됐으며, 통권 15호에는 민생 정부가 서기를 바라는 소망을 전하는 '적산관리처원', 양담배에 대한 거부감을 논하는 '양담배 논자', 문화행사에 파괴공작을 일삼는 테러단을 비판하는 '친절생', 그리고 조선의 민주주의 실현을 위해 종이를 달라는 '민생民生' 등의 권고가 게재 됐다. 이어 통권 16호에는 통행금지 시간을 변경할 것을 촉구하는 '시 외 가까이 사는 사람', 공부하려는 학도의 의지를 꺾는 고서적상을 문제삼는 '일학생' 등의 목소리가 실렸다.

매체의 대대적인 개편이 있기 전 '민성'이 마지막으로 실린 것은 통권 17호인 '임정이 서면?' 특집호였으며, 이후 인민의 목소리를 표방한 '민성'은 잡지에서 자취를 감춘다.[60] 또한 그간 '민성'과 함께 지면 귀퉁이를 빌려 사회현실에 대한 문제의식을 직설적으로 드러냈던 '삼목귀', '직언록' 등도 사라지게 된다. 이상 창간 이후부터 꾸준히 연재된 세 코너는 미군정 치하의 현실에 대한 편집진 내부의 비판의식을 직접적으로 반영하고 있었는데, 특히 '민성'은 '인민'의 목소리를 다각적으로 조명한다는 점에서 민의를 대변하겠다는 초창기 『민성』의 편집 방향을 대변하고 있었다. 여기서 '투고 환영'이라며 독자의 참여를 장려했던 '민성'란이 실제 독자의 투고로 구성된 것인지, 아니면 편집진이 거리에서 수렴한 인민의 목소리를 가공한 것인지에 대해서는 단정하기 어렵다. 곧 '민성'이 '○○生'으로 대변되는 인민의 목소리를 그대로 수렴 했는지 혹은 편집했는지를 정확히 판단하기는 어렵지만, 적어도 이 섹션이 당대 여론을 드러내는 장場으로 기획 및 활용됐음은 분명하다. 동

---

60 1948년 초반 '민성'란이 일시적으로 부활되지만 더 이상 이어지지 못했다.

시대 발행된 다른 종합지처럼 권위있는 필진들이 지면을 점령하고 있
었지만, 적어도 잡지가 지향하는 이상적 독자인 인민이 주체가 된 코너
를 따로 마련했다는 점에서 『민성』은 여론정치를 지향하는 언론기관으
로서의 사명을 다하고자 했던 것이다.

4. 인민의 정치·문화 구상의 가능성과 한계

앞장에서는 표지와 화보 배치, 특집의 기획, '민성'란의 마련 등을 통
해 발간 주체가 초창기부터 지향했던 인민계몽과 여론정치의 이상을
어떤 방식으로 구현했는지를 살폈다. 분명한 것은 『민성』의 경우 담론
생산자들의 기고를 통해 일방적으로 독자를 계몽하기보다는, 인민의
동태와 의지를 보다 생생하게 담아내는 여론정치를 구상했다는 점이
며, 인민이 주체가 된 민주주의를 구상하는 과정에서 특집, 화보와 만화
및 '민성'란을 기획했다는 점이다. 물론 '인민의 목소리'를 표방한 발간
주체의 움직임을 앞서 언급한 세 가지 차원으로 간단하게 정리할 수는
없지만, 인민의 실상과 지향점을 시각화한 표지와 화보, 북조선 특집과
미소공동위원회 재개 특집 등 통일국가의 이상을 구현하기 위한 기획,
인민의 목소리를 직접 반영코자 했던 '민성'란은 해방기 여타 매체와
구분되는 『민성』의 특수성을 보여주는 지점이라 할 수 있다.

구체적으로 해방기 발행된 영화잡지가 국내외 배우의 사진이나 영화

스틸컷을 싣는 방식으로 화보를 구성했다면, 『민성』은 다른 종합지나 일반 문예지가 시도하지 않았던 화보를 전면에 배치했다. 초창기 잡지에는 유명인사가 아닌 국내외 인민들의 형상과 시시각각 변하는 국제정세와 관련한 사진들이 실렸고, 이 중 10월 인민항쟁에 참여한 인민들의 사진이나 전재민들의 사진은 남한 인민들의 상황을 독자에게 시각적으로 전달하는 동시에, 화보에 담긴 인민과 잡지의 수신자인 독자를 하나로 통합시키고자 하는 구상에 입각한 것으로 보인다.

또한 특집호의 구성과 관련해 동시기 발행된 종합지 『신천지』를 살펴보면 서울신문사의 편집진은 '3·1운동 특집'(1946.3), '신인 창작 특집'(1946.6), '아메리카 특집'(1946.9), '소련 특집'(1946.11), '인도 특집'(1947.7), '전후 일본의 동향'(1947.11·12) 등과 같은 다양한 특집을 마련했다.[61] 『민성』의 경우 미국과 소련 및 문학 특집 등 이와 유사한 특집을 싣기도 했지만, 『신천지』와 비교한다면 북한 인민의 실상에 대해 보다 적극적인 관심을 드러냈으며, 조선임시정부가 나아갈 구체적 방향을 모색하기도 했다.

이와 함께 '민성'란은 독자의 참여를 적극적으로 권장하며 인민의 목소리를 여과없이 담아내기 위한 장이었다. 당시 일부 예술잡지들이 독자투고를 권장하는 과정에서 영화 관계자의 근황에 대한 독자의 질문에 편집진이 답을 하는 형태의 '질문실'을 마련했는데,[62] '민성'의 경우 독

---

61 김준현은 단독정부수립 이전의 『신천지』를 좌익과 우익 중간파가 망라된 "다양한 스펙트럼을 가진 담론들의 격전장"이라 정의한다. 김준현, 앞의 글, 55~56면.

62 대표적으로 박루월이 주간으로 참여했던 잡지 『영화시대』는 '질문실'을 마련해 영화예술인의 근황을 묻는 독자의 질문에 답변하는 장을 마련했는데, 독자의 질문을 싣는 대신 독자가 사는 지역과 이름을 호명하면서 질문에 대한 답변을 제시하고 있다. 그러나 편집진이 호명하는 독자가 실제로 존재하는 독자인지는 불분명하다. 질문실 코너는

자의 현실 비판의식을 여과 없이 노출할 수 있는 장이었다는 점에서 여타의 독자 참여시스템과 구분된다. 물론 '민성'란에 등장하는 인민의 목소리가 독자의 여론을 그대로 반영했다고 단정하기에는 무리가 있다. 그러나 '민성'에서 종종 발견되는 검열의 흔적은 이 코너가 가진 불온성을 증명한다. '민성'란에 나타난 인민의 발언이 편집진의 의도에 의해 일정 부분 가공됐을 가능성을 배제할 수는 없지만, 이곳에 남겨진 검열의 흔적은 인민의 발언대를 지향하는 '민성'이 미군정하에서 적극적으로 논의하기 어려웠던 문제들을 지적하고 있음을 보여주는 것이다.

그런데 『민성』을 통해 드러난 인민의 실체는 때로는 전체 인민의 다양성을 포괄하기보다는 통일국가를 구상하는 과정에서 지나치게 편협하게 구성되기도 했다. 비평가인 김동석은 「조그만 반역자」[63]라는 제목의 수필을 통해 해방 후 통일전선統一戰線이 유행하는 와중에 전차에 탄 상투를 튼 봉건적 영감님과 머리를 노랗게 물들인 댄서에 대한 반감을 드러내며, 앞으로 전차에 이들은 타지 않기를 바란다고 적는다. 이외에도 『민성』의 편집진이 구상한 인민의 범주 안에서 봉건주의자와 친미적親美的인 여성은 종종 배제되었다. 특히 화보에서 민족해방과 여성해방을 동시에 맞은 여성들의 형상은 전혀 찾아볼 수 없다거나, 독자투고에 입각한 '민성'란에 당시 제국주의와 민족주의의 모순을 동시에 체험하고 있었던 여성들의 목소리가 드러나 있지 않다는 것은 잡지 편집의 한계를 보여준다. 실례로 초창기 『민성』에서는 당대 논란이 됐던 공창폐지운동 및 여성단체의 활동에 대한 기사들을 찾아볼 수가 없는데,

---

잡지의 특집 및 특정 영화 홍보와 밀접하게 연계되어 있기 때문이다.
63 김동석, 「조그만 반역자」, 『민성』, 1946.3, 9면.

이는 잡지가 지향하는 여론정치의 구상에서 여성은 인민이라는 이름으로 통합되어 전혀 목소리를 드러내지 못했거나 혹은 인민의 범주에서 애초부터 배제되었다는 것을 단적으로 보여준다. 「북조선 답사기」를 썼던 박찬식이 북한의 여성들의 진보성에 대해 주목하기도 했지만,[64] 여러 필진의 논의에서 정작 남한 여성들이 처한 상황에 대한 문제의식을 찾아볼 수 없다는 것은 민주 정치의 주체로 인민을 내세운 편집진의 구상의 한계를 노출하는 것이기도 했다.

이처럼 인민을 호명하는 과정에서 다양한 목소리를 조명하지 못했다는 점은 초창기 『민성』이 드러낸 명백한 한계였다. 그럼에도 불구하고 인민이 주체가 된 민주주의를 고안하는 과정에서 좌익과 우익의 시각을 균형있게 실어 객관성을 추구하고자 했던 점, 인민의 통합이라는 최우선의 과제를 일관되게 밀어붙였다는 점은 발행 주체가 지향점으로 삼았던 인민의 정치, 문화 구상의 가능성을 보여준다고 할 수 있겠다. 특히 오기영은 신탁통치와 관련해 좌익과 우익의 논리 모두를 비판하며 "인민의 속에서 인민의 지지를 받고 인민의 정치를 실행하는 인민주의의 형태"[65]의 당위성을 논하기도 했다. 이와 함께 통권 8호에는 신탁통치 찬반 논란을 둘러싸고 좌익의 교지성巧遲性과 우익의 논리성 부재를 비판하는 기사가 동시에 실리기도 했다.[66] 여기서 K생은 중대사건마다 느린 반응을 보이며 민중에게 무언가 속은 느낌을 주게 하는 좌익의 교지성을, R생은 건설적인 의견과 궁극적 논리가 결여된 우익의 비논

64　박찬식, 「북조선 답사기 (완)」, 『민성』, 1947.5, 16면.
65　동전생, 「남북 양대 세력에게 주는 말－중앙인민위원회에」, 『민성』, 1946.6, 2면.
66　K생, 「좌익의 교지성」·R생, 「우익과 논리성」, 『민성』, 1946.6, 4~5면.

리성을 문제 삼았다. 이외에도 북조선의 토지개혁을 예찬하는 한편으로, 삐라와 폭력을 통해 공산주의를 선전하는 북한 인민위원회에 대한 비판기사가 비중 있게 게재되기도 했다.[67] 편집진은 좌익과 우익의 선전방식을 모두 문제 삼거나 북한 공산주의의 명암을 함께 조명하는 방식으로, 인민의 정치를 구축하는 방식에 대해 고민하고자 했던 것이다.

이상의 기획은 종국에 군정을 종식하고 인민이 주축이 된 정치, 문화를 마련하겠다는 목표와 결부되어 있었으며, 잡지의 편집진은 초창기부터 줄곧 인민이 주체가 된 정권 건설의 필요성을 역설하는 기사를 배치했다.[68] 이외에도 『민성』에 실린 기사들은 당위적인 주장만을 반복하는 것이 아니라 상당한 구체성과 논리성을 갖고 있었는데, 대표적으로 공산당 서울시 당부를 조직했으며 사회노동당의 선전부장으로 활동하기도 했던 이응규의 기고에 주목해 볼 수 있다.

> 진정한 민주주의는 형식적, 추상적이어서는 안 된다. 인민전체가 평등한 입장에서 자기의 이해를 판단하고 주위에 모집하는 모든 유형무형의 권력에 좌우되지 않아야 할 것이다. 아무리 선거제도와 대의제도를 시행한다고 할지라도 그것이 금력에 좌우되고 유사한 권력에 이용되어 인민 대부분을 차지한 노동자와 농민이 정권에 참여 못하고 안가安價한 교양이라는 가면과 불로不勞의 자본이라는 무기를 가진 소수유한계급이 정권을 독점한다면 이는 주객이 전도된 것이요, 민주주의와는 거리가 먼 것이다.[69]

---

67 백선권, 「남북 양대 세력에게 주는 말―북조선 인민위원회에」, 『민성』, 1946.6, 3면.
68 최정건, 「정국 수습은 누가 할 수 있나?―임시정부와 미묘한 경계의 금후」, 『민성』, 1945.12, 3면.
69 이응규, 「통속 사회상식 강좌 (1)」, 『민성』, 1946.7, 5면.

이응규는 『민성』에 총 6회에 걸쳐 '통속 사회상식 강좌'를 연재하는 과정에서 민주주의의 지향점에 대해 모색한다. 그는 이 연재를 통해 제국주의와 파시즘의 성질에 대해 고찰하고 부르주아 데모크라시와 프롤레타리아 데모크라시를 비교하면서, 궁극적으로 현실의 모순을 타파하고 모든 형태의 착취에 대항하는 좌익이, 우익과 합작하기보다는 끈기 있는 투쟁을 전개할 것을 역설한다.[70] 여기서 인민이 주체가 된 프롤레타리아 데모크라시의 필요성에 입각해 좌우합작보다는 좌익의 끊임없는 투쟁의 필요성을 주장하는 이응규의 논의를, 『민성』이 지향한 인민 정치의 실체와 동일하다고 보기는 어렵다. 그러나 애초 그가 구상했던 인민 전체가 참여할 수 있는 민주주의의 이상은, 창간호부터 "정치란 곧 민의"라며 민의를 배제한 정치란 민주국가에서 있을 수 없는 것[71]임을 역설했던 『민성』의 지향점과 맞닿아 있었다.

그러나 창간호부터 일관적으로 이어져온 『민성』의 구상은 급변하는 사회정세 속에서 결국 선회하게 된다. 2차 미소공동위원회가 결렬되고 지식인들의 2차 월북이 이어지는 과정에서, '임정이 서면?' 특집호 이후 대략 3개월만에 발행된 '신추 증대호'를 지나 같은 달 발간된 3권 10호(1947.10.20 발행)에 이르면, 잡지의 편집 방향이 확연히 달라진 것을 확인할 수 있다. 복잡다단한 국내 정세에 대한 기사는 자취를 감추고 국제, 문화, 문학 면이 그 자리를 채우게 된 것이다.

---

70 이응규, 「통속 사회상식 강좌 (6)」, 『민성』, 1946.12, 19면.
71 일송정인, 「독립동맹의 가는 길」, 『민성』, 1946.3, 2면.

5. 결론을 대신하여 – 폐간 위기와 매체 전략의 변화

이제까지 '임정이 서면?' 특집호의 발행을 전후로 하여, 해방 직후부터 전쟁 직전까지 발행된 『민성』을 두 단계로 구분해 전반기 『민성』의 특징을 민의의 반영과 여론정치의 지향이라는 관점에서 고찰했다. 여기서 전반기의 『민성』이 미군정의 통치방식에 대한 문제의식을 직접적으로 제시하고 북한 측 인사와도 활발히 소통하는 불온성을 드러낼 수 있었던 근간에는, 발행인인 유명한보다는 인쇄 방면의 성향이 중요하게 작용했던 것으로 보인다.[72] 실제로 초기 인쇄인으로 이름을 올렸던 이는 박철민이라는 인물이었으나, '일본 전쟁범죄인 공판 특집'호인 2권 10호에서 인쇄인의 이름은 검열로 인해 지워져 있다. 그리고 2권 11호부터는 박철민 대신 문석린이 인쇄인으로 기재됐으며, 3권 1·2호부터는 이강렴이 인쇄를 담당하게 된다.[73] 이 중 초창기 잡지의 불온성이라는 문제를 구명해 줄 수 있는 박철민이라는 인물에 대해서 정확히 파악하는 것은 어렵지만, 편집 겸 발행인이었던 유명한이 꾸준히 자리를 지켰던 것에 비해 인쇄인과 편집국장의 변동이 유달리 잦은 것에 주목해 볼 수 있을 것이다.

물론 『민성』의 편집, 인쇄인의 잦은 변화에 대해 시국과 검열이라는

---

[72] 고려문화사의 인쇄공장은 당시 설비와 기술 면체서 최고 수준으로 평가받았는데, 인쇄소의 성향이 잡지 『민성』의 성격을 어느 정도 좌우한 것으로 보인다. 고려문화사는 전쟁 중 좌익 인쇄공들이 화폐를 인쇄한다는 소문이 돌자 주요 폭격지점이 되면서 사라지게 됐다. 오영식, 앞의 책, 87~92면 참조.

[73] 이강렴은 이후 잡지의 실질적 종간호까지 인쇄인으로 이름을 올렸다.

상황만을 고려해 추정하기에는 무리가 있을 것이다. 그럼에도 인쇄인 박철민의 이름 삭제 및 '북조선 특집'과 '임정이 서면?'을 기획하는 과정에서 이어진 채정근과 박계주의 해임, 그리고 이와 조응하여 나타난 표지 양식의 변화와 '민성', '삼목귀' 코너 등의 폐지에서 미소 공동위원회의 결렬과 거의 같은 시기에 진행된 잡지의 변화를 확인할 수 있다.

판권지에 수록된 내용에 따르면 『민성』은 창간부터 종간까지 총 46호가 발행됐다. 그런데 앞서 언급한 것처럼 통권 17호인 '임정이 서면?' 특집호(3권 5·6호, 1947.7.1 발행)와 권호수를 정확히 밝히지 않은, 통권 18호로 추정되는 '신추 증대호'(3권 ○호, 1947.10.1 발행) 사이 3개월 동안 잡지는 발행되지 않은 것으로 보인다. 신추 증대호의 편집후기를 보면, '임정이 서면?' 특집호부터 '신추 증대호'에 이르는 3개월 동안 『민성』은 발행되지 않았다는 것을 추측할 수 있고, '신추 증대호'의 후기에서 편집진은 다음 호부터 잡지의 "체재가 좀 달라질 것이고 달을 거르는 버릇도 없어질 것"이라 독자와 약속한다.[74] 즉 그 3개월 사이에 잡지가 발행되지 않았다고 간주한다면 『민성』은 총 45호가 발행됐으나, 종간호인 1950년 6월 발행된 6권 5호 판권지에 따르면 종간까지 총 46호가 발행됐다. 이처럼 총 발행 호수가 분명치 않은 상황을 단순한 계산 착오로 치부하기에는, 1947년 7월과 10월 사이에 『민성』에는 너무 많은 일이 있었다.

그 3개월 사이에 『민성』이 정확히 어떤 일을 겪어야 했는지를 파악

---

[74] "그간 제 기일을 꼭꼭 지키지 못하였던 민성은 신추 증대호로서 7·8·9월호의 역할을 할 것으로 하고 뒤따라 10월호가 나올 것이다. 10월호부터는 「민성」의 체재가 좀 달라질 것이다. 그리고 달을 거르는 버릇도 없어질 것이다." 「편집후기」, 『민성』, 1947.10, 32면.

하기에는 무리가 있다. 다만 국내외 정치 상황과 잡지의 발행 사항을 관련지어 추정하면, 미소공동위원회가 사실상 중단되고 같은 해 9월 조선 문제가 UN으로 이관된 이후 3개월 만에 『민성』의 '신추 중대호'가 발행된다. 앞서 언급한 것처럼 '신추 중대호'의 표지는 등을 돌린 어른들(미소 공위) 사이에서 괴로워하는 아이로 조선의 운명을 형상화했고, 이전보다는 완곡한 방식으로 '통일 정부', '독립 정부', 그리고 인민의 의사에 입각한 '민주 정부'의 필요성을 역설하는 글[75]이 게재되지만, 이는 미소공동위원회가 완전히 결렬되기 이전에 『민성』의 편집진이 취할 수 있는 마지막 호소이기도 했다. 그러나 남한 단독정부수립의 흐름이 가속화되면서 이후 『민성』에는 정치적 의제가 완전히 소거됐고, 이어 UN의 조선 문제 처리를 다룬 「UN과 조선―UN 정치위원회 결의까지」[76]의 게재와 맞물려 『민성』은 시대적 흐름을 더 이상 거스를 수 없게 된다. 『민성』의 발행인과 새 편집진은 최고 부수를 자랑했던 '대잡지'의 명맥을 이어가는 대신 여론정치라는 애초의 지향점을 포기하게 된다.

'신추 중대호' 이후 잡지는 독자와 약속한 것처럼 거르지 않고 매달 꾸준하게 발행됐으며, 이듬해부터는 거의 매호에 특집이 마련됐다. 또한 필명을 사용하는 필자들이 대거 이탈한 대신 국제기사와 문화 관련 기사 및 번역 기사들이 확장된 지면을 채웠다. 이와 함께 『민성』에서 더 이상 검열의 흔적은 발견되지 않았으며, '불온' 딱지가 붙는 경우도 사라졌다. 그렇다고 좌익 계열의 필진이 완전히 배제된 것은 아니었으나,

---

75 양재하, 「임시정부의 성격과 형태」, 『민성』, 1947.10, 3면.
76 홍종인, 「UN과 조선―UN 정치위원회 결의까지」, 『민성』, 1947.10, 24면.

편집진이 창간호부터 강조했던 여론정치에 대한 구상은 더 이상 찾아
볼 수 없게 됐다. 화보는 꾸준히 실렸고, 1948년 신년호에 이르면 '민
성'란이 일시적으로 부활되기도 했지만, 편집진은 이제 인민의 정치,
문화 구상보다는 민생 전반 및 국제 문제 관련 기사를 중점적으로 배치
했다. 그 결과『민성』은 보다 다양한 사회 문제를 아우르게 됐고, 증대
된 지면을 채우는 과정에서 문학 면 역시 강화된 반면 초창기 잡지를 통
해 반영됐던 인민의 형상, 목소리는 완전히 자취를 감추어 버린다.[77]

즉 창간부터 중도 좌파적 입장을 분명히 하며 자주적 통일국가 수립
에 일조하겠다는 목표를 분명히 했던『민성』은, 시대적 흐름을 거스르
지 못하고 매체전략의 변화를 시도하면서 한국전쟁 발발 직전까지 이
어져 가게 됐다. 이처럼『민성』은 급변하는 시대 상황을 거스를 수는 없
었지만, 좌익 그리고 중도라 할 만한 비교적 넓은 스펙트럼의 인물들이
관여하여 인민이 주체가 된 통일국가, 곧 여론정치에 대한 구상을 보여
주고 있다는 점에서 동시기 다른 종합지들과 변별되는 위치를 점유하
고 있었다.

---

77 47년 중반 이후『민성』은『신천지』의 다양함 혹은 잡다함과 흡사해져 가게 된다. 한 필
    자는『신천지』를 겨냥해 "필자의 이름만 다량으로 늘어놓았고 뚜렷한 성격이 없다"는
    점을 지적하며『민성』과『신세대』역시 마찬가지라고 덧붙인다(「남한의 잡지」,『동아
    일보』, 1948.11.9). 편집 방향 개편 이후의『민성』과 잡지의 생존전략에 대해서는 향후
    다른 지면에서 논의하고자 한다.

해방기 국어 교재를 통해 본
국어와 정전의 형성

문혜윤

1. 서론

해방 직후 국가 건설의 과제에서 선결되어야 했던 것은 '국어'의 정비 및 보급이었다. 대한제국이 조선어문을 국어와 국문으로 공포했던 행위나, 일제강점기 일본어와 조선어에 대한 정책 입안 및 그에 대한 민감한 반응 등은, 국어의 지위와 상징성을 드러내는 징표이다. 어느 여고생의 일기에서 우연히 시작되었다가 한징과 이윤재의 옥사를 낳은 후 갑작스런 해방으로 마무리된 조선어학회 사건은, 해방 후 국어와 조선어학회의 위상을 거의 동격으로 만들어 주었다. 학회원들은 해방 직후부터 조선어학회 사건의 증거물로 압수되었던 2만6천5백여 장의 사전 원고를 찾아다니다가 1945년 9월 8일 경성역 조선통운 창고에서 원고 뭉치를 발견하는데,[1] 이날이 바로 한국에 미군정이 설립된 날이었다. 1945년 9월 17일 군정청에서 발표한 일반명령 제4호에는 '산수나 이과 교과목 이외에는 일본 교과서 사용을 금지'한다는 내용이 포함되어 있다. 조선어의 국어로의 복권은 제대로 된 국어 교과서의 발행을 시급히 요청하였고, 조선어학회 역시 학회 재건과 함께 국어 교재의 집필을 결의하였다.

해방기는 혼란의 시기였고 국어를 가르칠 만한 교재는 마땅치 않았다. 1948년 8월 15일 국가 성립 이전까지 해방기에 발행된 국정 국어 교과서는 『한글 첫 걸음』, 『초등국어교본』(상)·(중)·(하), 『중등국어교본』(상)·(중)·(하), 『초등국어』, 『중등국어』 1·2·3 등이었다. 『한글 첫 걸음』은 조선어학회에서 집필하여 군정청에 '증정'한 책이다. 미군정 설립 전인 1945년 8월 25일 조선어학회는 긴급 총회를 열고 교과서가 없어 공부를 못하는 시급한 사태에 대처하기 위해 국어 교재를 엮기로 하였다. 9월 초에 조선어학회 내 '국어교과서 편찬위원회'를 설치하여 교과서 편집을 해나가기 시작했는데, 편집 중인 각종 교과서의 발행권을 양도해 달라는 군정청의 요청에 의해 11월 20일 증정식을, 그리고 같은 자리에서 군정 장관이 초등학교 학생에게 증정하는 상징적인 절차를 밟아 무상으로 배부되었다.[2] 그 이후 조선어학회와 미군정은 교과서 편찬 사업을 공조하여, 『한글 첫 걸음』, 『초등국어교본』, 『중등국어교본』 모두 '조선어학회 저작, 군정청학무국 발행'으로 간행하였다. 『초등국어』, 『중등국어』는 저작 겸 발행이 '군정청문교부'로 되어 있다.

1　최경봉, 『우리말의 탄생』, 책과함께, 2005, 37면 참조.
2　한글학회50돌기념사업회, 『한글학회50년사』, 한글학회, 1971, 293면.

국정 국어 교과서의 간행과 더불어 검인정 국어 교과서를 비롯한 여러 민간 독본들이 간행되었다. 김사엽 『신생국어독본』(경상북도교육협회, 1946), 김사엽 『중등국어 신생교본』(경상북도학무국, 1946), 이숭녕·방종현 『중등국어』(민중서관, 1946), 사범대국문학회 『고급국어』(범인사, 1947), 이극로·정인승 『국어』(정음사, 1948), 김병제 『신편 중등국어』(고려서적, 1948) 등의 검인정 국어 교과서가 발행되었고, 이상노 『문장보감』(범조사, 1945), 이윤재 『문예독본』(한성도서, 1945), 방종현·김형규 『문학독본』(동성사, 1946), 정열모 『한글문예독본』(신흥국어, 1946), 안재홍 외 『현대조선문학전집』(조광사, 1946), 이원조 편 『상허문학독본』(백양당, 1946), 이명선 『조선고전문학독본』(선문사, 1947), 방종현·김형규 『개정 문학독본』(동성사, 1947), 이석훈 『문학감상독본』(세문사, 1948), 양주동 『문장독본』(수선사, 1948), 정지용 『지용문학독본』(박문사, 1948), 이병기 『문학독본』(상문당, 1948) 등의 민간 독본이 발행되었다.[3] 1945년 8월부터 1948년 8월까지 344건의 교재가 검인정을 신청하였고, 1948년 8월 174건의 합격이 발표되었다. 그런데 불과 한 달 후인 9월 8일에 다시 저속 교재 숙청 발표가 있었고, 실제 검인정의 여부가 제대로 확인되지 않은 채 '인정'을 내세운 광고도 흔했기 때문에,[4] 해방기의 검인정 교과서 및 독본에 대한 실제적 통계를 내기는 어려워 보인다.

정음사 대표였던 최영해에 따르면 "46년 9월부터 소위 만화 시절 그리고 교과서 시절 이어서 참고서 시절"이었다고 하는데,[5] 그 경향은 1947

---

3 이상의 목록은 공동 연구 진행 과정에서 구자황 선생님(숙명여대)에게 얻어 볼 수 있었다.
4 허강, 『한국의 검인정 교과서』, 일진사, 2004, 100면 참조.
5 최영해, 「출판계의 회고와 전망」, 『출판대감』, 조선출판문화협회, 1948, 6면.

년까지 이어져 교재류 출판이 "출판의 반을 차지"하게 되었다.[6] 이러한 교과서 및 교재류 출판의 활황活況은, '새 조선의 참다운 교육'을 받게 하기 위해 적절하게 집필된 국어 교과서가 우선 필요했다는 점, 그러나 교과서의 필요 수요에 비해 실제 발행된 것은 '참담할 정도로 부족'했던 현실에서 기인한 것이었다.[7]

국가의 수립과 정비로 혼란스러웠던 해방기에 쏟아져 나온 교과서 및 독본류는 몇 가지의 특징을 보인다. 첫째, 일제강점기에 편찬되었던 교과서 및 독본에 실렸던 글을 선별하고 모아서 만든 편집본compilation 이 많았다.[8] 둘째, 일제강점기에 출간되었던 책들을 다소간의 수정, 증보, 개정하여 재간행하는 경우가 많았다.[9] 셋째, 일제강점기에 '문장'으로 이름이 높았던 문학자들 혹은 조선어 문장에 대해 누구보다 잘 알고 있다고 여겨지는 조선어학회 회원의 책이 많았다. 이로 인해 이 시기의 교과서와 독본류는 '국어', '문장', '문학'이라는 키워드로 대체적으로 묶일 수 있다. 교과서 및 독본류는 읽을 만한 좋은 글을 선별하여 싣는 책이라는 특성을 가지고 있는 만큼 글쓰기의 문범, 양식, 환경 등을 그

---

6   이중연, 『책, 사슬에서 풀리다』, 혜안, 2005, 72면.

7   위의 책, 72면 참조.

8   강진호는 해방기의 "『초등국어교본』은 일제치하 조선총독부에서 간행한 일본어로 된 『보통학교 국어독본』과 『보통학교 조선어독본』을 상당 부분 그대로 답습하고 있다"고 지적하면서, 단원의 제목과 내용의 비교를 통해 "『조선어독본』에 수록되어 있는 단원의 60% 정도"가 『초등국어교본』에 그대로 재사용된 것을 확인하였다고 한다. 강진호, 「해방기 '국어' 교과서와 탈식민주의」, 『문학교육학』 30, 한국문학교육학회, 2009, 99~101면.

9   이윤재의 『문예독본』은 1932년 한성도서에서 간행되었다가 1945년에 재간행되었다. 이광수의 『문장독본』은 1937년 홍지출판사에서 간행되었다가 1949년 대흥사에서 재간행되었다. 이에 대해서는 이혜령도 지적한 바 있다. 이혜령은 "이광수·이태준·이윤재 등의 저서는 재간행의 형태를 띠고 있다"고 하면서, 해방 전에 실렸던 예문과 해방 후의 삭제된 예문 사이에 개재하는 이데올로기를 분석하였다. 이혜령, 「이태준 『문장강화』의 해방 전/후」, 『이태준과 현대소설사』, 깊은샘, 2004, 352면.

것의 체제와 내용으로 반영하고 있으며, 이러한 책들은 다수의 문학 제재를 포함하고 있었다. "한글의 통합력과 함께 국민국가 건설의 희망과 과제가 함께 작용하고 있었"던 것이라 할 수 있다.[10]

해방과 함께 '조선어'는 '국어'로 복권되었고 학교의 교육 용어는 '조선어/한국어'로 재편되었다. 1955년 8월 제1차 교육과정이 공포되기 이전의 시기를 '교수 요목기敎授要目期'로 부르는데(1947년 9월 교육요목 반포), 중학교 교수 요목의 교수 요지에는 "국어를 잘 알고 잘 쓰게 하며, 우리의 문화를 이어 확충 창조케 하고, 겸하여 지덕을 열어 건전한 국민 정신을 기르기로 요지를 삼음"이라는 구절이 있다. 교수 요목이 반포되기 이전부터 국어의 교육을 담당하였던 교과서와 독본들은, 새롭게 형성할 '국어'와 '국문학'의 형태, 혹은 그것들이 포함해야 할 가치 등을 드러내는 역할을 하였다.

김신정은 특히 국어 교과서를 다루면서, 교과서가 "한 세대의 공유 기억을 기록하고 전승하는 근대 인쇄 매체의 기억 기록 장치"라 정의하고,[11] 해방 후 "'최초'의 국어 교과서는 '해방'이라는 혼돈과 미정未定의 시간에 방향성을 부여하며, 과거, 현재, 그리고 미래에 대한 새로운 인위적 기억을 구성하는 데 중요한 역할을 담당하였다"고 말하였다.[12] 해방기의 독본은 일제강점기 독본과 공통의 작품을 수록하면서도, 싣는 방식에 따라 형태적·사상적 연관성 및 새 시대만의 특징(차이점)도 드러내었다.

---

10 위의 글, 353면.
11 김신정, 「국어 교과서와 기억의 재구성」, 『현대문학의연구』 40, 한국문학연구학회, 2010, 427면.
12 위의 글, 432면.

이 논문은 해방기의 국정 국어 교과서와 민간 독본의 비교를 통해, '문학', '글쓰기'(작문), '정전'(문범), '교육' 등의 측면에서 독본이 수행하였던 역할과 차지하였던 위상을 밝히는 것을 목적으로 한다. 또한 해방 직후의 혼란스러웠던 교육 정책 및 교과서 편집 방침, 국어와 문학에 대한 개념 형성의 초기인 1945년부터 1948년까지의 텍스트를 대상으로 삼고자 한다. 이를 통해, 일차적으로는 해방기 국어 교과서와 독본의 발행 양상 및 특징을 살필 것이며, 이차적으로는 교과서와 독본 내 문학 텍스트의 분화 및 변천을 탐색할 것이다. 교과서와 독본들 사이의 상호텍스트성, 그리고 그것의 분화 양상에 대한 고찰은 문학의 의미를 재고하는 계기가 될 것이다.

2. 조선어학회와 정음사 부독본총서

해방기 군정청 학무국과 문교부에서 간행한 국정 국어 교과서와 민간 독본의 편찬에 공통으로 관여한 것이 조선어학회이다.

조선어학회는 군정청 학무국이 설립되기 이전, 조선어학회 차원에서 국어 교재 편찬을 결의하여 '국어 교과서 편찬위원회'를 만들었는데, 여기에 소속되어 있는 인물이 '이희승, 이숭녕, 이태준, 정인승, 장지영, 윤재천, 이호성, 윤복영, 윤성용, 방종현, 이세정, 양주동, 조병희, 주재중, 이극로, 최현배, 김윤경, 김병제, 조윤제, 이은상'이었다.[13] 이를 통

해 만들어진『한글 첫 걸음』,『초등국어교본』(상)이 1945년 11월 20
일에 군정청에 헌납되었다. 그보다 먼저 1945년 9월 미군정이 학무국
을 접수하고 9월 하순에 학무국의 편수과장으로 최현배를, 편수관으로
장지영, 이병기를 임명하였다. 1946년 2월 학무국이 문교부로 개편되
고 나서도 편수국장 최현배, 편수부국장 장지영이 유지되었다.[14] 1945
년 11월 미군정청 산하 '조선교육심의회'가 만들어지는데 전체 10분과
중 교과서를 담당하는 제9분과 위원회에 소속되어 있는 인물은 '최현
배, 장지영, 조진만, 조윤제, 피천득, 황신덕'이었다.[15]

조선어학회 소속 인사들뿐만 아니라 조선어학회와 일제강점기 시절
부터 관련을 맺었던 인물들[16]이 해방 후의 교과서 편찬을 주도하게 되
었고, 이들은 국정 교과서가 편찬되던 것과 같은 시기에 각자의 이름을
내걸고 문학, 문장, 문예 독본을 교과서 시장에 내놓았다. 국정 국어 교
과서 편찬뿐만 아니라 검인정 및 민간 독본에까지 조선어학회와 조선
어학회 관련 인사들의 동기와 의도가 반영되었다.[17]

---

13 「한글신문」,『한글』94, 1946.4, 67면.
14 이응호,『미군정기의 한글운동사』, 성청사, 1974, 261~262면.
15 박붕배,『국어교육전사』(상), 대한교과서주식회사, 1987, 513·517면.
16 1929년 조선어사전편찬회 취지서의 문안은 이은상이 작성했다고 알려져 있다. 조선어사
   전편찬회 준비위원으로 방정환, 이광수, 이병기, 주요한 등이 참여하였고, 이 중 이병기는
   조선어학회의 전신인 조선어연구회 시절부터 어문운동에 종사하면서『조선문법강화』,
   『조선어강화』등의 문법서를 간행한 인물이다. 조선어학회의 이윤재가 편찬한『문예독
   본』은 그 머리말에 이태준, 이은상, 변영로가 작품 선정을 도와주었다고 표시되어 있고,
   조선어학회의 자매기관으로 1935년 설립된 조선기념도서출판관의 운영진으로 이은상,
   주요한 등이 참여하였다. 1936년 조선어학회의 표준말 사정에 이병기, 이태준 등이 참여하
   였다. 이에 대해서는 문혜윤,『문학어의 근대』, 소명출판, 2008, 63~64면 참조.
17 정영훈은, 조선어학회의 역할과 위상이 증대되면서 이에 반발하는 단체들이 생겨났고,
   이들이 교과서 편찬에 관여하게 되면서 방향의 변화를 가져왔다고 보고 있다(정영훈,
   「미군정기 국어 교과서의 편찬 과정 재론」,『배달말』50, 배달말학회, 2012). 그러나 조
   선어학회에 반발한 단체로 지목된 조선문화건설중앙협의회의 소속 인물인 이태준은

이 중 본 연구에서 관심을 기울이는 대상은 국정 국어 교과서인 『중등
국어교본』(상)·(중)·(하)와 이것의 발간과 시기적으로 가까운 1946
년 정음사의 민간 독본이다. 정음사의 민간 독본은 교과서를 보완하는
용도로 만들어져 '부독본총서'라는 제목이 달려 있으며, 이 '부독본총서'
로 1~6권까지 발행되었던 것으로 보인다. 1권은 정인승 편 『한글독본』,
2권은 송시열의 『우암선생계녀서尤庵先生戒女書』, 3권은 최영해 편 『조선
시조집』, 4권은 김원표 편 『조선속담집』, 5권은 김병제의 『조선어철자
편람』, 6권은 박태원의 『중등문범』이다.

이 구성의 의미를 파악하기 위해 해방 후 재건된 조선어학회의 인적
구성을 살펴볼 필요가 있다. 해방 이틀 후인 8월 17일 오후 이극로, 최
현배, 이희승, 정인승 등이 함흥 감옥을 나서 카퍼레이드를 벌였고, 이
4인은 8월 18일 청진~서울 간 열차를 타고 8월 19일 서울에 도착하였
다. 그리고 그 이튿날인 8월 20일 이극로, 최현배, 이희승, 정인승, 김윤
경, 김병제 등이 모여 학회 재건 사업을 논의하고, 8월 25일 임시 총회
를 열어 6인의 간사를 선정, 초등과 중등 국어 교과서 편찬, 국어 교원
양성을 위한 국어강습회 실시, 월간지 『한글』 속간, 국어사전 편찬 완료
등을 결의하였다. 이때 새로 선임된 조선어학회의 임원 및 직원으로는
간사장 이극로, 간사 **최현배**(경리), **김병제**(서무), **이희승**(교양), **정인승**(출
판), 김윤경(도서), 부원 **김원표**(경리), 안석제(서무, 교양), 조동탁(출판),
이석린(출판, 도서), 이상인(출판), 이성옥(도서) 등이 있다.[18]

편수관인 이병기와 절친한 사이였고, 일제강점기 때부터 조선어학회의 표준말 사정위
원으로 활동했으며, 해방 후 조선어학회의 국어 교재 편찬위원으로도 활동하였다. 좀
더 고찰이 필요한 대목이다.

18 정재환, 「해방 후 조선어학회·한글학회 활동 연구(1945~1957)」, 성균관대 박사논문,

즉 정음사 부독본총서의 담당 인물 모두는 조선어학회의 회원이자 학
회 관련 인물들이었다. 1권을 맡은 정인승은 조선어학회의 주요 인사로
서 조선어학회 사건에 연루되어 옥살이를 했다.『한글독본』의 표지에
정인승이 '조선어학회 간사'임이 명시되어 있다. 2권은 송시열이 딸의
출가를 앞두고 쓴 편지로, 후대에 책이 발견되어『우암선생계녀서』로
출판되었다. 이 책의 서문을 이재욱이 썼는데, 그는 경성제국대학 조선
어학급문학과 3회 졸업생으로 1931년 6월에 발족되었던 '조선어문연
구회'의 일원이었다. '조선어문연구회'는 제3회 졸업생의 한 사람인 김
재철이 주동이 되어 조윤제(제1회), 이희승(제2회), 이재욱(제3회) 등 4인
이 동인이 되어 발족한 연구 단체였다. 조선어를 학문적·이론적으로
연구하는 단체였는데, 길게 이어지지는 못했다. 책에 표기된 바에 따르
면, 이재욱은 서문을 쓸 당시 '국립도서관장'이었다. 조선어학회 이희승
과의 연관된 인물이다. 3권을 엮은 최영해는 부독본총서를 발간한 정음
사의 대표이자 최현배의 맏아들이다. 4권을 엮은 김원표 역시 조선어학
회 회원이었으며, 최현배의 처조카였다.[19] 5권을 맡은 김병제는 조선어
학회 사건으로 옥사한 이윤재의 사위이며, 해방 후『조선말 큰사전』편
찬에 힘쓴 인물이다.

6권을 맡은 소설가 박태원만이 조선어학회 활동과의 연관성이 뚜렷
이 드러나지 않는다. 그는 최영해의 친구였다고 한다. 박태원이 번역한

2013, 12~15면.

19 김원표는 경주 출신으로 중앙고등보통학교를 거쳐 일본 동경의 순천중학교를 마치고
  법정대 법문학부를 나온 법학사로 학회에서는 경리를 담당했다. 최현배와는 인척지간으로
  처조카다. 최호연,『조선어학회, 청진동 시절』(상)(진명문화사, 1992, 22면), 위의 글,
  17면에서 재인용.

『삼국지』가 정음사에서 간행되었는데, 박태원의 월북 이후 최영해의 이름으로 출간되었다는 것은 익히 알려진 사실이다. 또한 일제강점기 때 박태원과 이태준의 관계를 생각해 보면 박태원의 부독본총서 편집은 그리 의외라 할 수도 없을 것이다. 박태원은 일제강점기 때부터 이태준과 쌍으로 문장론을 집필했던 인물이다. 박태원은 소설가로서 이름이 나 있지만, 많은 외국 작품을 한국에 번역·소개한 번역가이기도 하면서, 이태준(『문장강화』)이나 김기림(『문장론신강』) 이상 한국어 문장에 민감했던 문장가이기도 했다. 이들은 모두 구인회의 멤버였다. 산재했던 박태원의 문장론은 해방 후『중등작문』(1948)으로 묶였고, 좋은 문장들을 골라『중등문범』(1946)으로 간행하였다.

이 총서의 구성을 살피면 조선어학회가 지향하고자 했던 국어와 문학의 형태를 알 수 있다. 2권『우암선생계녀서』는 송시열이 딸에게 보내는 한글 서간을 묶은 책이며, 3권『조선시조집』을 통해 알 수 있듯이 고전문학 장르 중 유일하게 '시조'가 총서에 포함되었다. 한글문학의 역사와 계통을 수립하려는 목적을 드러낸다. 4권『조선속담집』역시 구전되던 것을 정착시킨 것일 텐데, 근묵자흑近墨者黑, 마이동풍馬耳東風, 호가호위狐假虎威, 호사다마好事多魔 등 네 개의 한자성어를 제외하고는 모두 우리말 속담이다. 「머리말」에 따르면 "교훈적이고 윤리적인 것을 주로 하고, 우리나라의 풍습과 역사를 배우는 데 참고 자료가 될 만한 것을 더하였"다고 되어 있다. 속담은 일제강점기 조선어 독본 및 민간 독본에서부터 개인의 의지와 자세를 다지는 용도로 자주 인용되었던 제재이다. 고전문학과 대칭되는 당대 문학 작품을 묶은 것이 6권『중등문범』이다.

그리고 시조, 속담, 수수께끼, 당대 문학 작품 등을 몇 편씩 아우르고,

새 시대의 정신을 배울 만한 교훈적인 글을 묶은 것이 1권 『한글독본』이다. 부독본총서 전체적인 체재가 『한글독본』에 반영되어 있다. 또한 『한글독본』의 특이한 점은 어떤 글자들 위에 방점이 찍혀 있다는 것이다. 그 이유는 「일러두기」에 밝히고 있다. "군데군데 글자 위에 점을 찍어 표한 것은 편자의 다년 경험에 비추어, 표준어나 철자법의 부주의로 인하여 틀리게 쓰는 이가 많은 것을 짐짓 지적한 것이니, 학생들로 하여금 읽을 때마다 거기에 특별히 의식을 가하여, 스스로 표준어를 조사하고 철자를 검토하여, 그와 틀리는 말이나 혹은 틀리는 철자로 쓰지 아니할 자신을 가지도록 연습시켜 나"가기 위한 것이었다. 책 뒤의 부록으로 표준말에 대해 이해하기 쉬운 공통 규칙 몇 가지와 맞춤법에서 새 받침에 관한 것, 그리고 문장 부호를 정리해 두고 있다. 이는 기본적으로 1933년 한글맞춤법통일안과 1936년 표준어사정에 기반한 것으로 해방 후의 출판물들 역시 조선어학회식의 규칙으로 국어, 국문을 습득하게 하려는 의도를 내포한 것이다.

이를 상징적으로 드러내는 책이 5권 『조선어철자편람』일 것이다. 현재 이 책의 실물은 확인이 되지 않은 상태이고, 심지어 자료 검색에도 드러나지 않는다. 해방 후 4년간 출간된 도서 목록이 정리되어 있는 『출판대감』에도 부독본총서 5권은 표시되어 있지 않다.[20] 다만 『한글독본』의 판권에만 부독본총서 1권~5권의 목록이 표시되어 있다. 최근 발굴된 최영해의 수필에도 "교재난을 타개키 위하여 '부독본총서'를 간행 중이다. 『한글독본』(정인승), 『우암선생계녀서』(이재욱), 『조선시조집』(최영해)이 기간旣刊

---

20 김창집 외, 『출판대감』, 조선출판문화협회, 1948, 42면. '독본, 잡서'로 분류되어 있는 항목에 정음사의 부독본총서들은 보이나 5권은 보이지 않는다.

이고, 인쇄 중인 것에 『조선속담집』(김원표), 『조선어철자편람』(김병제)이 있다. 이 총서는 교원 제씨의 요구도 있고 해서 앞으로 자꾸 이어나가겠다"[21]고 기록되어 있어, 기획은 되었으나 출판이 되지 않았을 가능성 혹은 김병제의 월북으로 자료가 삭제되었을 가능성 등을 고려해 볼 수 있다. 그 제목만으로 추측해 보았을 때, 조선어를 글로 쓸 때의 표기 규칙이 나열되어 있는 책으로 보인다.

부독본총서의 전체 체재는 일제강점기의 조선어 독본 및 민간 독본의 대체적인 구성 방식을 따르되, 조선어학회식의 언어관이 담겨 있다. 한글 위주의 문학 편제, 민족의 생활 및 문화를 알려 민족성을 구성하려는 의도, 그리고 일제강점기 때 제정된 한글맞춤법과 표준어규정을 환기시키는 형태이다. 그런데 『한글독본』에 찍힌 방점들은 그 뒤의 부록을 통해 규칙과 사례를 확인하고 올바른 형태를 인지할 수 있는 방식은 아니었다. 왜 이 글자 위에 방점이 찍혔는지 독자 스스로 생각해 보고 그릇된 표기 형태와 옳은 표기 형태가 무엇인지 유추해 보아야만 알 수 있다. 예를 들어, 1장 「이순신 어른」에서 "**이순신**李舜臣이라 하면, **조선사람** 되어서 모를 이가 누가 있겠습니까? 그 용맹이라든지 그 훈공이라든지 우리 소년들의 가장 공경하며 참으로 모범할 일이 많은 어른입니다"라고 되어 있을 때, 독자는 이 글의 내용을 받아들임과 동시에 잘못된 표기와 옳은 표기를 생각하게 된다. 머릿속에 조선어학회의 규정이 들어 있어야만 판별이 가능하다. 그러나 책에서는 유추하도록만 할 뿐 그것을 직접 제시하지는 않는다. 직접 제시하는 것이 『조선어철자편람』이라면,

---

21　최영해, 「사축동잡록司畜洞雜錄」(『향토』 1, 1947.7, 39~40면), 『근대서지』 9, 근대서지학회, 2014.6, 148면에서 인용.

그 책이 애초에 출판되지 않았거나 소실(삭제)되었다는 점은 의미심장하다.

3. 국어, 문학, 정전의 시대성

해방기 국어 교과서 및 독본들은 일제강점기 때의 제재나 작품 선정 방식을 그대로 반복하고 있었다. 그리고 반복되는 제재나 작품들은 지은이의 구성이 거의 비슷하다. 정음사의 부독본총서는 시기상 국정 국어 교과서인 『중등국어교본』보다 먼저 간행되었다. 『중등국어교본』의 상권이 1946년 9월, 중권이 1947년 1월, 하권이 1947년 5월인데, 판권이 남아 있는 정음사 부독본의 경우를 살피면 『한글독본』이 1946년 3월이고, 『조선속담집』이 1946년 5월이다. 먼저 간행된 정음사 부독본총서에 실린 글이 『중등국어교본』에 다시 게재되기도 하였다.

정인승, 『한글독본』	박태원, 『중등문범』
이순신 어른	제1부 4월(장덕조 「4월의 하늘」에서)
조선 학생의 정신(안창호)	서울의 봄(현진건 『적도』에서)
한 냥을 들여 서 푼을 찾음	봄밤(모윤숙)
쌀알 한 개	초하풍경(박태원)
화가 유덕장	신록(정현웅)
어린 용사(방정환/=『문예독본』)	바다(노천명)
나귀의 꾀	소나기(이기영 「민촌」에서)

정인승, 『한글독본』	박태원, 『중등문범』
재미있는 이야기	고향의 가을(채만식 「삽화」에서)
확실한 대답	추과삼제(정현웅)
콜룸부스의 달걀(=『시문독본』)	박·고추(홍우백)
속담(=『조선속담집』)	낙엽(이효석 「낙엽을 태우면서」에서)
수수께끼	눈 내리는 밤(정비석 「거리에 오는 눈」에서)
애국가	만주 벌판에 눈 내릴 때(박계주 「황혼에 피는 육화」에서)
한글 노래	청량리(김기림)
어릴 적 마음(이은상)	마포(백석 「마포」에서)
구멍 뚫린 고무신(주요섭/=『문예독본』)	근교(최영주)
우스운 참새들	비로봉을 오른다(박노갑 「비로봉」에서)
조선 청년의 용단력과 인내력(안창호)	도봉(이병기 「도봉산행」에서)
먼저 나를 찾겠소(문일평)	방협(박종화 「경원선기행」에서/=『문장강화』)
그 아버지와 아들(최원복)	동해안(노자영 「동해안」에서)
우리 집 정원(노자영/=『중등국어교본』)	물(이태준/=『한글독본』)
만물초(양봉래/=『시문독본』)	바다(이태준 「바다」에서)
물(이태준/=『중등문범』)	산(홍우백)
백두산 가는 길에(변영로/=『문예독본』)	전원의 낙(문일평 「전원의 낙」에서/=『문장강화』)
봄비(주요한/=『문예독본』)	회향(이원조 「회향」에서/=『중등국어교본』)
가을(이병기/=『문예독본』)	전원생활(안회남 「낙향기」에서)
십이폭	파초(이태준 「파초」에서)
노력(번역시)	국화(조용만 「애국기」에서)
조선의 맥박(양주동/=『문예독본』)	나팔꽃(김동석)
봄의 선구자(박팔양)	수선(이태준)
들(임화)	연(김동석)
봄	청령(김환태 「나의 이니스프리」에서)
계절의 맑은 놀이(박태원)	불(염상섭 「불똥」에서)
	큰물(채만식 「집」에서)
	입원한 날(최정희 「병실기」에서)

정인승, 『한글독본』	박태원, 『중등문범』
	주검(이태준)
	빈촌(염상섭 「불똥」에서)
	가난(최학송 「탈출기」에서)
부록 1. 표준말에 관한 것 2. 맞춤법에 관한 것	제2부 봄 / 여름 / 가을 / 겨울 / 해, 달, 별, 하늘, 구름 / 새벽, 아침, 낮, 저녁, 밤 / 비, 우레, 바람, 눈, 서리, 얼음 / 바다, 배, 섬, 항구, 강 / 거리, 길, 공원, 산, 들 / 집, 촌락 / 기차 / 산책, 유산, 등산 / 장마, 가물, 큰물, 불 / 생활, 근로, 가난, 병

순번	『중등국어교본』(상)	『중등국어교본』(중)	『중등국어교본』(하)
1	무궁화(조동탁)	청춘예찬(민태원/=『문장강화』)	그대들 돌아오시니(정지용)
2	청년	인격 완성과 단결 훈련(안창호)	신체와 영양
3	청년이여 앞길을 바라보라(조만식)	자중심	예술의 감상
4	어린이 예찬(방정환/=『문장강화』)	농가월령가	정약용
5	아버님 전상서(=『문장강화』)	청추수제(이희승)	고시조
6	봄ㅅ비 오는 날	고시조	백제의 미술
7	비ㅅ소리(주요한)	공중과 위생	언어의 기원(이극로)
8	발명가 에디슨	예의(이만규)	독서개진론(안재홍/=『문장강화』)
9	자연물의 이용	한글 창제의 고심(이윤재)	창(김진섭/=『문장강화』)
10	화단을 바라보면서	국어와 국문학(조윤제)	석탑의 노래(오장환)
11	고시조	언어	신라의 금철 공예
12	금강(채만식)	편지 이엽	적벽유(이은상)
13	첫여름(박태원/=『중등문범』)	조선의 영웅(심훈)	사회적 의식
14	나막신(이병철)	이순신과 한산도 대첩(이선근)	이상
15	힘을 오로지 함(=『시문독본』)	사 온 일(이효석)	초혼(김소월)

순번	『중등국어교본』(상)	『중등국어교본』(중)	『중등국어교본』(하)
16	비 갠 여름 아침(김광섭), 복종(한용운)	자취 없던 산길	유사 이전의 역사
17	농업	아들에게(편지)	온실
18	금일	자연과 인생	고려의 부도 미술
19	파초(김동명), 난초(정지용)	동식물의 배합미	이상과 실현
20	사회의 조직(≒『**시문독본**』)	물(이태준/=『**한글독본**』)	마음의 태양(조지훈)
21	향토기(이선희)	부여를 찾는 길에(이병기)	인류의 미래
22	우리집 정원(노자영)(=『**한글독본**』)	알렉산더의 말	목련화 그늘에서(안재홍)
23	원터(이기영)	마음(김광섭), 아차산(이병기)	포츠담 카이로 선언
24	용기(=『**시문독본**』)	안심사로부터 상원암까지	문자 이야기(이희승)
25	부지런	녹음애송(정지용)	가신 임(정인보)
26	주시경	발명가 스티븐슨	문화의 위력
27	고시조	회향(이원조/=『**중등문범**』)	국문학의 고전 (1)(조윤제)
28	어머님께 올리는 글월(황의돈)	죽은 사람을 생각하며(홍명희/=『**증정문장강화**』)	국문학의 고전 (2)(조윤제)
29	해촌일지(이태준)	수명의 장단	
30	엄마야 누나야(김소월), 경이(조명희)	산촌 모경	
31	공중의 경치	그 은행나무(박화성)	
32	가을(이병기)(=『**문예독본**』, 『**한글독본**』)	선구자(양주동)	
33	낙엽	아름다운 풍경(박태원/=『**문장강화**』)	
34	벌레소리	신라의 화랑제도(유창선)	
35	소(박찬모)	강서의 삼 고분	
36	가묘아(이은상), 바다(김동명)	건란(이병기/=『**문장강화**』)	
37	일초일목에의 사랑(=『**문장강화**』)	불국사에서(현진건/=『**문예독본**』)	
38	시선에 대하여(변영로/=『**문장강화**』)	석굴암	
39	팔월 십오 일(이원조)	고시조와 노래	

순번	『중등국어교본』(상)	『중등국어교본』(중)	『중등국어교본』(하)
40	활발	시간의 역사	
41	성공		
42	게으른 물장수		
43	친목과 경쟁		
44	음악		
45	도덕과 법률		
46	설처녀의 정절		
47	향수(김기림), 벗들이여 (변영로)		
48	온돌과 백의(홍명희/=『문장강화』)		
49	운명과 노력		
50	우리 오빠와 화로(임화)		
51	의복과 색채		
52	사회의 질서		
53	네 개 화살		

식민지 시대와 접점을 가지면서 형성된 해방기의 '정전'에는 조선어학회의 의도가 무수히 개입되어 있다.

첫째, 해방 후 조선어학회로 대표되는 어문운동의 존재 방식과 문학을 둘러싼 이데올로기를 살필 수 있다. 식민지 기간의 대표적인 '문학' 독본은 이윤재의 『문예독본』이었다. 이윤재가 조선어학회 사건에 연루되어 옥사함으로써 그의 『문예독본』은 해방 후 제일 먼저 재간행의 대상이 된다. 그 사건으로 조선어학회는 국가의 국어 교육 방향을 좌우하는 힘을 가지게 되어, 해방 후 한국어 문장의 변화 및 형성에 중요한 역할을 행사하게 되었다. '조선어학회 간사'라는 책 표지 문구는 『한글독본』의 출간이나 판매 부수에 상당한 영향을 미쳤다. 정인승의 『한글독본』은 그 체제에서 이윤재의 『문예독본』과 상당히 유사하다. 『문예독본』처럼 제목 옆에 여러 장르 명칭을 붙여 표기하고 있으며 다양한 장르의 작품, 속담이나 사화까지 집어넣으려는 의도를 보이고 있고, 책의 맨 뒤에 부록으로 표준말과 맞춤법에 대한 규정을 싣고 있는 것도 동일하다. 그러나 무엇보다 방정환의 「어린 용사」, 변영로의 「백두산 가는 길에」, 이병기의 「가을」, 양주동 「조선의 맥박」, 박팔양 「봄의 선구자」와 같이 『문예독본』에 실렸던 작품이 그대로 실린 경우가 많았다. 정인승의 『한글독본』은, 이윤재의 『문예독본』의 연장선상에서 조선어학회가 어떠한 문학 작품을 보급하고 교육하려 했는지를 알 수 있게 한다.

둘째, 해방 이후 문장론의 향방을 알 수 있다. 박태원은 "문예감상은 문장의 감상"이라고까지 말한 바 있는데, 소위 기교주의자로 알려진 박태원은 자신의 문장론에서 수사와 문체를 배제한 한국어 문장의 뼈대를 찾으려는 노력을 기울여 왔다. 그런데 과도한 방언의 사용은 "문장의 미"를 손상시킨다는 의견까지 피력하고 있다. 미학적인 문장을 논하는 기준이 표준어를 사용했느냐, 방언을 사용했으냐로 나뉘는 것은, 표준어가 방언에 비해 발달된 언어라는 의식이 자리 잡고 있기 때문이다. 이러한 의식하에서 박태원이 뽑고 있는 작품들은 기행, 수필, 소설 위주이다. 한국어 문장의 미세한 표현의 범위를 넓히려는 목적이 드러난다. 김기림의 경우 식민지시기에 표명하였던 문장론을 해방 이후 『문장론 신강』이라는 텍스트로 집대성해 놓았다. 이태준 역시 식민지시기에 간행한 『문장강화』를 해방 이후에 몇몇 예문을 바꿔 넣어 재간행하면서 자신의 영향력을 계속 이어갔다. 실제 소설 이외의 분야에서까지 전방위적으로 활동했던 박태원의 문장론에 대해서는 제대로 조명된 적이 없는데, 그의 해방 직후 대표적 독본 『중등문범』은 식민지시기의 문장론을 실제적으로 확인·적용해 볼 수 있는 중요한 텍스트이다.

이재욱이 『우암선생계녀서』 서문에서 "이 책의 내용을 일별하건대, 여자로서의 수신재가修身齋家에 관한 것 즉 부모 섬기는 도리, 말삼을 조심하는 도리, 옛사람 착한 행실 말 등 이십 개조를 서시書示한 것인데, 일상처신 전반에 대한 훈계와 주의를 고인의 가언선행嘉言善行을 인용해 가면서 대소大小 무루無漏히 언진言盡되여 있다"라고 말하면서도 "이 책은 비단 부녀자뿐만이 아니라 일반 남자도 이 책을 읽음으로 말미암아 처세상 참고됨이 적지 아니할 것이라고 믿는 바이다. 그리고 이 책을 내놓음에 제際하여 철자는 신철자법에 준하였고, 명백한 오자오용誤字誤用은 수정하였는데 가령 조사의 혼용 즉 '의' '이' 등을 '에'로 통일한 것은 그 일례이다"라고 적고 있다. 전근대적 여성에 대한 규범을 답습하는 책을 내놓은 의도는 사실 이 고전이 '한글'로 쓰였기 때문이다.

해방기의 독본은 설명이나 논설적 경향이 강한 글의 비중이 상당이 적으며, 다양한 문종이 섞여 있다기보다 '문학 작품' 및 '문장론'에 그 중심이 기울어져 있다고 할 수 있다. '문학 작품'이 비중 있게 다루어지고 있는 이유를 찾을 필요가 있으며, 이를 통해 추구하고자 한 국어 교과서로서의 지향이 어디에 있는지 분석할 필요가 있다. 해방기에 '문학'은 일정한 정치적 역할(국가 성립의 이데올로기 제시 등과 같은)을 담당하고 있었다고 할 수 있는데, 그것은 식민지시기부터 독본에 중복 등장해 온 작가군이나 작품군의 경향 및 수록 범위와 형태를 살핌으로써 명확한 해석에 다다를 수 있을 것이다.

4. 정전 형성의 방향

정음사 부독본총서와 『중등국어교본』(상)·(중)·(하)는 책의 제재를 구성하는 집필진의 범위가 거의 일치한다. 또한 『한글독본』과 『중등문범』에 실렸던 작품들인 박태원 「첫여름」, 노자영 「우리 집 정원」, 이병기 「가을」, 이태준 「물」, 이원조 「회향」 등이 『중등국어교본』에 그대로 들어가 있으며, 『한글독본』과 『중등문범』이 그랬던 것처럼 『중등국어교본』에도 일제강점기 대표적 독본인 『시문독본』(최남선), 『문예독본』(이윤재), 『문장강화』(이태준)에 수록되었던 작품들이 많이 있다. 예를 들어, 「힘을 오로지 함」과 「사회의 조직」, 「용기」 등은 『시문독본』에, 현진건의 「불국사에서」 등은 『문예독본』에, 방정환의 「어린이 예찬」, 변영로의 「시선에 대하여」, 홍명희의 「온돌과 백의」, 민태원의 『청춘예찬』, 박태원의 「아름다운 풍경」, 이병기의 「건란」, 안재홍의 「독서개진론」, 김진섭의 「창」 등은 『문장강화』에 실려 있던 것들이었다. 그런데 홍명희의 「죽은 사람을 생각하며」와 같은 것은 해방 이후에 나온 『문장강화』 증정판의 작품이므로, 『중등국어교본』에서 참조하였던 것은 『문장강화』 초판이 아닌 증정판이었던 것으로 판단된다.

1) 청춘, 청년, 봄―희망찬 새 국가의 이데올로기

『중등국어교본』에는 '청춘', '청년'에 대한 호명, 그것의 이미지와 연동되는 '봄'이라는 계절을 다룬 글이 자주 발견된다. 「청년」(상권2)에서 "청년은 인생의 봄이다. 봄날 문밖에 나가 산과 들의 초목을 보라. 싹이 나고 잎이 피어, 생기가 팔팔하다. 흙덩이와 돌 뭉치에 떠받쳐져서라도, 우쩍우쩍 위로 뻗치지 않고는 그대로 있지 아니하려고 한다. 청년도 또한 그렇다. 앞길이 다망하고 활기에 가득 찼다. 어제 모르던 것도 오늘 알고, 오늘 이룰 수 없는 것도 다른 날에 크게 이룰 희망이 있다. 희망이 있고, 활동이 있고, 진보가 있고, 발견이 있는 것은 청년의 특질이다. 희망이 없고, 활동이 없고, 진보가 없고, 발전이 없음은, 청년이 아니고, 나이 젊으면서도 이미 늙은 것이다"와 같이 새 시대의 진취적 기상을 가진 청년과 그 청년들이 봄처럼 약동하는 모습을 이야기하고 있다. 조만식의 「청년이여 앞길을 바라보라」와 같이 논설적인 글로 나타낸 것, 민태원의 「청춘예찬」처럼 수필로 나타낸 것이 있다. 때로 '봄' 자체에만 집중한 글도 보인다. 「봄비 오는 날」(상권6), 「녹음애송」(중권25)이 그 예이다.

그런데 그 청년들이 갖추어야 할 덕목으로 지적되는 것은 인내, 노력, 부지런 등 끊임없는 일상에서의 활동이다. 「발명가 에디슨」(상권8)에서 에디슨은 어디서나 실험하고 고치는 습관을 가졌기에 성공할 수 있었고("빈한한 신문팔이 소년이 이와 같은 대성공을 거두게 된 것은, 오로지 그의 간난 신고에 대한 인내와 끊임없이 연구한 노력의 결과가 아니고 무엇이냐?"), 「자연물의 이용」(상권9)에서는 "동물, 식물, 광물의 이용으로부터 풍력, 수력, 증기, 전기의 이용에 이르기까지 인간 사회에 유익한 온갖 발명은 하나도 자연물의 이용에 근본되지 아니한 것이 없"는데 그것들이 결과로서 빛을 보게 하려면 "그침 없이 개선하고 확장하고 발달시켜 이용후생의 실효를 나타내어야 할 것"이라고 하였다. 「농업」(상권17)에서는 유의해야 할 것으로 "비약"을 들고 있다. "비약은 농업에 금물이다. 그러나 다만 자연에 맡겨두고 눅진하게 기다리고만 있다면 농작물은 잘되는 것이 아니다. 인력을 다한 뒤에 비로소 자연에 맡겨두어야 한다. 즉 인사를 다하고 천명을 기다려야 한다. 여기에서 저절로 근면과 착실의 미풍이 길러지는 것이다"라고 했다. 「금일」(상권18)에서는 "내일 일은 내일 염려할 것이요, 하루의 고뇌는 하루에 족하니라"라는 격언이 담고 있는 의미가 "과거의 고뇌의 기억을 쓸데없이 끌고 나아가지 말지며, 또 아직 당도하지 아니한 미래의 고뇌를 미리부터 닥아서 염려하여, 쓸데없이 악착하지 말고, 다만 그날그날 당면하는 일에, 즉 금일에 당한 일을 완성함에, 최성의 힘을 다하라는 뜻"이라고 설명하였다. 「부지런」(상권25)에서는 맡고 있는 일에서 "마음을 바쳐서, 제가끔 최대한의 역량을 발휘하여야 할 것"이라면서 자신의 직무에 대해 "근면 노력하는 것이 고귀한 수양이니, 참다운 인격의 향상은 여기에 있다"고 말하였다.

「화단을 바라보면서」(상권10)에서는 꽃을 가꾸고 화단을 완상하는 행위의 즐거움을 이야기하지 않는다. 단지 꽃을 즐기는 것이 유일한 목적이라면 꽃집에 가서 사와도 되지만 굳이 그것을 기르고 가꾸는 것은 기르고 가꾸는 그 과정 자체의 즐거움 때문이라고 하였다. "지금 가령 꽃을 피게 하는 것을 결과로 보고 파종으로부터 꽃필 때까지의 배양을 경과로 본다면 우리들이 몸소 화단을 만들고 씨를 뿌리고 싹이 나게 하고 그것을 북돋우어 길러가는 재미는 즉 그 경과의 재미이다."

각 과마다 끝에 '익힘'이라는 코너가 마련되어 있다. 그러나 여기서 묻는 것은 국어의 언어 활용 능력에 관한 것이 아니라, 새 시대의 국민으로서 갖추어야 할 정신이었다.

2) 계절, 날씨, 자연—일상의 평범과 그 표현

박태원 『중등문범』에 실린 글들은 거의 대부분 소설과 수필이다. 크게 1부와 2부로 나뉘는데, 1부는 다시 12장으로 나뉜다. 1장~4장까지 각각 봄, 여름, 가을, 겨울의 계절감을 드러내는 소설과 수필을 싣고 있고, 5장~6장에서는 기행의 장소들을 다루는데, 5장은 서울 근교의 산책지를, 6장은 산, 바다 등 국가의 명승지로 꼽히는 장소들을 다룬다. 7장은 산, 바다와 같이 고유의 장소는 아니되 산이나 바다를 떠올릴 때 불러일으켜지는 자연의 이미지를 담은 작품들을 선별하여 싣고 있고, 8장은 전원이나 고향의 이야기를, 9장은 꽃과 화초를 가꾸는 이야기를, 10장은 유년시절 놀이에 대한 회상을, 11장은 자연 재해를, 그리고 12장은 병, 죽음, 가난 등의 삶의 간난신고를 다룬다. 그리고 2부는 1부에서와 같은 주제들을 다룬 글 중 좋은 문장 1~2개씩을 뽑아 예로 보여주고 있다.

김신정은 『중등국어교본』에 실린 이기영의 「원터」(『고향』)에 대해 "'고향'이 매개하는 식민지 기억 가운데 한 단면을 분리시키고 축소해서 전달함으로써, 「원터」는 '고향'의 기억을 인위적이고 추상적인 차원에서 재조정하고 있다. 위의 인용문에서 계절의 순환과 더불어 변화하는 '원터'의 풍경은 식민지의 특정한 기억을 소거시킨 채, '고향'의 보편성과 '자연'의 영원성의 이미지를 겹쳐놓고 있다"[22]고 언급한 바 있는데,

『중등문법』에서 계절, 날씨, 자연 등을 다루는 방식도 이와 크게 다르지 않다. 보통명사로서의 산, 바다의 이미지를 다루고 연 날리기 등의 놀이를 통해 유년 시절을 회상하여 아름다움을 불러일으킨다. "계급적 저항과 이데올로기적 지향성, 혹은 개별 작가의 경험 기억을 은폐하거나 탈각시킨 채, '고향', '민족' 등과 같이 보편적이고 추상적인 집단 기억의 차원이나 지극히 내면화된 경험 세계를 투영하는 방식"[23]이다. 「무궁화」(상권 1)에서 "무궁화는 몹시 예쁜 꽃이거나 향기가 짙은 꽃이 아닙니다. 아담하고 은은한 향기를 지닌 순결한 꽃입니다"와 같이 무궁화의 순결성을 통해 민족의 순결성을 환기함으로써 민족 수난의 역사를 은폐하거나, 채만식의 「금강」(상권12)을 차용하면서 금강이 생긴 형세를 묘사하는 부분("금강…… 이 강은 지도를 펴놓고 앉아 가만히 들여다 보느라면 물줄기가 중둥에서 남북으로 납작하게, 째져가지고, ─한강이나 영산강도 그렇기는 하지만─그것이 아주 재미있게 벌여져 있음을 알 수 있다. 한 번 비행기라도 타고 강줄기를 따라가면서 내려다 보면 또한 그럼직할 것이다")을 따옴으로써 그 금강 주위에 살던 사람들의 문제와 모순을 들여다보지 않는다. 다만 『중등문법』의 다른 점은, 염상섭 「불똥」이나 채만식의 「집」을 통해 삶에서 닥치는 '재해'에 대해 다루고 있고, 최정희 「병실기」, 이태준 「주검」, 염상섭 「불똥」, 최서해 「탈출기」 등을 통해 병, 죽음, 가난 등 삶에서 피할 수 없는 국면에 대해 다루고 있다.

---

22 김신정, 「국어 교과서와 기억의 재구성」, 『현대문학의연구』 40, 한국문학연구학회, 2010, 438면.
23 위의 글, 439면.

3) 한글 문장의 역사 만들기

『중등국어교본』에서 논설 및 설명문 류의 글로 실린 것들 중 상당수가 조선어와 조선어 문장에 대한 주제(「주시경」, 「한글 창제의 고심」, 「국어과 국문학」, 「언어의 기원」, 「문자 이야기」)를 다루고 있으며 시조나 편지 등의 한글문학 작품을 싣거나 그에 대해 설명하는 글(「아버님 전상서」, 「고시조」, 「어머님께 올리는 글월」, 「편지 이엽」, 「아들에게」, 「고시조와 노래」, 「국문학의 고전」)을 실으면서 한글로 된 문학 작품의 역사를 설명하고자 한다. 박태원의 『중등작문』은 한글의 미세한 표현의 정도를 높여 주는 작품들로 구성되어 있는 듯하다. 이 글의 주된 대상은 아니지만, 해방기에 교과서 편수위원으로 활동하였던 이병기가 『문학독본』을 1948년에 간행한다. 그 책에 실린 글은 문일평 「백제의 가요」와 같은 설명문, 「청산별곡」이나 「서경별곡」과 같은 고려가요, 「일출」, 「조침」, 「한중록」과 같은 내간체 산문 등인데, 대상이 되는 작품들에서 한문으로 된 작품은 배제되어 있다. 그리고 이 책에 실린 작품들은, 식민지시기 이병기가 관여했던 잡지 『문장』에서 보급했던 고전 작품이나 근현대 작품들과 상당 부분 일치한다. 이러한 『문학독본』의 작품 배치는, 여러 문학적 경향에 대한 취사선택의 결과라기보다 해방기 여타 사회문화 영역에서와 마찬가지로 문단에도 관철되었던 정치적 헤게모니의 소산이었다고 할 수 있다. 교육과정 중 고전문학이 따로 분리되는 시기가 있다. 1948년 8월 정부수립 이후에 편찬된 교과서들에는 고전문학의 수록 비중이 높아지고, 고전문학과 현대문학을 분리하는 경향이 나타난다. 같은 고전 작품을 싣더라도 해방기 독본과는 다른 방향인 것이다.

5. 결론

정음사 부독본총서는 『중등국어교본』이 간행되기 직전에 만들어졌다. 새 시대의 '국어'라는 기준에 입각하여 작품의 선별, 분류가 이루어진 책이며, 조선어학회의 '한자 폐지', '왜색 배격' 등의 해방 이후 어문 운동의 방향과 일맥상통하는 맥락을 지닌 작품들을 고르되, 식민지시기에 널리 읽혔던 독본에서 가져온 경우가 많았다.

정부수립 직후 한글간소화 파동을 거치면서 조선어학회의 영향력은 쇠퇴하였다. 또한, 정부수립을 전후하여 교과서뿐 아니라 독본 및 부교재의 작품 선택 양상이 달라지는데, 그것은 반공주의의 국시 및 "민족의 생명에서 구현되는 민족정신의 건전한 앙양"이라는 의도가 반영되어 있는 것이다. 해방기의 독본은 식민지 시대 독본과의 연속성을 지니나 고유의 맥락이 개재되어 있으며, 해방기 이후의 독본은 다시 한 번 변화되는 형태를 보이는데, 남한 단독정부수립이라는 시대적인 상황이 개재되어 있다. 추후 이를 다시 한 번 비교하는 과정이 요구된다.

간행사 _ 근대 한국학총서를 내면서

새 천 년이 시작된 지도 벌써 몇 해가 지났다. 식민지와 분단국가로 지낸 20세기 한국 역사의 와중에서 근대 민족국가 수립과 민족 문화 정립에 애써온 우리 한국학계는 세계사 속의 근대 한국을 학술적으로 미처 정리하지 못한 채 세계화와 지방화라는 또 다른 과제를 안게 되었다. 국가보다 개인, 지방, 동아시아가 새로운 한국학의 주요 대상이 된 작금의 현실에서 우리가 겪어온 근대성을 다시 한번 정리하고 21세기에 맞는 새로운 모습으로 탈바꿈시키는 것은 어느 과제보다 앞서 우리 학계가 정리해야 할 숙제이다. 20세기 초 전근대 한국학을 재구성하지 못한 채 맞은 지난 세기 조선학·한국학이 겪은 어려움을 상기해 보면, 새로운 세기를 맞아 한국 역사의 근대성을 정리하는 일의 시급성은 아무리 강조해도 지나치지 않다.

우리 근대한국학연구소는 오랜 전통이 있는 연세대학교 조선학·한국학 연구 전통을 원주에서 창조적으로 계승하고자 하는 목표에서 설립되었다. 1928년 위당·동암·용재가 조선 유학과 마르크스주의, 그리고 서학이라는 상이한 학문적 기반에도 불구하고 조선학·한국학 정립을 목표로 힘을 합친 전통은 매우 중요한 경험이었다. 이에 외솔과 한결이 힘을 더함으로써 그 내포가 풍부해졌음은 두말할 나위가 없다. 연세대학교 원주캠퍼스에서 20년의 역사를 지닌 매지학술연구소를 모체로 삼아, 여러 학자들이 힘을 합쳐 근대한국학연구소를 탄생시킨 것은 이러한 선배학자들의 노력을 교훈으로 삼은 것이다.

이에 우리 연구소는 한국의 근대성을 밝히는 것을 주 과제로 삼고자 한다. 문학 부문에서는 개항을 전후로 한 근대 계몽기 문학의 특성을 밝히는 데 주력할 것이다. 역사 부문에서는 새로운 사회경제사를 재확립하고 지역학 활성화를 위한 원주학 연구에 경진할 것이다. 철학 부문에서는 근대 학문의 체계화를 이끌고 사회과학 분야에서는 학제 간 연구를 활성화시키며 근대성 연구에 역량을 축적해 온 국내외 학자들과 학술 교류를 추진할 것이다. 이러한 연구들은 일방성보다는 상호 이해와 소통을 중시하는 통합적인 결과물의 산출로 이어질 것이다.

근대한국학총서는 이런 연구 결과물을 집약적으로 정리하기 위해 마련한 총서이다. 여러 한국학 연구 분야 가운데 우리 연구소가 맡아야 할 특성화된 분야의 기초자료를 수집·출판하고 연구성과를 기획·발간할 수 있다면, 우리 시대 연구자들뿐만 아니라 학문 후속세대들에게도 편리함과 유용함을 줄 수 있을 것이다. 새롭게 시작한 근대한국학총서가 맡은 바 역할을 충분히 할 수 있도록 주변의 관심과 협조를 기대하는 바이다.

2003년 12월 3일
연세대학교 원주캠퍼스 근대한국학연구소